W0384495

PAULA HAWKINS

Paula Hawkins a vécu au Zimbabwe, en France et en Belgique, et réside désormais à Londres. Elle a été journaliste pendant quinze ans avant de se consacrer à la fiction. *La Fille du train* (Sonatine, 2015), son premier roman, a été vendu à plus de 18 millions d'exemplaires dans le monde. Dreamworks en a acquis les droits d'adaptation cinématographique, et le film est sorti dans les salles en octobre 2016. Depuis, elle a publié deux romans chez Sonatine : *Au fond de l'eau* (2017) et *Celle qui brûle* (2021). Tous ses livres sont repris chez Pocket.

Retrouvez toute l'actualité de l'auteur sur :
http://paulahawkinsbooks.com/

CELLE QUI BRÛLE

ÉGALEMENT CHEZ POCKET

LA FILLE DU TRAIN

AU FOND DE L'EAU

CELLE QUI BRÛLE

PAULA HAWKINS

CELLE QUI BRÛLE

Traduit de l'anglais
par Corinne Daniellot et Pierre Szczeciner

SONATINE ÉDITIONS

Titre original :
A SLOW FIRE BURNING
Éditeur original :
Doubleday, une maison du groupe Transworld Publishers

MIXTE
Papier issu de sources responsables
FSC® C003309

L'éditeur de cet ouvrage s'engage dans une démarche de certification FSC® qui contribue à la préservation des forêts pour les générations futures.

Pour en savoir plus :
www.editis.com/engagement-rse/

Le Code de la propriété intellectuelle n'autorisant, aux termes de l'article L. 122-5, 2° et 3° a, d'une part, que les « copies ou reproductions strictement réservées à l'usage privé du copiste et non destinées à une utilisation collective » et, d'autre part, que les analyses et les courtes citations dans un but d'exemple et d'illustration, « toute représentation ou reproduction intégrale ou partielle faite sans le consentement de l'auteur ou de ses ayants droit ou ayants cause est illicite » (art. L. 122-4).
Cette représentation ou reproduction, par quelque procédé que ce soit, constituerait donc une contrefaçon, sanctionnée par les articles L. 335-2 et suivants du Code de la propriété intellectuelle.

© Paula Hawkins Ltd, 2021
© Liane Payne, 2021, pour la carte
Les paroles de « Sugar Boy » sont reproduites
avec l'aimable autorisation de Hal Leonard Europe Ltd,
Warp Publishing et Warner Chappell Music Ltd (PRS).
Paroles et musique par Elizabeth Caroline Orton,
Ted Brett Barnes et Ali Friend. © BMG Gold Songs, 1996.
Les droits de BMG Gold Songs
sont administrés par BMG Rights Management (US) LLC.
Tous droits réservés.
© Sonatine Éditions, 2021, pour la traduction française
ISBN 978-2-266-32380-2
Dépôt légal : septembre 2022

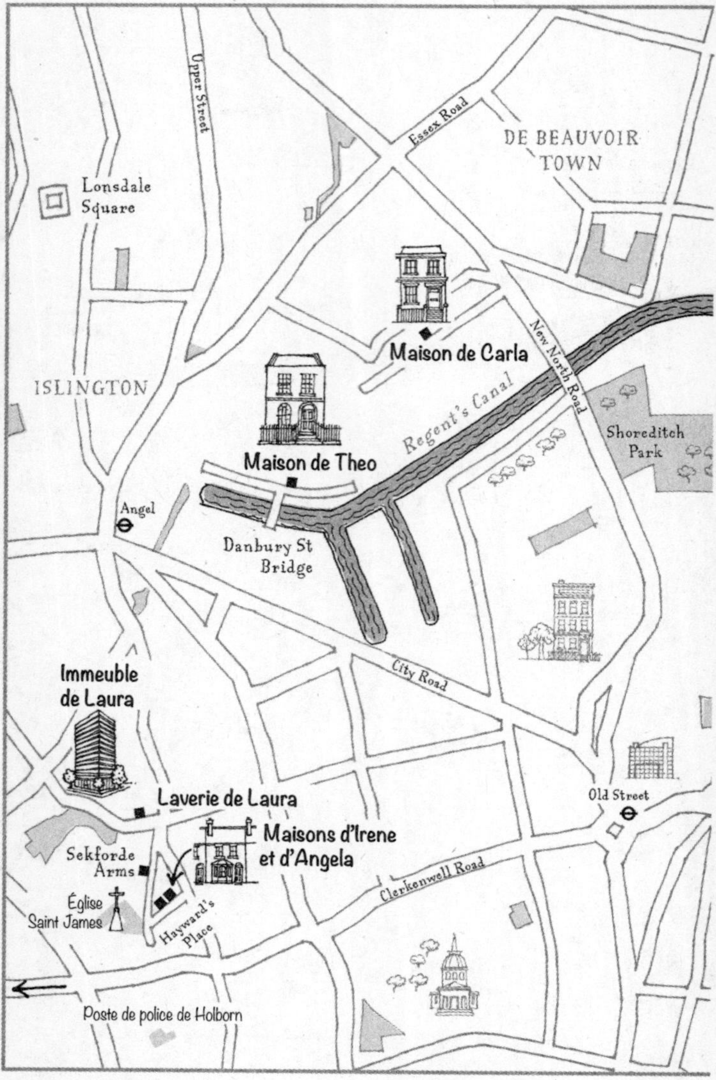

Upper Street
Essex Road
DE BEAUVOIR TOWN
Lonsdale Square
Maison de Carla
New North Road
ISLINGTON
Regent's Canal
Maison de Theo
Shoreditch Park
Angel
Danbury St Bridge
City Road
Immeuble de Laura
Laverie de Laura
Old Street
Maisons d'Irene et d'Angela
Sekforde Arms
Clerkenwell Road
Église Saint James
Hayward's Place
Poste de police de Holborn

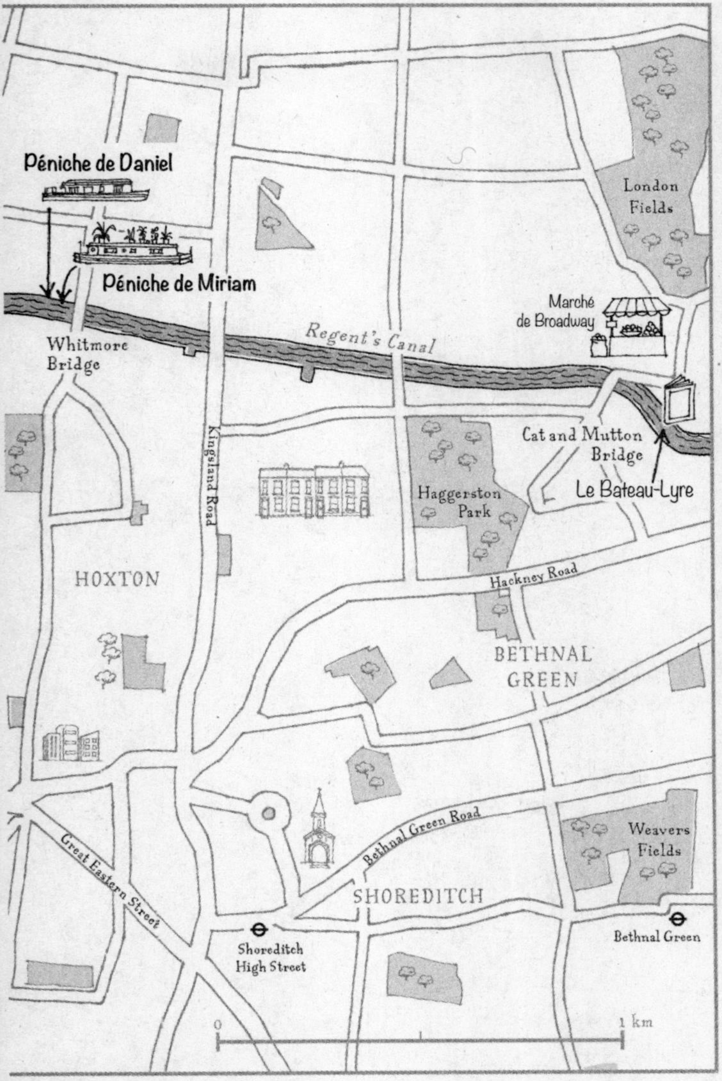

Péniche de Daniel
Péniche de Miriam
Whitmore Bridge
Regent's Canal
Kingsland Road
London Fields
Marché de Broadway
Cat and Mutton Bridge
Le Bateau-Lyre
Haggerston Park
Hackney Road
HOXTON
BETHNAL GREEN
Weavers Fields
Bethnal Green Road
Great Eastern Street
SHOREDITCH
Shoreditch High Street
Bethnal Green
0
1 km

Ce livre est dédié à la mémoire de Liz Hohenadel Scott,
qui réchauffait le monde de sa simple présence.
Son souvenir nous accompagne chaque jour.

Certains d'entre nous ont une âme de charognard,
et certains d'entre nous, une âme de bête traquée.
— Emily Skaja, *My History As*

Maculée de sang, la fille titube vers l'obscurité. Ses vêtements en lambeaux pendent lamentablement, révélant par endroits sa chair toute pâle. Chaussure perdue, pied écorché. Elle est à l'agonie, mais la douleur n'a plus d'importance, à présent. Seules comptent les autres souffrances.

Son visage est un masque de terreur, son cœur un tambour lancinant, sa respiration le halètement paniqué d'un renard aux abois.

Un vrombissement sourd brise le silence de la nuit. Un avion ? La fille essuie le sang sur son visage et lève les yeux vers le ciel, mais elle n'y voit que des étoiles.

Le vrombissement s'intensifie. Une voiture ? La fille serait-elle déjà arrivée à la route principale ? L'espoir l'envahit, et elle parvient à puiser au plus profond d'elle-même l'énergie de courir.

Elle sent plus qu'elle ne voit la lumière dans son dos. Les phares qui éclairent sa silhouette dans le noir. Elle comprend que la voiture arrive de derrière. De la ferme. Alors elle se retourne.

Elle sait, avant de le voir, qu'il l'a retrouvée. Elle sait, avant de le voir, que ce sera son visage derrière le volant. Elle s'immobilise. L'espace d'une seconde, elle hésite, puis quitte la chaussée et se met à courir le plus vite possible, franchissant un fossé, enjambant une clôture en bois. À présent qu'elle est dans le champ voisin, elle court dans le noir, tombe, se relève. Sans bruit. À quoi bon crier ?

Quand il la rattrape, il lui arrache des poignées de cheveux et la plaque au sol. Elle sent son haleine. Elle sait ce qu'il va lui faire. Elle sait ce qui va se passer parce qu'elle l'a déjà vu à l'œuvre. Elle a vu ce qu'il a fait à son amie, avec quelle sauvagerie il...

« Pfff, non mais vraiment, marmonna Irene, et elle referma le roman pour le poser sur la pile des livres à donner. Quelle nullité, ce bouquin. »

1

Dans la tête de Laura, Deidre se mit à parler. « Ton problème, Laura, c'est que tu prends toujours de mauvaises décisions. »

Tu as bien raison, Deidre. Laura ne se serait jamais attendue à prononcer ou même à penser ces mots mais, debout dans la salle de bains, tremblant comme une feuille tandis que le sang chaud s'écoulait de manière régulière de sa coupure au bras, elle devait bien reconnaître que la Deidre dans sa tête avait cerné le problème. Elle se pencha en avant et appuya le front contre le miroir de manière à ne pas avoir à affronter son reflet, mais regarder vers le bas était pire, car cela la forçait à voir sa plaie. Elle réprima un haut-le-cœur. Tellement de sang. La coupure, plus profonde qu'elle ne l'avait d'abord cru, aurait mérité un passage aux urgences. Mais il était hors de question qu'elle aille à l'hôpital.

De mauvaises décisions.

Quand enfin le saignement sembla ralentir, Laura retira son tee-shirt et le laissa tomber au sol. Puis elle ôta son jean, sa culotte et son soutien-gorge, et inspira vivement lorsque l'agrafe métallique de ce dernier frotta contre la coupure.

« Aïe aïe aïe, saloperie de merde ! » siffla-t-elle entre ses dents.

Une fois que le soutien-gorge eut rejoint le reste des vêtements sur le carrelage, Laura prit place dans la baignoire, ouvrit le robinet en frissonnant et se plaça sous le filet d'eau brûlante qui s'écoulait de la pomme de douche (sa salle de bains n'offrait que deux options, chaleur infernale ou froid polaire, sans intermédiaire possible). Du bout des doigts, elle se mit à caresser dans un sens puis dans l'autre ses belles cicatrices couleur ivoire : hanche, cuisse, épaule, nuque.

« Je suis là, murmura-t-elle. Je suis là. »

Après la douche, elle se blottit dans une serviette élimée, enveloppa comme elle put son avant-bras de papier toilette et s'assit sur le vilain canapé en Skaï gris du salon pour appeler sa mère. Elle tomba directement sur le répondeur et raccrocha – pas la peine de gâcher de précieuses minutes de crédit. Elle composa ensuite le numéro de son père.

« Ça va, poussin ? » répondit celui-ci.

Il y avait du bruit en fond. La radio était allumée. BBC Radio 5 Live, devina Laura.

« Papa ? »

Elle sentit une boule se former dans sa gorge et se força à déglutir.

« Qu'est-ce que tu me racontes de beau ?

— Papa, est-ce que tu pourrais venir ? Je… J'ai eu une nuit difficile, et je me demandais si tu pouvais passer. Je sais que ça fait loin, mais je…

— Non, Philip, cracha Deidre, en fond. Je te rappelle qu'on a bridge.

— Papa ? Coupe le haut-parleur.

— Ma chérie, je…

— Sérieusement, papa. Coupe le haut-parleur, s'il te plaît. Je ne veux pas entendre sa voix, ça me donne envie de foutre le feu à des trucs…

— Allons, Laura…

— Laisse tomber, papa. C'est pas grave.

— Tu es sûre ? »

Non. Non, je suis pas sûre. Évidemment que je suis pas sûre, putain.

« Oui, oui, c'est bon. Ça va aller. »

Sur le chemin de sa chambre, elle marcha sur son manteau, qu'elle avait laissé tomber dans le couloir en se précipitant à la salle de bains. Elle se pencha pour le ramasser. La manche était déchirée. La montre de Daniel se trouvait toujours dans la poche. Elle l'en sortit, l'examina et la passa à son poignet.

Laura regarda son bras qui semblait palpiter et constata que le papier toilette avait viré au rouge. Prise de vertige, elle retourna dans la salle de bains, lâcha la montre dans le lavabo, déchira le pansement de fortune et retira la serviette qui l'enveloppait pour reprendre position sous la douche.

À l'aide d'une paire de ciseaux, elle se récura les ongles. À ses pieds, l'eau avait pris une teinte rosée. Elle ferma les yeux et écouta la voix de Daniel qui disait : « C'est quoi, ton problème ? » Puis celle de Deidre : « Non, Philip, je te rappelle qu'on a bridge. » Et enfin la sienne : « Foutre le feu à des trucs. Foutre le feu. Foutre le feu foutre le feu foutre le feu. »

2

Un dimanche sur deux, Miriam vidait ses toilettes. Pour ce faire, elle devait sortir la cuve (toujours étonnamment – et horriblement – lourde) de ses petits W-C situés à l'arrière du bateau, traverser la cabine avec son chargement, puis rejoindre le chemin de halage, marcher cent mètres jusqu'à la station de dépotage et, enfin, vider là ses eaux noires et rincer les derniers restes de la cuve. C'était là un des aspects les moins ragoûtants de la vie en « cigare », ces péniches étroites des canaux de Londres, et une corvée dont elle préférait se débarrasser tôt le matin, quand il n'y avait personne alentour. Il faut dire que trimballer ses déjections parmi des inconnus, promeneurs de chiens ou autres joggeurs, manquait singulièrement de dignité.

Elle se tenait ce jour-là sur le pont arrière pour vérifier que la voie était libre – pas d'obstacles en vue, ni vélos, ni cadavres de bouteilles (les gens pouvaient se montrer si inciviques, surtout le samedi soir). C'était une matinée ensoleillée, un peu froide pour un mois de mars, mais des bourgeons blancs sur les rameaux lisses des platanes et des bouleaux laissaient entrevoir le printemps.

Une matinée un peu froide, et pourtant, Miriam remarqua que les portes de la cabine de la péniche voisine étaient ouvertes, tout comme la veille au soir. Étrange. Mais justement, elle devait aller parler à son jeune occupant. Cela faisait seize jours qu'il était installé à cet emplacement, quarante-huit heures de plus que le maximum autorisé, et elle comptait lui demander quand il prévoyait de le libérer – ce n'était ni son travail, ni sa responsabilité mais Miriam était une des rares à posséder un droit de mouillage permanent, et cela lui conférait un certain sens du devoir vis-à-vis de sa communauté.

En tout cas, c'est ce qu'elle expliqua à l'inspecteur Barker quand il lui posa la question : « Et pourquoi êtes-vous entrée ? »

Le policier était assis en face d'elle, les épaules voûtées et le dos arrondi, ses genoux effleurant presque ceux de Miriam. Une péniche n'est pas l'environnement idéal quand on est grand, et cet homme-là l'était, avec une tête comme une boule de billard et un air renfrogné, un air qui disait qu'il avait d'autres projets pour ce dimanche, emmener ses enfants au parc, par exemple, et qu'il n'était pas ravi de devoir le passer ici avec elle.

« Est-ce que vous avez touché quoi que ce soit ? » demanda-t-il.

Touché… Miriam ferma les yeux pour réfléchir. Elle se revit toquer sèchement à un carreau du bateau bleu et blanc. Attendre une réponse, une voix ou un frémissement de rideau. Puis, quand rien n'était venu, se pencher pour regarder à l'intérieur – une tentative vaine en raison des voilages et de la quantité de crasse accumulée sur les vitres, dix ans de pollution. Toquer à nouveau et, après quelques instants, grimper sur le pont arrière. Appeler : « Ouh ouh ? Il y a quelqu'un ? »

Elle se revit attraper la poignée de la porte et aussitôt être assaillie par un effluve, une odeur de fer, de viande, une odeur qui lui avait donné faim. « Il y a quelqu'un ? » Ouvrir la porte en grand, descendre les deux marches qui menaient dans la cabine, et s'étrangler sur son dernier « … quelqu'un ? » en découvrant la scène : le garçon (non, pas un garçon, un jeune homme plutôt), étendu sur le sol, la gorge tranchée d'un large sourire, et du sang partout.

Elle se revit vaciller, la main sur la bouche, basculer vers l'avant comme prise d'un violent étourdissement, puis tendre le bras pour se rattraper au comptoir. Oh, mon Dieu.

« J'ai touché le comptoir, dit-elle à l'inspecteur. Je crois que je me suis retenue au comptoir, juste à l'entrée, à gauche quand on entre dans la cabine. Je l'ai vu et j'ai pensé… Enfin, j'ai eu… la nausée. »

Elle rougit.

« Mais je n'ai pas vomi, du moins, pas là. C'est dehors que… Je suis désolée, je…

— Ne vous en faites pas, répondit Barker en soutenant son regard. Vous n'avez pas à vous inquiéter pour ça. Et ensuite, qu'avez-vous fait ? Vous avez vu le corps, vous vous êtes appuyée sur le comptoir, et… ? »

C'était l'odeur qui l'avait frappée. Sous celle du sang – tellement de sang –, il y avait autre chose, quelque chose de plus vieux, de douceâtre et d'un peu moisi, comme des lys oubliés trop longtemps dans un vase. L'odeur, et lui ; impossible de lui résister, avec son beau visage mort, ses yeux vitreux ourlés de longs cils, ses lèvres pleines entrouvertes, révélant des dents blanches bien alignées. Son torse, ses mains et ses bras étaient recouverts de sang, et il avait les doigts recourbés, comme pour s'accrocher à quelque chose. Alors qu'elle tournait les talons, un éclat argenté par terre avait attiré son regard. Un éclat au milieu de cette mare écarlate qui commençait déjà à noircir.

Miriam avait remonté tant bien que mal les marches pour quitter la cabine et inspirer de longues goulées d'air entre deux haut-le-cœur. Puis elle avait rejoint le chemin de halage et là, elle avait vomi, s'était essuyé la bouche et avait crié :

« À l'aide ! Appelez la police ! »

Mais c'était un dimanche matin, il était à peine 7 h 30 et il n'y avait personne pour l'entendre. Le chemin était désert, même la route un peu plus haut était silencieuse ; pas un bruit à l'exception du bourdonnement d'un générateur et des cris rauques de quelques poules d'eau. En se tournant vers le pont qui franchissait le canal, Miriam avait alors cru apercevoir quelqu'un l'espace d'une seconde, puis plus rien, et elle était restée seule, paralysée par la peur.

« Je suis partie, expliqua Miriam à l'inspecteur. Je suis sortie du bateau et je… J'ai appelé la police. Enfin, j'ai vomi, je suis retournée à bord de ma péniche et là, j'ai appelé la police.

— D'accord, très bien. »

Quand elle leva la tête vers lui, elle vit qu'il examinait attentivement la minuscule cabine proprette dans laquelle il se trouvait, les livres rangés au-dessus de l'évier (*Une casserole et c'est tout*, *Une nouvelle cuisine pour les légumes*) et les herbes sur le rebord de la fenêtre – basilic et coriandre dans leurs bacs en plastique et le romarin trop ligneux dans son pot verni bleu. Il jeta un coup d'œil à la bibliothèque remplie de livres de poche, à la fleur de lune qui prenait la poussière au-dessus, au cadre avec la photo d'un couple ordinaire entourant leur enfant enrobé sur une étagère.

« Vous vivez seule ? » demanda-t-il.

Ce n'était pas une vraie question. Miriam devinait sans mal ce qu'il pensait d'elle : vieille fille, écolo fanatique, le genre à se tricoter des pulls en chanvre quand elle n'est pas occupée à fourrer son nez dans les affaires des autres. Oui, Miriam savait ce qu'on se disait en la voyant.

« Est-ce que vous… Connaissez-vous vos… voisins ? Est-ce qu'on peut appeler ça comme ça, d'ailleurs ? J'imagine que non, s'ils ne restent ici qu'une semaine ou deux… ?

— Il y en a qui vont et viennent régulièrement, répondit Miriam avec un haussement d'épaules. Certains ont leur petite routine, un bout de canal qu'ils aiment sillonner, alors on finit par les connaître. Si on en a envie. Mais si on préfère, on peut aussi choisir, comme moi, de rester dans son coin. »

L'inspecteur ne fit aucun commentaire. Il se contenta de la dévisager, impassible. Elle comprit qu'il essayait de la jauger et qu'il prenait ce qu'elle lui confiait avec réserve.

« Et lui ? L'homme que vous avez découvert ce matin ? »

Miriam secoua la tête.

« Je ne le connaissais pas. Il nous est arrivé de nous croiser, d'échanger des… Je ne dirais même pas des banalités, d'ailleurs. Bonjour-bonsoir, c'est tout. »

(Pas exactement. Il était vrai qu'elle ne l'avait vu que deux ou trois fois depuis son amarrage. D'ailleurs, elle avait tout de suite compris qu'elle avait affaire à un amateur, avec sa péniche délabrée à la peinture écaillée, aux linteaux rouillés et à la cheminée de travers. Quant à l'occupant, il semblait beaucoup trop propre sur lui pour la vie de canal – vêtements impeccables, dents blanches, aucun piercing ni tatouage. Aucun de visible, du moins. C'était un très beau jeune homme, très grand, avec des cheveux bruns, des yeux noirs, et un visage tout en lignes et en angles. La première fois qu'elle l'avait vu, elle lui avait dit bonjour et il avait levé la tête pour lui sourire. Les petits cheveux sur la nuque de Miriam s'étaient aussitôt redressés.)

Cela l'avait marquée. Mais elle ne comptait pas en parler à l'inspecteur. « La première fois que je l'ai vu, j'ai ressenti quelque chose d'étrange… » Il la prendrait pour une folle. De toute façon, elle comprenait maintenant ce qu'elle avait ressenti, ce jour-là. Ce n'était pas une prémonition ou une autre absurdité de ce genre, non, c'était l'inspiration.

Il y avait là une opportunité, c'était ce qu'elle avait songé quand elle avait appris l'identité du garçon, mais elle n'avait pas trouvé le moyen d'en tirer profit jusque-là. À présent qu'il était mort, cependant, elle avait l'impression que c'était le destin. En fin de compte, elle était là, sa chance.

« Madame Lewis ? l'interpella l'inspecteur Barker – il venait de lui poser une question.

— Mademoiselle, rectifia-t-elle, et l'inspecteur ferma les yeux un instant.

— Mademoiselle Lewis. Est-ce que vous vous souvenez l'avoir vu avec quelqu'un ? Discuter avec quelqu'un, par exemple ? »

Elle hésita puis hocha la tête.

« Il a reçu de la visite, deux ou trois fois, je dirais. Il est possible qu'il y ait eu plusieurs personnes, mais je n'en ai vu qu'une. Une femme plus âgée que lui, d'environ mon âge. Peut-être la cinquantaine ? Des cheveux argentés coupés très court. Une femme mince, assez grande, environ un mètre soixante-quinze ou un mètre quatre-vingts, les traits anguleux… »

Barker leva un sourcil.

« Vous avez eu le temps de bien la voir, alors, cette femme ?

— Il faut croire, soupira Miriam avec un nouveau haussement d'épaules. Je suis d'une nature observatrice. J'aime bien garder un œil sur ce qui se passe. »

Autant jouer sur ses *a priori*.

« Mais même sans ça, c'est le genre de femmes qu'on remarque, ajouta-t-elle. Elle attirait l'œil. Entre sa coupe de cheveux et ses vêtements, elle respirait l'opulence. »

L'inspecteur s'était remis à hocher la tête en notant ses paroles, et Miriam fut certaine qu'il ne lui faudrait pas longtemps pour identifier la personne dont elle parlait.

Après le départ de l'inspecteur, les policiers bouclèrent les accès au chemin de halage entre De Beauvoir Road et Shepperton Road et ordonnèrent à tous les bateaux de quitter les lieux hormis celui de la victime et celui de Miriam. Ils essayèrent bien de la convaincre d'aller au moins s'installer ailleurs mais elle ne se laissa pas faire. Est-ce qu'ils comptaient la reloger, étant donné qu'elle n'avait nulle part où aller ? Le policier en uniforme à qui elle posa la question (un gamin boutonneux à la voix trop aiguë) sembla agacé de la voir ainsi se décharger de cette responsabilité sur lui. Il regarda le ciel, le canal, puis examina le chemin à droite et à gauche avant de reporter son attention sur elle, cette petite bonne femme enrobée et inoffensive. Il céda. Après avoir parlé à quelqu'un par radio, il revint lui annoncer qu'elle pouvait rester.

« Vous pouvez aller de l'accès jusqu'à votre… euh… lieu de résidence, mais pas plus loin. »

Cet après-midi-là, Miriam s'assit sur le pont arrière de sa péniche sous un soleil blafard pour profiter du calme inhabituel du canal privatisé. Enroulée dans une couverture, une tasse de thé à côté d'elle, elle observa le manège des policiers et des enquêteurs avec leurs bateaux et leurs chiens, qui passaient au peigne fin le chemin de halage et sondaient les eaux boueuses.

Miriam se sentit étrangement apaisée, en dépit de la journée qu'elle venait de passer. Optimiste, presque. De nouvelles portes s'ouvraient devant elle. Dans la poche de son gilet, ses doigts se refermèrent sur la petite clé encore collante de sang, celle qu'elle avait trouvée sur le sol du bateau, celle dont elle avait choisi de cacher l'existence à l'inspecteur, sans même savoir pourquoi. L'instinct ?

Quand elle l'avait vue briller près du corps du garçon, accrochée à un porte-clés en forme d'oiseau, elle l'avait tout de suite reconnue – elle l'avait remarqué un jour à la ceinture du jean de Laura, la fille de la laverie. Laura la Folle, comme on l'appelait. Mais Miriam l'avait toujours trouvée sympathique, et pas folle pour un sou. Laura, que Miriam avait aperçue arrivant sur le chemin au bras de ce beau garçon pour le suivre sur son bateau. Ivre, probablement. C'était il y avait, quoi, deux nuits ? Trois ? Miriam pouvait le retrouver dans son carnet, où elle notait justement ce genre d'observations.

Au crépuscule, Miriam vit les agents sortir le corps de la péniche et monter les marches jusqu'à la rue pour rejoindre une ambulance. Lorsqu'ils passèrent devant elle, Miriam se leva et, en signe de respect, elle baissa la tête et murmura un « Que Dieu te garde » peu convaincu.

Elle murmura aussi « Merci ». Car en venant s'amarrer à côté de chez elle et en se faisant assassiner ainsi, Daniel Sutherland venait d'offrir à Miriam une opportunité qu'elle ne comptait pas laisser filer. Une chance de se venger des torts qu'on lui avait causés.

À présent, seule et, elle devait bien le reconnaître, un peu nerveuse dans l'étrange silence nocturne qui avait suivi le départ des policiers, elle rentra dans sa cabine, tira le verrou et cadenassa la porte. Elle sortit la clé de Laura de sa poche et la rangea dans la petite boîte en bois sur l'étagère du haut de la bibliothèque. Jeudi, c'était le jour des lessives. Elle la rendrait peut-être à Laura à ce moment-là.

Ou pas. Qui sait, elle pourrait peut-être s'avérer utile, un jour.

3

« Madame Myerson ? Vous devriez peut-être vous asseoir ? Voilà, asseyez-vous. Respirez profondément. Est-ce que vous voulez qu'on appelle quelqu'un ? »

Carla se laissa tomber sur le canapé, se plia en deux et enfonça le visage dans ses genoux. Elle se rendit compte qu'elle gémissait, comme un chien.

« Theo, parvint-elle à souffler. Appelez Theo, s'il vous plaît. Mon mari… Mon ex-mari. Son numéro est dans mon téléphone. »

Elle leva les yeux pour fouiller la pièce du regard, mais elle ne voyait pas son portable.

« Je ne sais pas où il est, je ne sais pas où je l'ai…

— Il est là, madame Myerson, la rassura gentiment la policière. Vous le tenez à la main. »

Carla vit que l'agente avait raison : elle tenait son téléphone très serré d'une main tremblante. Elle secoua la tête et le tendit à la policière.

« Je perds la boule. »

L'autre femme lui adressa un petit sourire compatissant et lui effleura un instant l'épaule avant de sortir passer l'appel.

L'inspecteur, un dénommé Barker, s'éclaircit la gorge.

« J'ai cru comprendre que la mère de Daniel était décédée, c'est bien cela ?

— Oui, cela fait six… non, huit semaines. »

Barker haussa les sourcils très haut sur son front dégarni.

« Ma sœur est tombée, ajouta-t-elle. Chez elle. Ce n'était pas… C'était un accident.

— Est-ce que vous avez un moyen de contacter le père de Daniel ? »

Carla secoua la tête.

« Je ne pense pas, non. Il habite en Amérique depuis des années. Il ne fait pas partie de la vie de Daniel, il ne s'y est jamais intéressé. Il n'y a que… »

Sa voix lui fit défaut. Elle dut prendre une grande inspiration puis expirer lentement avant de conclure :

« Il n'y avait qu'Angela et Daniel. Et moi. »

Barker acquiesça et garda le silence, droit comme un piquet devant la cheminée, le temps que Carla se reprenne.

« Vous n'habitez pas ici depuis très longtemps, si ? » demanda-t-il après ce qu'il dut estimer être une pause suffisante.

Carla leva la tête, perplexe, et vit qu'il désignait d'un long index les cartons sur le sol de la salle à manger et les tableaux posés contre les murs. Elle se moucha bruyamment.

« Cela doit bien faire six ans que je compte installer ces cadres. Un jour, je trouverai le temps d'aller acheter des crochets. Quant aux cartons, ils viennent de chez ma sœur. Des lettres, des photos… Des choses que je ne voulais pas jeter, vous comprenez. »

Barker acquiesça. Les bras croisés, il changea de position mais, alors qu'il ouvrait la bouche, il fut interrompu par le claquement de la porte d'entrée, qui fit sursauter Carla. La policière, l'inspectrice Chalmers, les rejoignit rapidement dans la pièce et fit un signe de tête pour s'excuser.

« M. Myerson est en chemin. Il dit qu'il sera là d'ici peu.

— Il habite à cinq minutes, expliqua Carla. Noel Road. Vous connaissez ? C'est là qu'habitait Joe Orton, le dramaturge, dans les années 1960. Et c'est là qu'il a été assassiné, tabassé à mort. À moins qu'il n'ait été poignardé ? »

Les inspecteurs la dévisagèrent sans comprendre.

« Mais ça n'a pas d'importance », ajouta-t-elle.

L'espace d'un horrible instant, elle crut qu'elle allait rire. Mais pourquoi avait-elle dit une chose pareille ? Pourquoi parlait-elle de Joe Orton, de gens tabassés à mort ? Oui, elle perdait vraiment la boule. Les inspecteurs ne semblèrent pas le remarquer – ou, du moins, ils ne semblèrent pas s'en offusquer. Peut-être que ce genre de comportement était normal quand on apprenait qu'un membre de sa famille avait été assassiné.

« Quand avez-vous vu votre neveu pour la dernière fois, madame Myerson ? » interrogea Barker.

Carla dut réfléchir un long moment.

« Je… Zut, alors, je l'ai vu… Chez Angela. Chez ma sœur. Ce n'est pas loin d'ici, vingt minutes à pied, de l'autre côté du canal. Une toute petite ruelle, Hayward's Place. J'étais allée faire du rangement et Daniel est passé récupérer des affaires. Cela faisait une éternité qu'il n'habitait plus là-bas mais il restait quelques petites choses à lui dans son ancienne chambre, surtout des carnets de croquis. C'était un dessinateur très doué. Il écrivait des *comics*, vous savez. Des romans graphiques. »

Elle ne put retenir un frisson.

« C'était... la semaine dernière ? La précédente ? Bon sang, je n'arrive pas à m'en souvenir, j'ai le cerveau dans un état... »

Elle passa les mains dans ses cheveux courts et se mit à se gratter le cuir chevelu.

« Ce n'est pas un problème, madame Myerson, la rassura Chalmers. Nous pourrons passer ces détails en revue plus tard.

— Depuis combien de temps votre neveu était-il installé sur cette péniche ? demanda Barker. Vous savez peut-être... »

Le heurtoir claqua brusquement sur la porte d'entrée et Carla sursauta.

« Theo ! s'exclama-t-elle, déjà debout. Dieu merci ! »

Chalmers repartit dans le hall et fit entrer un Theo tout rouge et tout transpirant dans la pièce. Ce dernier attrapa Carla pour la serrer contre lui.

« Carla ! Mais qu'est-ce qui s'est passé, enfin ? »

La police recommença son récit pour Theo : Daniel Sutherland, le neveu de Carla, avait été retrouvé mort le matin même sur une péniche amarrée sur Regent's Canal, près de De Beauvoir Road. Il avait été poignardé à plusieurs reprises, probablement entre vingt-quatre et trente-six heures avant la découverte du corps – l'heure du décès devait encore être affinée. Les inspecteurs leur posèrent des questions sur le travail de Daniel, sur ses amis. Savaient-ils s'il avait des problèmes d'argent ? De drogue ?

Ils ne savaient pas.

« Vous n'étiez pas très proches ? suggéra Chalmers.

— Je le connaissais à peine », répondit Theo.

Assis à côté de Carla, il se frottait le front du bout de l'index, comme il le faisait toujours quand il était nerveux.

« Madame Myerson ?

— Non, pas très proches. Enfin… Vous comprenez, nous ne nous voyions pas très souvent, ma sœur et moi…

— Je croyais qu'elle habitait à vingt minutes d'ici ? s'étonna la policière.

— Oui, mais… Nous… Je n'avais pas revu Daniel depuis très longtemps. Pas depuis qu'il était enfant, d'ailleurs. Comme je vous l'ai dit, nous nous sommes juste recroisés peu après la mort de ma sœur. Je sais qu'il a vécu quelque temps à l'étranger. En Espagne, je crois.

— Et quand s'est-il installé sur la péniche ? » continua Barker.

Carla serra les lèvres, secoua la tête.

« Je ne pourrais pas vous le dire. Honnêtement, je n'en sais rien.

— Nous ne savions même pas qu'il habitait là », ajouta Theo.

Barker se tourna vers lui.

« Pourtant, le bateau doit être assez proche de chez vous. Vous habitez Noel Road, c'est ça ? Ça doit être à… je dirais un gros kilomètre de l'emplacement de la péniche ? »

Theo haussa les épaules et se frotta le front avec plus d'ardeur. À la naissance des cheveux, la peau était devenue toute rose. On aurait dit qu'il avait pris le soleil.

« C'est possible, oui, mais j'ignorais qu'il était là. »

Les inspecteurs échangèrent un regard.

« Madame Myerson ? insista Barker.

— Non, je ne savais pas. »

Les policiers restèrent silencieux un long moment. Carla devina qu'ils attendaient que Theo ou elle-même reprenne la parole pour ajouter quelque chose.

Theo céda le premier.

« Vous avez dit… vingt-quatre heures, c'est ça ? Vingt-quatre à trente-six heures ? »

Chalmers acquiesça.

« Nous estimons l'heure de la mort entre 20 heures vendredi et 8 heures samedi matin.

— Oh, commenta Theo, qui recommença à se frotter la tête en regardant par la fenêtre.

— Vous pensez à quelque chose, monsieur Myerson ?

— J'ai vu une fille… samedi matin. Il était tôt, peut-être 6 heures. Elle est passée devant chez moi, sur le chemin de halage. Je me tenais dans mon bureau et je l'ai vue, je m'en souviens parce qu'elle avait du sang sur elle. Sur le visage. Sur ses vêtements aussi, je crois. Elle n'en était pas recouverte non plus, mais… Il y avait du sang, en tout cas. »

Carla le dévisagea, incrédule.

« De quoi tu parles ? Pourquoi tu ne m'as rien dit ?

— Tu dormais. Je me suis levé, j'allais préparer le café et, en récupérant mes cigarettes dans le bureau, je l'ai aperçue par la fenêtre. Une fille assez jeune, à peine plus de vingt ans, qui marchait sur le chemin. Elle boitait, d'ailleurs. Ou elle chancelait ? J'en ai déduit qu'elle devait être soûle. Ça ne m'a pas vraiment surpris, à vrai dire. Après tout, Londres est rempli de gens ivres un peu étranges, non ? Et à une heure pareille, on en voit souvent rentrer chez eux…

— … tachés de sang ? compléta Barker, sceptique.

— Eh bien, non. Peut-être pas tachés de sang, non. C'est pour ça que ça m'a marqué. J'ai cru qu'elle était tombée, ou qu'elle s'était battue. Je me suis dit…

— Mais pourquoi tu ne m'en as pas parlé ? insista Carla.

— Tu dormais, Carla ! Je ne pensais pas…

— Mme Myerson dormait chez vous, donc ? l'interrompit Chalmers, les sourcils froncés. C'est bien ça, madame Myerson ? Vous avez passé la nuit chez votre ex-mari ? »

Carla acquiesça lentement, déroutée.

« On a dîné ensemble vendredi soir, et je suis restée dormir…

— Nous sommes officiellement séparés, mais nous entretenons toujours une relation, vous voyez. Il nous arrive souvent de…

— Ils s'en fichent, de ça, Theo ! » le coupa sèchement Carla, et il tressaillit.

Elle pressa un mouchoir contre son nez.

« Pardon. Je suis désolée. Mais ça n'a aucune importance, si ?

— On ne peut jamais savoir à l'avance ce qui s'avérera important », commenta Barker, énigmatique.

Sur ce, il se dirigea vers le hall d'entrée. Il leur confia sa carte de visite, parla rapidement à Theo d'identification du corps, d'autres entretiens à venir, et lui donna le nom de l'agent à contacter pour suivre le déroulement de l'enquête. Theo hocha la tête, rangea la carte dans une poche de son pantalon et serra la main de l'inspecteur.

« Comment l'avez-vous su ? demanda soudain Carla. Je veux dire, qui a signalé… Qui est-ce qui l'a trouvé ? »

Chalmers se tourna vers son supérieur, puis vers Carla.

« C'est une femme qui l'a trouvé.

— Une femme ? répéta Theo. Une petite amie ? Est-ce qu'elle est jeune, plutôt mince… ? Parce que je repense à celle que j'ai vue, celle qui avait du sang sur elle. Peut-être qu'elle…

— Non, l'arrêta Chalmers. C'est quelqu'un qui réside sur une des péniches voisines, une femme plus âgée, la cinquantaine. Elle avait remarqué que le bateau n'avait pas bougé depuis un certain temps et elle est allée jeter un coup d'œil.

— Elle n'a rien vu, alors ? s'enquit Theo.

— Au contraire, elle nous a été d'une aide précieuse, répondit Barker. C'est quelqu'un de très observateur.

— Bien, commenta Theo en se frottant le front. Très bien.

— Une certaine Mme Lewis, ajouta Barker.

— Mademoiselle, précisa Chalmers.

— Ah oui, c'est vrai. »

Et Carla vit son ex-mari pâlir lorsque l'inspecteur conclut :

« Mlle Miriam Lewis. »

4

« C'est lui qui a commencé, d'accord ? Avant que vous disiez quoi que ce soit, c'est lui qui a commencé. »

Ils guettaient forcément son retour, puisqu'ils s'étaient mis à tambouriner à sa porte alors qu'elle n'était rentrée du supermarché que depuis trente secondes. Elle n'avait même pas eu le temps de reprendre son souffle (elle habitait au septième et l'ascenseur était en panne, pour changer) et voilà qu'ils débarquaient, et ça l'énervait autant que ça l'inquiétait. Alors elle s'était tout de suite mise à parler, même si elle savait pertinemment que ce n'était pas une bonne idée. Après tout, ce n'était pas la première fois qu'elle s'attirait des ennuis.

Certes, ses ennuis passés étaient plutôt mineurs : ébriété sur la voie publique, vol à l'étalage, violation de propriété, vandalisme, trouble à l'ordre public. Elle avait aussi été poursuivie pour voie de fait, mais reconnue non coupable. Et bien sûr, il y avait la plainte pour coups et blessures qui n'avait pas encore été instruite.

Mais là, c'était différent, et il ne lui fallut pas très longtemps pour s'en rendre compte. Alors qu'elle parlementait, encore haletante, elle songea : *Attends une seconde, c'est des inspecteurs de police que tu as en face de toi, pas de simples agents.* Ils lui avaient donné leur nom et leur rang, qu'elle s'était évidemment empressée d'oublier, mais surtout, ils étaient en civil. Elle comprit alors que ses ennuis étaient cette fois d'un tout autre niveau.

« Est-ce que vous voulez bien nous laisser entrer, mademoiselle Kilbride ? » demanda le premier, plutôt poliment. Il était grand, longiligne et chauve comme un œuf. « Il vaudrait peut-être mieux que nous discutions de tout ça à l'intérieur. »

Et il posa un regard perçant sur la fenêtre de la cuisine, qu'elle avait barricadée comme elle avait pu avec des planches.

Laura secouait déjà la tête.

« Je crois pas, non. Je crois pas. J'ai besoin d'un adulte référent, vous comprenez, vous pouvez pas m'interroger… C'est à quel sujet, de toute façon ? Est-ce que c'est à cause du type au bar ? Parce que ça, c'est déjà, comment on dit ? dans le système. J'ai reçu une convocation, même que je l'ai accrochée sur mon frigo avec un aimant. Vous pouvez vérifier si vous voulez… Non, non, non, attendez. Attendez. C'était juste une façon de parler, pas une autorisation d'entrer…

— Pourquoi auriez-vous besoin d'un adulte référent, mademoiselle Kilbride ? » demanda l'inspectrice en fronçant son monosourcil.

Elle faisait trente centimètres de moins que son collègue, avait des cheveux bruns très raides et des traits fins qui semblaient regroupés au milieu de son gros visage tout rond.

« Vous n'êtes pas mineure, si ? ajouta-t-elle.

— J'ai vingt-cinq ans, et vous le savez très bien », répondit Laura d'un ton sec.

Elle ne pouvait rien faire pour les empêcher d'entrer. Crâne d'Œuf était déjà au milieu du couloir et Monosourcil se frayait un chemin dans l'appartement.

« Pourquoi pensez-vous que nous connaissons votre âge ? demanda cette dernière.

— Qui a commencé quoi, mademoiselle Kilbride ? » s'enquit Crâne d'Œuf.

Laura suivit sa voix jusqu'à la cuisine, où elle le trouva planté devant le réfrigérateur, les mains dans le dos, en train d'examiner sa convocation. Elle souffla bruyamment et se dirigea vers l'évier pour se servir un verre d'eau. Il fallait qu'elle se calme. Qu'elle réfléchisse. Quand elle se retourna pour faire face au policier, elle constata qu'il observait la fenêtre derrière elle.

« Vous avez eu un problème ? demanda-t-il le plus innocemment du monde.

— Pas tout à fait.

— Est-ce que vous êtes blessée, Laura ? » s'inquiéta Monosourcil, qui était entre-temps apparue dans l'encadrement de la porte.

Laura but son verre d'eau trop vite et se mit à tousser. Elle fusilla l'inspectrice du regard.

« Vous ne m'appelez plus “mademoiselle Kilbride” ? On est copines, maintenant, c'est ça ? Amies pour la vie ?

— Votre jambe, Laura », insista Crâne d'Œuf. De toute évidence, lui aussi avait décidé d'opter pour la familiarité. « Qu'est-ce qui vous est arrivé ?

— Je me suis fait renverser par une voiture quand j'étais petite. Fracture ouverte du fémur. Ça m'a laissé une belle cicatrice. Vous voulez la voir ? proposa-t-elle en approchant les doigts de la fermeture Éclair de son jean tout en soutenant son regard.

— Pas particulièrement. Et votre bras ? »

Il désignait le bandage autour de son poignet droit.

« Ça ne date pas de quand vous étiez petite, ça, si ? »

Laura se mordit la lèvre.

« Ça date de vendredi soir. J'avais perdu mes clés et j'ai été obligée de casser un carreau pour entrer, expliqua-t-elle en désignant du menton la fenêtre de la cuisine, qui donnait sur la passerelle extérieure du septième étage. On peut dire que je me suis pas ratée.

— Vous avez dû vous faire recoudre ?

— Non, c'était pas si profond que ça.

— Et vous les avez retrouvées ? » demanda Crâne d'Œuf.

Il se retourna et traversa le petit espace qui séparait la cuisine du salon en regardant autour de lui comme un agent immobilier cherchant à estimer le prix d'un bien. La proposition risquait d'être basse ; l'appartement était un véritable dépotoir. Laura savait qu'elle aurait dû avoir honte – les meubles bon marché, les murs nus, le cendrier que quelqu'un avait renversé par terre et qu'elle n'avait jamais pris la peine de ramasser, si bien qu'il y avait maintenant de la cendre partout sur la moquette, alors qu'elle ne fumait même pas et qu'elle ne se souvenait pas de la dernière fois qu'elle avait reçu quelqu'un chez elle – et pourtant, la seule chose qu'elle ressentait était de l'indifférence.

« Alors ? » insista l'inspecteur en détaillant à nouveau Laura de la tête aux pieds : son jean trop grand, son tee-shirt plein de taches, son vernis à ongles écaillé, ses cheveux gras.

Parfois, Laura oubliait de se doucher, parfois pendant des jours, parfois l'eau était brûlante et parfois elle était glacée, parce que la chaudière n'en faisait qu'à sa tête, parfois elle fonctionnait et parfois elle ne fonctionnait pas, et Laura n'avait pas les moyens de faire venir un plombier, alors elle avait appelé le syndic, bien sûr, un nombre incalculable de fois, mais il n'en avait strictement rien à foutre.

« Alors quoi ? demanda-t-elle avec agressivité.

— Vos clés ? précisa Monosourcil avec un petit sourire satisfait, comme si elle venait de la prendre en flagrant délit de mensonge. Est-ce que vous les avez retrouvées ? »

Laura but une gorgée d'eau supplémentaire, déglutit, et se passa la langue sur les dents. Elle décida d'ignorer la question.

« Je vous dérange pas ? lança-t-elle à Crâne d'Œuf en écartant Monosourcil du passage.

— Pas le moins du monde », répliqua l'inspecteur.

Il se tenait à présent dans le salon, posté devant le seul élément de décoration de la pièce : une photo encadrée représentant un couple et une petite fille. Quelqu'un s'était donné la peine de dessiner des cornes sur la tête du père, une langue fourchue qui sortait de la bouche de la mère, des croix sur les yeux de la fille et de colorier les lèvres de cette dernière en rouge, avant de mettre le cliché sous verre et de l'accrocher au mur. Crâne d'Œuf fronça les sourcils et se tourna vers Laura.

« Portrait de famille ? » demanda-t-il.

Voyant que Laura haussait les épaules, il ajouta :

« Papa est diabolique, hein ?

— Non, il est cocu », répondit Laura en le regardant droit dans les yeux.

L'inspecteur pinça les lèvres, hocha gravement la tête et se retourna vers la photo.

« Je vois, marmonna-t-il. Je vois.

— Je suis une adulte vulnérable, précisa à nouveau Laura.

— Non, Laura, soupira l'inspecteur avant de prendre place sur le canapé. Vous vivez seule, vous travaillez à temps partiel à la laverie automatique Sunshine de Spencer Street et nous savons de source sûre que vous avez déjà été interrogée à plusieurs reprises par la police sans la présence d'un adulte référent. Alors, si vous le voulez bien, arrêtons un peu ce cinéma, d'accord ? »

Il y avait de l'agacement dans sa voix, ses vêtements étaient froissés et il avait l'air très fatigué, comme s'il venait de faire un long trajet en voiture ou qu'il n'avait pas dormi de la nuit.

« Parlez-moi plutôt de Daniel Sutherland. »

L'espace d'un instant, Laura se sentit soulagée. Elle s'assit à la petite table située dans le coin du salon, celle où elle dînait tous les soirs en regardant la télé, et haussa les épaules jusqu'à ce qu'elles lui touchent les oreilles.

« Qu'est-ce que vous voulez savoir sur lui ? demanda-t-elle.

— Donc vous le connaissez ?

— Évidemment que je le connais. Et si vous êtes là, j'imagine que c'est parce qu'il est venu se plaindre de moi auprès de vous. Alors déjà, laissez-moi vous dire que c'est n'importe quoi, parce qu'il s'est rien passé, et de toute façon c'est lui qui a commencé. »

Crâne d'Œuf sourit. Un sourire chaleureux auquel elle ne s'attendait pas.

« Il ne s'est rien passé, mais c'est lui qui a commencé ? répéta-t-il.

— Voilà.

— Et ça remonte à quand, exactement, cette fois où il ne s'est rien passé mais où c'est lui qui a commencé ? » intervint Monosourcil, qui venait d'entrer dans la pièce.

Elle rejoignit son collègue sur le vilain canapé en Skaï gris. Côte à côte, ils avaient l'air absolument ridicules – lui grand et maigre, elle petite et grosse. On aurait dit le majordome Max et l'oncle Fétide dans *La Famille Addams*. Laura ne put s'empêcher de glousser, ce qui ne sembla pas du tout du goût de Monosourcil, dont le visage vira aussitôt au cramoisi.

« Il y a quelque chose de drôle ? demanda-t-elle sèchement. Vous trouvez la situation amusante, Laura ? »

Laura secoua la tête.

« Oncle Fétide, dit-elle, un sourire aux lèvres. Vous ressemblez à l'oncle Fétide, mais avec des cheveux. On vous l'a jamais dit ? »

L'inspectrice ouvrit la bouche, mais Crâne d'Œuf ne lui laissa pas le temps de réagir.

« Daniel Sutherland ne nous a pas parlé de vous, Laura, déclara-t-il d'une voix plus forte. Si nous sommes ici, c'est parce que nous avons relevé sur un verre que nous avons trouvé sur sa péniche deux groupes d'empreintes digitales distincts. Les siennes, mais aussi les vôtres. »

Laura sentit un frisson glacé lui parcourir la colonne vertébrale. Elle se frotta nerveusement la clavicule et s'éclaircit la gorge.

« Que… quoi ? Des empreintes digitales ? Qu'est-ce qui se passe ?

— Pouvez-vous nous parler de votre relation avec M. Sutherland, Laura ? demanda Monosourcil.

— Ma relation avec lui ? ne put s'empêcher de pouffer Laura. Le mot est un peu fort. On a couché deux fois ensemble, vendredi soir. Personnellement, c'est pas ce que j'appellerais une relation. »

L'inspectrice secoua la tête. Laura se demanda s'il s'agissait d'un geste de désapprobation ou d'incrédulité.

« Comment l'avez-vous rencontré ? » insista Monosourcil.

Laura déglutit.

« Je l'ai rencontré parce que… euh… parfois, je donne un coup de main à Irene, une vieille dame qui habite à Hayward's Place, vous savez, au niveau de l'église, quand on va à la supérette Tesco ? J'ai fait la connaissance d'Irene il y a quelques mois et, comme je disais, je lui donne un coup de main une fois de temps en temps, parce qu'elle est âgée, elle a un peu d'arthrose, la mémoire qui lui joue des tours, et elle est tombée il y a un moment de ça, elle s'est tordu la cheville, donc elle a du mal à faire ses courses toute seule. Je fais pas ça pour l'argent, hein, même si c'est vrai que ça lui arrive de me glisser un billet de cinq livres pour me remercier, parce que c'est quelqu'un de très gentil… Mais bref. Dan – enfin, Daniel Sutherland – habitait la maison juste à côté. Enfin, plus depuis très longtemps, mais sa mère, si, jusqu'à ce qu'elle meure, et c'est à ce moment-là qu'on s'est rencontrés.

— Vous vous êtes rencontrés quand sa mère est morte ?

— Après. J'étais pas dans la pièce quand elle a claqué, si c'est ce que vous voulez savoir. »

Monosourcil jeta un regard vers son collègue, mais celui-ci était à nouveau concentré sur la photo de famille, une expression triste sur le visage.

« Très bien, reprit l'inspectrice. Donc vendredi, vous étiez avec M. Sutherland, c'est ça ?

— On avait un rencard, confirma Laura. Enfin, j'ai l'impression que pour lui, un rencard, ça voulait dire deux verres dans un bar de Shoreditch, et ensuite destination son bateau pourri pour tirer un coup.

— Il… il vous a fait du mal ? demanda soudain Crâne d'Œuf en reportant son attention sur Laura. Est-ce que… est-ce qu'il a insisté pour que vous fassiez quelque chose que vous n'aviez pas envie de faire ? Vous dites que c'est lui qui a commencé, mais qu'est-ce qu'il a commencé, précisément ? »

Laura cligna fort des yeux. Elle avait un souvenir très précis de l'expression de surprise sur le visage de Daniel lorsqu'elle avait bondi sur lui.

« Tout se passait nickel, répondit-elle. On s'amusait bien. En tout cas, moi, je trouvais qu'on s'amusait bien. »

D'un coup, elle se mit à rougir – une vague de chaleur incontrôlable qui partit de sa poitrine et submergea son cou et ses joues.

« Et puis sans prévenir, il est devenu… froid. Comme si ça le dérangeait que je sois là. Il a commencé à m'insulter. »

Elle baissa les yeux vers sa jambe boiteuse et soupira.

« J'ai une maladie, poursuivit-elle. Je suis une adulte vulnérable. Je sais que vous avez dit que non, mais c'est la vérité. Je suis vulnérable.

— Et donc vous vous êtes disputés ? » demanda Monosourcil.

Laura acquiesça en regardant ses pieds.

« On peut dire ça comme ça, oui.

— Vous vous êtes battus ? Est-ce qu'il y a eu un affrontement ? »

Laura remarqua qu'elle avait une tache sur la chaussure gauche, au niveau du petit orteil. Une tache brune. Elle s'empressa de caler son pied gauche derrière sa cheville droite.

« Non, répondit-elle. Pas… Rien de sérieux, disons.

— Donc il y a bien eu un affrontement, mais un affrontement que vous ne jugez pas très violent, c'est ça ? »

Laura remonta son pied gauche le long de son mollet droit.

« C'était vraiment trois fois rien, confirma-t-elle. À peine un… un accrochage. »

Elle leva les yeux vers Crâne d'Œuf, qui était occupé à se frotter la lèvre avec l'index. L'inspecteur se tourna vers sa collègue et ils échangèrent un regard entendu.

« Mademoiselle Kilbride, déclara-t-il, le corps de Daniel Sutherland a été retrouvé sur son bateau dimanche matin. Pouvez-vous nous dire exactement quand vous l'avez vu pour la dernière fois ? »

La bouche de Laura s'assécha d'un coup et un grondement sourd retentit dans ses oreilles. Incapable de déglutir, elle ferma les yeux le plus fort possible.

« Attendez, attendez… », commença-t-elle.

Elle se leva, sentit que tout tournait autour d'elle, prit appui sur la table, et se rassit.

« Attendez, répéta-t-elle. Son corps ? Vous voulez dire que… ?

— Que M. Sutherland est mort, compléta Crâne d'Œuf d'un air calme et détaché.

— Non… Ce… c'est pas vrai, si ? demanda Laura, la voix cassée, et l'inspecteur hocha la tête. Dimanche matin ? Vous avez bien dit dimanche matin ?

— C'est ça.

— Mais… moi, c'est vendredi soir que je l'ai vu. Je suis rentrée chez moi le samedi matin. Je suis partie le samedi matin. À 7 heures, à peu près, peut-être même encore plus tôt que ça. Samedi matin », insista-t-elle une dernière fois.

Monosourcil commença à parler d'une voix légère et mélodieuse, comme si elle racontait une histoire drôle et qu'elle était sur le point d'arriver à la chute.

« M. Sutherland est décédé d'une hémorragie massive, provoquée par des coups de couteau répétés au torse et au cou. L'heure de sa mort n'a pas encore été établie avec précision, mais notre légiste estime qu'elle remonte entre vingt-quatre à trente-six heures avant la découverte du corps. Vous disiez que vous étiez avec M. Sutherland vendredi soir, c'est bien ça ? »

Laura avait le visage en feu, les yeux qui la démangeaient. Quelle conne ! Mais quelle conne !

« Oui, répondit-elle d'une voix faible. J'étais avec lui vendredi soir.

— Très bien. Et vous êtes allée avec lui sur son bateau, c'est ça ? Vous avez eu un, non, deux rapports sexuels, c'est ça ? Ensuite, à quelle heure exactement avez-vous quitté M. Sutherland, samedi matin ? »

Un piège. Ils lui avaient tendu un piège, et elle avait foncé dedans tête baissée. Quelle conne. Elle passa ses dents sur sa lèvre inférieure et serra fort. « Ne dites rien, lui aurait ordonné un avocat. Surtout, ne dites rien à personne. » Elle secoua la tête et un petit bruit s'échappa du fond de sa gorge, sans qu'elle puisse le retenir.

« Pardon, Laura ? Vous avez dit quelque chose ?

— Je suis vraiment désolée qu'il soit mort et tout ça, lâcha-t-elle, ignorant le conseil de son avocat imaginaire, mais je vous jure que j'ai rien fait. Vous m'entendez ? J'ai rien fait. J'ai poignardé personne. Si quelqu'un dit que si, c'est un menteur. Dan était… Je sais pas, il m'a dit des choses, des choses qui m'ont pas plu. Mais j'ai rien fait. Je l'ai peut-être frappé, peut-être que… »

Sentant le goût cuivré du sang dans sa bouche, elle déglutit.

« Je vous en prie, reprit-elle, ne dites pas que j'ai fait ça, parce que c'est pas vrai. Oui, on s'est un peu bousculés, mais ça s'est arrêté là, et ensuite il est parti. C'est tout. C'est pas ma faute, vous voyez bien que c'est pas ma faute. Même… même la dispute, c'était pas ma faute. »

Laura entendait sa propre voix monter se percher toujours plus haut dans les aigus et elle savait très bien qu'à cet instant, elle ressemblait à une folle en plein délire, comme ces clochards qu'on croise parfois sur le trottoir en train de fulminer contre rien. Elle avait conscience que c'était l'image qu'elle renvoyait, mais elle ne pouvait rien y faire.

« Et ensuite il est parti, reprit Monosourcil. Qu'est-ce que vous voulez dire par là, Laura ?

— Rien. Il est parti. Il est sorti. Qu'est-ce que vous voulez que je vous dise ? On a eu notre grosse engueulade – enfin, juste une engueulade, hein – et il a enfilé son jean, il est sorti de la cabine et il m'a plantée là.

— Chez lui ? Enfin, sur son bateau ? Seule ?

— Oui. Il faut croire qu'il accordait facilement sa confiance », dit-elle, et elle éclata de rire.

Elle se rendait bien compte que c'était très malvenu, mais elle ne pouvait pas s'en empêcher, parce que c'était drôle, non ? Surtout quand on savait ce qui était arrivé à Daniel. Bon, peut-être pas drôle, drôle, mais quand même. Malheureusement, le petit ricanement se transforma en fou rire incontrôlable sans qu'elle puisse y faire quoi que ce soit. Ses joues avaient viré au cramoisi et elle avait l'impression d'étouffer.

Les deux policiers se regardèrent en silence, puis Monosourcil haussa les épaules.

« Je vais aller lui chercher un verre d'eau », annonça-t-elle.

Quelques instants plus tard, Laura entendit l'inspectrice appeler son collègue, non pas de la cuisine, mais de la salle de bains.

« Viens voir ici une seconde ! »

Le chauve se leva, et Laura sentit la panique envahir sa poitrine et en chasser le fou rire qui s'y était installé.

« Attendez, attendez ! balbutia-t-elle. Je vous ai pas autorisés à aller là ! »

Mais c'était trop tard. Elle se précipita à la suite de Crâne d'Œuf vers la salle de bains, où Monosourcil désigna tour à tour le lavabo dans lequel Laura avait laissé la montre (laquelle ne pouvait appartenir qu'à Daniel Sutherland, vu qu'il y avait ses initiales gravées au dos du cadran), et le tee-shirt maculé de sang roulé en boule dans un coin de la pièce.

« Je me suis coupée, se justifia Laura, les tempes en feu. Je vous en ai déjà parlé. Je me suis coupée quand je suis rentrée en passant par la fenêtre.

— C'est vrai, acquiesça Crâne d'Œuf. Vous voulez bien nous expliquer ce que cette montre fait ici, à présent ?

— Je l'ai volée, reconnut Laura. J'avoue, je l'ai volée. Mais c'est pas ce que vous croyez. Je l'ai fait pour l'emmerder. Je comptais la… Je sais pas, la balancer dans le canal, lui dire "va chercher". Mais ensuite je… j'ai vu les initiales derrière et je me suis dit que si ça se trouve, il y tenait beaucoup, que c'était peut-être sa mère qui la lui avait offerte avant de mourir, que c'était un objet qui avait une valeur affective… J'avais l'intention de la lui rendre. »

Crâne d'Œuf posa sur elle un regard triste, comme s'il avait une mauvaise nouvelle à lui annoncer, ce qui en l'occurrence était le cas.

« Bon. Ce qui va se passer maintenant, c'est qu'on va vous emmener au poste pour poursuivre l'interrogatoire. Comprenez bien que vos réponses pourront être retenues contre vous, d'accord ? Et nous allons également prélever quelques échantillons pour les comparer avec les éléments retrouvés sur les lieux du crime.

— Des échantillons ? Comment ça ?

— Ne vous inquiétez pas, ce n'est pas du tout invasif, comme processus. On va vous gratter un peu sous les ongles, vous brosser les cheveux à la recherche de fibres, ce genre de choses.

— Et si je refuse de vous accompagner ? » réagit Laura d'une voix tremblante.

Elle aurait voulu demander de l'aide, mais elle ne voyait pas à qui s'adresser.

« Est-ce que je peux refuser ? ajouta-t-elle.

— Tout va bien se passer, Laura, tenta de la rassurer Monosourcil d'une voix apaisante. Vous verrez, ce n'est qu'une formalité.

— Vous mentez ! Vous mentez !

— Nous allons également demander au juge un mandat pour perquisitionner votre domicile, précisa Crâne d'Œuf. Au vu des circonstances, nous n'aurons aucun mal à l'obtenir, alors si vous avez quelque chose d'autre à nous dire, je vous conseille de le faire dès maintenant, d'accord ? »

Laura réfléchit quelques instants à cette dernière question, mais son cerveau était comme pétrifié. Monosourcil lui parlait. Lorsqu'elle sentit qu'elle lui touchait le bras, elle sursauta.

« Vos vêtements, Laura ? Pouvez-vous nous montrer ce que vous portiez vendredi soir ? »

Laura ramassa quelques habits qui traînaient sur le sol de sa chambre et lança un jean (sans savoir si c'était bien celui qu'elle portait ce jour-là) et un soutien-gorge en direction des policiers. Puis elle se rendit aux toilettes et les laissa dans le couloir. Lorsqu'elle vit l'inspectrice se pencher vers son collègue, elle tendit l'oreille et reconnut les mots « gravé » et « étrange », ainsi que la phrase : « Elle a l'air un peu dérangée. »

Assise sur la cuvette, la culotte aux chevilles, Laura esquissa un sourire triste. Elle avait déjà entendu pire. *Elle a l'air un peu dérangée ?* Ce n'était rien. Un compliment, presque, à côté des insultes auxquelles elle avait eu droit au fil des années : gogole, tarée, débile, abrutie, cinglée, détraquée…

Daniel Sutherland l'avait traitée d'« espèce de malade », quand elle lui avait sauté dessus, toutes griffes dehors, pour le rouer de coups de pied et de coups de poing. Il l'avait attrapée par les bras, avait enfoncé les pouces dans sa chair, et il avait dit : « Espèce de malade, mais t'es vraiment… complètement tarée. » La situation avait dégénéré si vite. Un instant elle était allongée sur le lit à côté de lui en train de fumer une cigarette, l'instant d'après elle était sur le chemin de halage, avec du sang sur le visage et une montre dans la poche.

Alors qu'elle descendait l'escalier escortée des deux policiers, Laura se demanda comment leur expliquer que bien sûr c'était la rage qui l'avait poussée à voler la montre, mais aussi l'espoir. Elle voulait punir Daniel, mais elle voulait aussi une excuse pour le revoir – évidemment, à présent, cela semblait pour le moins compromis.

5

Au poste de police, une jeune agente au sourire sincère gratta sous les ongles de Laura, lui passa un coton-tige à l'intérieur de la joue et lui brossa tout doucement les cheveux, avec beaucoup de délicatesse. Laura trouva la sensation très apaisante, et cela lui rappela si fort son enfance qu'elle en eut les larmes aux yeux.

Dans sa tête, la voix de Deidre résonna de nouveau. *Ton problème, Laura, c'est que tu n'as aucun amour-propre.* Deidre, la maigrichonne au visage dur entre les bras de qui le père de Laura avait tenté de trouver du réconfort lorsque sa femme l'avait quitté, s'était fait une spécialité d'égrener sur commande la litanie des problèmes de sa belle-fille. Le manque d'amour-propre arrivait tout en haut de sa liste. *Tu n'as pas assez d'estime de toi, Laura. C'est ça ton plus gros problème. Si tu avais un tant soit peu de dignité, tu ne sauterais pas dans le lit de tous ceux qui te témoignent un minimum d'attention.*

Quelques jours après son treizième anniversaire, Laura s'était rendue à une fête, chez une amie. Lorsqu'elle était rentrée sur la pointe des pieds à 6 heures du matin, son père l'attendait. Il l'avait attrapée par les épaules et l'avait secouée comme un prunier.

« Où tu étais ? J'étais mort d'inquiétude, j'ai cru qu'il t'était arrivé quelque chose ! Plus jamais tu ne me refais un coup pareil, mon poussin ! C'est compris ? »

Et il l'avait serrée contre lui. La tête appuyée contre son torse, Laura avait eu le sentiment d'être à nouveau une enfant. D'être à nouveau normale.

« Pardon, papa, avait-elle murmuré. Je te demande pardon. »

« Tu penses bien qu'elle n'est pas désolée une seule seconde, tonna Deidre une heure plus tard, alors qu'ils étaient tous assis autour de la table pour le petit déjeuner. Mais regarde-la, Philip ! On dirait un gosse devant le sapin de Noël ! »

Laura lui fit une grimace par-dessus son bol de céréales.

« Ton petit air satisfait, là, cracha Deidre avec dégoût. Tu ne vois pas son petit air satisfait, Phil ? Tu étais où, hier soir ? »

Plus tard, elle entendit son père et sa belle-mère se disputer.

« Son problème, c'est qu'elle ne se respecte pas, disait Deidre. Je te le dis, Phil, si ça continue comme ça, elle va se retrouver enceinte avant ses quinze ans. Il faut vraiment que tu fasses quelque chose.

— Mais ce n'est pas sa faute, Deidre, répondit son père d'une voix geignarde. Tu sais bien que ce n'est pas sa faute.

— Oh, ce n'est pas sa faute. Mais bien sûr. Rien n'est jamais sa faute, avec toi. »

Ce soir-là, lorsque Deidre monta prévenir Laura que le dîner était prêt, elle lui demanda :

« Tu as pris tes précautions, au moins ? Ne me dis pas que tu as été assez bête pour le faire sans préservatif ! »

Laura était allongée sur son lit, les yeux rivés au plafond. Sans changer de position, elle attrapa une brosse à cheveux sur sa table de nuit et la lança en direction de sa belle-mère.

« Va te faire foutre, Deidre !

— De mieux en mieux, commenta Deidre. Mais j'imagine que ce n'est pas ta faute non plus si tu es aussi vulgaire. »

Elle se retourna pour partir, mais se ravisa au dernier moment.

« Tu sais ce que c'est, ton problème, Laura ? C'est que tu n'as aucun amour-propre. »

Le manque d'amour-propre était effectivement un des problèmes de Laura, mais c'était loin d'être le seul. Dans la liste, on pouvait aussi retrouver, entre autres : hypersexualité, trouble du contrôle des impulsions, comportement social inapproprié, accès de colère, trous de mémoire, ainsi qu'un boitement assez prononcé.

« Et voilà, annonça l'agente de police en rangeant son matériel. C'est terminé. »

Voyant que Laura pleurait, elle lui serra délicatement la main et ajouta :

« Tout va bien se passer, ma chérie.

— Je voudrais appeler ma mère, dit Laura. Est-ce que c'est possible ? »

La policière accepta et Laura composa le numéro, mais sa mère ne répondit pas.

« Est-ce que j'ai droit à un deuxième appel ? »

L'agente commença par secouer la tête, puis elle vérifia que le couloir était vide et elle acquiesça.

« D'accord, mais fais vite. »

Laura appela ensuite son père. Après plusieurs sonneries, on décrocha et Laura sentit l'espoir lui gonfler la poitrine. Malheureusement, son enthousiasme retomba dès qu'elle reconnut la voix de Deidre à l'autre bout du fil.

« Allô ? Allô ? Qui est à l'appareil ? »

Laura raccrocha et haussa les épaules lorsqu'elle croisa le regard interrogateur de l'agente.

« J'ai dû me tromper de numéro », mentit-elle.

Après cela, l'agente escorta Laura jusqu'à une pièce minuscule et étouffante au centre de laquelle trônait une table. Elle lui donna un verre d'eau et lui promit que quelqu'un allait lui apporter un thé, qui ne vint jamais. Dans la petite cellule surchauffée flottait une odeur chimique étrange. Laura avait tout le corps qui la démangeait et l'impression que son cerveau épuisé tournait au ralenti. Elle croisa les bras sur la table, posa la tête dessus et essaya de dormir, mais dans le bruit ambiant elle entendit des voix. Sa mère, Deidre, Daniel. Elle déglutit et perçut dans sa gorge le goût du métal et de la pourriture.

« Qu'est-ce qu'on attend ? finit-elle par demander à l'agente, qui haussa les épaules.

— L'avocat commis d'office, je crois. Parfois, ça peut prendre du temps. »

Laura pensa aux pizzas et aux plats surgelés pour lesquels elle avait dépensé ses dix dernières livres, et qui décongelaient tranquillement sur le plan de travail de sa cuisine.

Après une attente qui parut interminable à Laura mais qui n'excéda probablement pas dix minutes, les deux inspecteurs qui l'avaient amenée au poste de police pénétrèrent dans la pièce. Sans avocat.

« Vous pensez que ça va prendre combien de temps ? demanda-t-elle. J'ai une grosse journée de boulot demain et je suis explosée. »

Crâne d'Œuf la dévisagea longuement, puis il poussa un soupir, comme s'il était déçu de son attitude.

« Ça pourrait durer un bon moment, Laura, répondit-il. C'est… Disons que ça ne se présente pas très bien pour vous. Surtout que ce n'est pas la première fois.

— Qu'est-ce que vous racontez, pas la première fois ? Je passe pas mon temps à poignarder des gens, je…

— Vous avez poignardé Warren Lacey, intervint Monosourcil.

— Je lui ai planté une fourchette dans la main ! Ça a quand même rien à voir, merde ! » s'exclama Laura.

Et elle se mit à rire, parce que ça n'avait effectivement rien à voir et que chercher à comparer les deux était ridicule, mais elle n'avait pas vraiment envie de rire, elle avait surtout envie de pleurer.

« Je constate que ça vous amuse beaucoup, Laura, commenta l'inspectrice. Intéressant. Pourtant, je pense qu'à votre place, peu de gens trouveraient la situation aussi drôle.

— Ça m'amuse pas. C'est… »

Laura poussa un soupir de frustration avant de reprendre :

« Parfois, j'arrive pas à adopter une attitude qui corresponde à mon état émotionnel. Et là, en l'occurrence, je vous jure que je trouve pas ça drôle », dit-elle sans parvenir à se départir de son sourire.

Monosourcil lui sourit à son tour – un rictus effrayant. Elle s'apprêta à ajouter quelque chose, mais fut interrompue par l'entrée de l'avocat commis d'office promis. Un homme au visage gris, l'air épuisé, qui empestait le café et le manque d'assurance.

Une fois les présentations faites et tout le monde installé autour de la table, Monosourcil reprit le fil de l'interrogatoire.

« Nous parlions donc de la difficulté que vous éprouviez à adopter une attitude qui corresponde à votre état émotionnel. C'est bien ce que vous avez dit, n'est-ce pas ? »

Laura hocha la tête en signe d'acquiescement.

« Vous devez répondre par oui ou par non, Laura. Pour l'enregistrement. »

Laura marmonna un petit « oui ».

« Est-il correct d'affirmer que vous avez parfois du mal à vous contrôler ? Que vous êtes sujette à des crises sur lesquelles vous n'avez aucun contrôle ?

— Oui.

— Est-ce que vous voulez bien nous parler de votre accident, Laura ? » demanda Monosourcil d'une voix mielleuse qui se voulait rassurante.

Laura se coinça les mains sous les cuisses de peur de la gifler.

« Pouvez-vous nous raconter les effets que cet accident a eus sur vous ? Physiquement, j'entends. »

Laura se tourna vers l'avocat en quête d'un quelconque soutien, mais comme il restait impassible, elle soupira et se mit à énumérer ses blessures d'un ton monocorde :

« Fracture du crâne, fracture du bassin, fracture ouverte du fémur distal. Coupures, hématomes. J'ai passé douze jours dans le coma et trois mois à l'hôpital.

— Vous avez également subi un important traumatisme crânien, non ? Pourriez-vous nous en dire plus ? »

Laura soupira de nouveau et leva les yeux au ciel.

« Vous pouvez pas faire une recherche Google ? s'emporta-t-elle. Sans déconner, c'est quoi votre problème ? Pourquoi vous voulez que je vous parle d'un truc qui m'est arrivé quand j'avais dix ans ? Moi, je crois surtout que vous avez rien contre moi, que dalle, alors maintenant j'aimerais que vous me laissiez rentrer chez moi. »

Les deux inspecteurs l'observèrent, visiblement peu impressionnés par sa diatribe.

« Pouvez-vous nous détailler les conséquences de votre traumatisme crânien ? demanda Crâne d'Œuf d'un ton détaché qui ne fit que décupler la rage que ressentait Laura.

— Bon. Donc j'ai eu un traumatisme crânien. Et ça a affecté temporairement mon usage de la parole, mais aussi mes souvenirs.

— Vos souvenirs ? répéta Monosourcil.

— Oui, enfin, ma mémoire. »

Monosourcil resta silencieuse quelques secondes – Laura en conclut qu'elle cherchait à ménager son effet – avant de reprendre :

« Mais ce traumatisme a aussi eu des conséquences émotionnelles et comportementales, je me trompe ? »

Laura se mordit la lèvre.

« J'ai eu des problèmes de contrôle de la colère quand j'étais plus jeune, dit-elle en regardant l'inspectrice droit dans les yeux, comme pour la mettre au défi de la traiter de menteuse. Je suis dépressive et je souffre d'une désinhibition qui peut se manifester par des propos déplacés ou blessants, récita-t-elle. Comme quand je vous ai dit que vous ressembliez à l'oncle Fétide. »

Monosourcil éluda d'un sourire et poursuivit :

« Vous présentez un trouble du contrôle des impulsions, n'est-ce pas, Laura ? Vous ne pouvez pas vous empêcher de vous en prendre physiquement aux gens, de les agresser. C'est bien ça, non ?

— Euh… Je…

— Et donc, sur la péniche, vendredi soir, quand M. Sutherland vous a rejetée, quand il s'est montré "froid et insultant" avec vous, vous vous êtes emportée, n'est-ce pas ? Vous l'avez attaqué ? Tout à l'heure, vous nous avez dit que vous l'aviez frappé. Vous vouliez vraiment lui faire mal, pas vrai ?

— Je voulais lui arracher la gorge », s'entendit dire Laura.

À côté d'elle, l'avocat frémit. Bingo ! Les policiers n'avaient effectivement aucun élément contre elle, que dalle, mais ce n'était pas grave, puisqu'ils l'avaient, elle. Pas besoin de flagrant délit. Pas besoin d'arme du crime. Ils avaient un mobile, et ils avaient Laura, sur qui ils pouvaient compter, tôt ou tard, pour dire quelque chose de profondément stupide.

6

Assise dans le fauteuil du salon, son coin lecture préféré, Irene attendait Laura, qui était en retard. Le fauteuil, qui faisait jadis partie d'une paire, mais dont le pendant avait depuis longtemps fini à la décharge, était positionné tout contre la fenêtre. C'était l'endroit de la pièce où on pouvait profiter du soleil toute la matinée et une bonne partie de l'après-midi ; l'endroit depuis lequel Irene regardait passer le temps pendant que le temps, de son côté, la regardait satisfaire aux activités qu'il attendait d'une personne âgée : somnoler des journées entières, seule, à songer à ses souvenirs, à l'âge d'or révolu, aux occasions manquées. Et aux morts.

Sauf que ce n'était pas du tout ce que faisait Irene. En tout cas, pas exclusivement. Pour l'heure, elle attendait Laura qui devait venir lui faire ses courses de la semaine et, pour patienter, elle opérait un tri parmi les trois cartons de livres que Carla Myerson lui avait déposés la semaine précédente. Les livres avaient appartenu à une morte – Angela, la sœur de Carla et la voisine d'Irene. Sa meilleure amie, aussi.

« Ils n'ont aucune valeur, l'avait prévenue Carla. Ce ne sont que des poches. Je comptais les donner à une boutique solidaire, et puis je me suis dit… »

Elle avait embrassé le salon d'Irene d'un rapide regard circulaire, puis avait froncé le nez avant d'ajouter :

« Je me suis dit que ce serait peut-être votre tasse de thé. »

Une insulte déguisée, avait estimé Irene. Non qu'elle en eût quelque chose à faire. Carla était le genre de femme qui savait mettre un prix sur tout, mais qui ne connaissait la valeur de rien. *Ils n'ont aucune valeur ?* C'était bien là la preuve de son ignorance.

Certes, lorsque Irene ouvrit certains des plus vieux ouvrages, principalement des romans de la maison d'édition Penguin Books, reconnaissables à leur couverture orange vif, elle constata qu'ils s'effritaient sous ses doigts. L'acidité du papier avait commencé à grignoter les pages, les rendant friables, les détruisant de l'intérieur. C'était terrible, quand on y pensait : tous ces mots, toutes ces histoires qui disparaissaient peu à peu. Hélas, pour ces livres, Irene n'aurait pas le choix – elle devrait les jeter. Les autres, en revanche, se révélèrent effectivement à son goût. D'ailleurs, il y en avait beaucoup dans le lot qu'elle avait déjà lus. Avec Angela, elles passaient leur temps à s'échanger des bouquins, en particulier des polars, dont elles raffolaient (pas les romans très violents qu'on publiait de nos jours, mais plutôt les histoires bien ficelées comme savaient les écrire Barbara Vine ou P. D. James). Carla Myerson, elle, devait faire partie de ces gens qui considéraient la littérature policière comme un sous-genre méprisable.

Le fait qu'Irene avait déjà lu la plupart des livres entassés dans les cartons importait peu. Ce qui comptait, et ce que Carla ignorait certainement, alors même qu'il s'agissait de sa propre sœur, c'était qu'Angela était une véritable vandale avec ses propres livres : une briseuse de dos, une plieuse de coins, une gribouilleuse de marges. De sorte que lorsqu'on feuilletait son exemplaire de *La Maison hantée*, de Shirley Jackson, par exemple, on pouvait remarquer qu'elle avait souligné certaines phrases (*La malheureuse a succombé à la haine. Elle s'est pendue*[1]) ; quand on tournait les pages de *Véra va mourir*, de Ruth Rendell, on découvrait qu'elle partageait les sentiments que ressentait l'héroïne vis-à-vis de sa sœur (*C'est exactement ça !* avait-elle inscrit dans la marge, à côté du passage qui disait : *Rien ne tue autant que le mépris, et le mépris que je ressentis soudain pour elle me monta aux joues*[2]). Parfois, on tombait sur un objet ayant appartenu au passé d'Angela. Un marque-page, un billet de train, une liste de courses (*cigarettes, lait, pâtes*). Dans *Non, ce pays n'est pas pour le vieil homme*, de Cormac McCarthy, se trouvait une carte postale achetée au Victoria and Albert Museum, la photo d'une maison entourée d'une palissade blanche ; dans *La Mort dans les bois*, de Tana French, Irene dénicha une feuille avec un dessin de deux enfants se tenant la main. Dans *Le Jardin de ciment*, de Ian McEwan, c'est sur une carte d'anniversaire qu'elle mit la main : elle

---

1. Shirley Jackson, *La Maison hantée*, traduction de Dominique Mols révisée par Fabienne Duvigneau, Rivages, 2016. (*N.d.T.*)

2. Ruth Rendell, *Véra va mourir*, traduction de Françoise et Guy Casaril, Calmann-Lévy, 1987. (*N.d.T.*)

était bleu et blanc, froissée à force d'avoir été manipulée, il y avait un bateau sur la couverture et quelques lignes manuscrites à l'intérieur. *Mon cher petit Daniel, je te souhaite un très joyeux dixième anniversaire. Je t'embrasse très fort, tatie Carla.*

Ils n'ont aucune valeur ? Quelle absurdité ! En vérité, lorsque vous lisiez un livre ayant appartenu à Angela Sutherland, c'était comme si vous entamiez une conversation. Et comme, hélas, il n'était plus possible d'avoir de véritables conversations avec Angela, pour Irene, ces livres avaient de la valeur. Une valeur inestimable.

Si elle n'avait pas été aussi inquiète du retard de Laura, Irene aurait sûrement apprécié de passer sa matinée à lézarder au soleil, tout en triant les livres et en regardant par la fenêtre le défilé des employés de bureau et des mères accompagnant leurs enfants à l'école.

La petite maison à un étage d'Irene se trouvait à une extrémité de Hayward's Place, une allée piétonne coincée entre deux artères au cœur de la ville. D'un côté de cette allée se dressaient cinq maisonnettes identiques contiguës (Irene habitait au numéro 2), de l'autre un immeuble de bureaux quelconque construit en lieu et place du Red Bull (un illustre théâtre élisabéthain qui aurait selon la légende brûlé dans le grand incendie de Londres). Ce passage étant un raccourci bien connu des habitants du quartier, il restait toujours très passant, quelle que soit l'heure du jour ou de la nuit – surtout en semaine.

Mais que pouvait bien fabriquer Laura ? Elles s'étaient pourtant mises d'accord pour ce mardi, non ? Quand Laura venait, c'était souvent le mardi, parce qu'elle commençait plus tard à la laverie ce jour-là.

Était-on mardi ? Irene pensait que oui, mais à présent elle avait un doute. Elle se leva de son fauteuil avec beaucoup de précautions (elle s'était foulé la cheville quelque temps auparavant, raison pour laquelle elle avait besoin de quelqu'un pour lui faire ses courses), contourna les petites piles de livres sur le sol (ceux qu'elle avait lus et ceux qu'elle n'avait pas lus, ceux qu'elle voulait garder et ceux qu'elle comptait donner à la boutique solidaire) et traversa le salon, qui contenait pour tout mobilier le fauteuil, un petit canapé, une commode où trônait une minuscule télévision qu'elle ne regardait quasiment jamais, et une bibliothèque sur laquelle était posée une radio, qu'elle alluma.

À 10 heures, l'animateur confirma qu'on était bien mardi. Le mardi 13 mars, précisément. Puis il déclara que la Première ministre Theresa May avait laissé aux Russes jusqu'à minuit pour justifier l'empoisonnement d'un ancien espion à Salisbury ; il relata qu'un député travailliste niait avoir donné une tape sur les fesses d'une habitante de sa circonscription ; et il révéla qu'une jeune femme était en garde à vue à la suite du meurtre de Daniel Sutherland, un homme de vingt-trois ans dont le corps sans vie avait été retrouvé le dimanche précédent à bord d'une péniche sur Regent's Canal. Le journaliste continua à énumérer un bon nombre d'autres nouvelles, mais Irene ne l'entendait plus à cause du vrombissement dans ses oreilles.

Elle s'imaginait des choses. C'était forcément cela. Daniel Sutherland ? Impossible. Les mains tremblantes, elle éteignit la radio pour la rallumer quelques instants plus tard, mais le présentateur était déjà passé à la météo et annonçait l'arrivée d'un front froid.

Peut-être s'agissait-il d'un homonyme ? Combien pouvait-il y avoir de Daniel Sutherland à Londres ? Irene n'ayant pas acheté le journal ce matin-là – il faut dire qu'elle ne l'achetait presque plus jamais –, elle ne pouvait pas vérifier si c'était bien le Daniel Sutherland qu'elle connaissait. Elle avait entendu dire qu'il était possible de se renseigner avec son téléphone portable mais elle ne savait pas comment s'y prendre, et de toute façon elle ne se souvenait pas où il était. Perdu quelque part à l'étage, certainement. Avec la batterie à plat.

Non, elle allait devoir faire comme au bon vieux temps et aller elle-même acheter le journal. De toute façon, elle avait aussi besoin de lait et de pain, et comme Laura ne semblait pas décidée à venir… Dans l'entrée, elle enfila son manteau et ramassa son sac et ses clés pour se rendre compte en ouvrant la porte qu'elle avait toujours ses pantoufles aux pieds. Elle repassa donc au salon pour mettre des chaussures.

Elle était un peu tête en l'air, voilà tout. Cependant, elle avait remarqué depuis quelque temps qu'elle ressentait désormais de la nervosité chaque fois qu'elle quittait son domicile – avant, elle sortait tous les jours, que ce soit pour aller faire les courses, se rendre à la bibliothèque ou donner un coup de main à la friperie du quartier tenue par la Croix-Rouge. Mais il faut croire que les habitudes se perdent vite, après une longue période de confinement. Elle allait devoir faire attention si elle ne voulait pas finir comme tous ces vieux qui restent cloîtrés chez eux de peur d'affronter le monde extérieur.

En attendant, elle devait reconnaître qu'elle était plutôt soulagée de ne plus avoir à se rendre au supermarché.

Tous ces jeunes, si impatients, si irréfléchis, si distraits. Non pas qu'elle eût quelque chose contre les jeunes. Elle ne voulait pas non plus rejoindre cette autre catégorie de vieux : les aigris, hermétiques à tout, qui passent leur temps à pester, bien au chaud dans leurs chaussons beiges achetés sur catalogue. Irene portait une paire de New Balance bleu et orange à scratch qu'Angela lui avait offerte pour Noël. Elle n'avait rien contre les jeunes, elle-même avait été jeune, à une époque. Sauf que… les jeunes d'aujourd'hui avaient des idées préconçues. Enfin, certains jeunes. Ils partaient du principe que sous prétexte que vous étiez âgée, vous étiez nécessairement sourde, aveugle et faible. Des qualificatifs parfois pertinents, parfois pas du tout. Irene, par exemple, avait une ouïe exceptionnelle. D'ailleurs, les murs de sa maison étaient si fins qu'elle aurait volontiers préféré être dure d'oreille. Mais bref, ce qui l'irritait vraiment, c'était les idées préconçues.

En rentrant, elle ne trouva rien dans le journal sur Daniel Sutherland (et comme en plus elle avait oublié d'acheter de la marmelade pour ses tartines, on pouvait dire que cette sortie était un échec complet). Seul point positif, elle finit par retrouver son téléphone dans la salle de bains mais, comme elle s'en doutait, la batterie était à plat et elle ne se souvenait pas de ce qu'elle avait fait du chargeur.

Comme c'était exaspérant !

Mais elle ne perdait pas la boule. Ce n'était pas de la démence. La plupart des gens avaient tendance à tirer tout de suite cette conclusion lorsqu'ils avaient affaire à une personne âgée un peu distraite, comme s'il n'arrivait jamais aux jeunes d'égarer leurs clés ou d'oublier un article sur leur liste de courses. Irene était certaine que ce n'était pas de la démence. Après tout, elle ne disait pas « torchon » à la place de « grille-pain » et elle ne s'était jamais trompé de chemin en revenant du supermarché. Elle ne perdait pas non plus le fil des conversations – enfin, pas souvent – et ne rangeait pas la télécommande dans le réfrigérateur.

Par contre, il lui arrivait d'avoir des coups de mou. Mais ce n'était pas de la démence, le docteur le lui avait assuré. Simplement, lorsqu'elle se laissait aller, qu'elle oubliait de boire ou de manger, elle se retrouvait soudain épuisée, puis confuse et, avant d'avoir pu réagir, tout à fait désorientée.

« Vos ressources ne sont pas infinies, madame Barnes, l'avait prévenue son médecin la dernière fois qu'elle avait souffert d'une baisse de régime de ce genre. Il faut que vous preniez soin de vous, que vous mangiez correctement, que vous restiez hydratée. Sinon, pas étonnant que vous finissiez toute chamboulée ! Continuez comme ça et vous risquez de faire une nouvelle chute. Ce serait quand même dommage, non ? »

Comment lui expliquer, à ce gentil jeune homme à la voix douce et aux beaux yeux bleus (et au ton parfois un peu condescendant), que parfois c'était justement cet état qu'elle recherchait ? Comment lui faire comprendre que s'il était bien sûr effrayant de se sentir « toute chamboulée », comme il disait, cela pouvait aussi se révéler excitant ? Comment lui révéler qu'il lui arrivait de sauter volontairement un repas dans l'espoir de retrouver la sensation grisante de l'attente ?

Car lorsqu'elle était ainsi déboussolée, elle oubliait que William, l'homme qu'elle avait aimé et avec qui elle avait partagé son lit pendant plus de quarante ans, était mort. Elle oubliait qu'il était parti depuis six ans, et cela lui permettait de se complaire dans le fantasme qu'il était simplement au travail, ou au pub avec ses amis. Que bientôt elle l'entendrait siffloter en remontant la ruelle, qu'elle lisserait sa robe du revers de la main, se recoifferait rapidement et que, dans un instant, dans un instant seulement, elle entendrait sa clé dans la serrure.

La première fois qu'Irene avait rencontré Laura, elle attendait le retour de William. C'était le jour où ils avaient retrouvé le corps d'Angela.

Ce jour-là, il faisait très froid. Irene était inquiète, parce qu'elle avait constaté en se réveillant que William n'était pas à côté d'elle. Où pouvait-il bien être ? Pourquoi n'était-il pas rentré ? Elle descendit l'escalier, enfila sa robe de chambre et sortit dans la ruelle – ouh, qu'il faisait froid ! –, mais celle-ci était vide. Où étaient passés tous les gens ? Irene se retourna pour rentrer, mais se rendit compte que la porte s'était refermée derrière elle. Peu importait, après tout, car elle ne sortait jamais sans vérifier au préalable qu'elle avait bien sa clé dans la poche ; elle avait commis l'erreur une fois, on ne l'y reprendrait plus. Mais là, et c'était proprement absurde, elle n'arrivait pas à insérer la clé dans la serrure. Ses mains étaient comme paralysées et la clé tombait chaque fois. Comme c'était frustrant ! En soi, ce n'était pas grand-chose, mais elle se mit à pleurer. Il faisait froid, elle était seule, et elle n'avait aucune idée d'où pouvait bien se trouver William. Elle appela, mais personne ne vint. Jusqu'à ce qu'elle ait une révélation : Angie ! Angela était forcément chez elle. Ne restait qu'à toquer, mais pas trop fort, pour ne pas risquer de réveiller le petit.

Alors c'est ce qu'elle fit. Elle ouvrit le portail voisin et frappa doucement à la porte en appelant :

« Angela ? C'est moi, Irene ! Je suis coincée dehors. Est-ce que tu peux m'aider ? »

Pas de réponse. Elle répéta sa tentative, en vain. Elle chercha de nouveau ses clés dans sa poche, mais elle avait tellement mal aux doigts ! Sa respiration formait un petit nuage blanc devant son visage, elle ne sentait plus ses pieds et, lorsqu'elle se retourna, elle se cogna la hanche contre le portail en fer forgé et poussa un petit cri de douleur. À présent, les larmes coulaient abondamment sur ses joues.

« Ça va, madame ? Je suis bête, bien sûr que non, ça va pas. Attendez, attendez, je vais vous aider. »

Il y avait une fille. Une fille étrange vêtue d'habits étranges – un pantalon avec un motif floral et une grosse doudoune argentée. Elle était petite et frêle, avec des cheveux blonds tirant sur le blanc et de petites taches de rousseur éparpillées autour du nez. Elle avait des yeux bleus immenses, avec deux grands trous noirs à la place des pupilles.

« Ouh, là, mais vous êtes complètement frigorifiée ! »

La fille prit les mains d'Irene entre les siennes et se mit à les frictionner délicatement.

« Vous devez avoir si froid ! Est-ce que c'est chez vous, ici ? Vous vous êtes enfermée dehors ? »

Irene sentit l'haleine chargée d'alcool de la fille – elle se demanda si elle était en âge de boire, mais bon, de nos jours, on ne savait plus trop bien.

« Eh oh ! Y a quelqu'un là-dedans ? cria la fille en tambourinant à la porte d'Angela. Eh oh ! Ouvrez-nous !

— Pas si fort, chuchota Irene. Il est tard, je ne voudrais pas réveiller le petit garçon. »

L'inconnue posa sur elle un regard surpris.

« Il est 6 h 30 du matin. S'il y a un enfant à l'intérieur, vous pouvez être sûre qu'il est déjà réveillé.

— Oh… mais non », balbutia Irene.

C'était impossible. Il ne pouvait pas être 6 h 30. Cela voulait dire que William n'était pas rentré de la nuit.

« Oh, fit-elle de nouveau en portant ses doigts gelés à sa bouche. Où est-il ? Où est William ? »

La fille semblait sincèrement embêtée.

« Je suis désolée, madame, je sais pas. »

Elle prit un Kleenex froissé dans sa poche et essuya les larmes sur le visage d'Irene.

« Je vous promets qu'on va s'occuper de tout ça, d'accord ? Mais d'abord, il faut qu'on trouve un moyen de rentrer vous mettre au chaud. Vous êtes congelée ! »

La fille lâcha les mains d'Irene et retourna vers la porte d'Angela. Elle se remit à tambouriner dessus, puis elle se baissa et ramassa un caillou qu'elle lança contre un carreau.

« Oh, là, là ! » souffla Irene.

La fille l'ignora. Elle était accroupie, à présent, et poussait le volet de la boîte aux lettres pour l'ouvrir.

« La vache ! s'écria-t-elle soudain, et elle bondit en arrière pour atterrir les fesses sur le pavé. Putain de merde ! jura-t-elle en levant la tête vers Irene, les yeux écarquillés. C'est votre maison, ça ? Mais depuis combien de temps… Putain. C'est qui ? »

Elle se remit sur pied et attrapa à nouveau les mains d'Irene, mais sans tendresse, cette fois.

« C'est qui, là-dedans ? insista-t-elle.

— C'est la maison d'Angela, répondit Irene, surprise par le changement d'attitude de la jeune femme.

— Et vous, vous habitez où ?

— Eh bien, juste à côté, évidemment, répondit Irene en lui tendant la clé.

— En quoi c'est évident ? s'écria la fille, mais elle prit la clé, passa un bras autour des épaules d'Irene et l'escorta jusqu'à sa maison, dont elle n'eut aucun mal à déverrouiller la porte. Allez, entrez, madame. Je vais vous préparer une bonne tasse de thé. En attendant, mettez-vous au chaud sous une couverture, d'accord ? Il faut vous réchauffer. »

Irene se rendit au salon, s'assit dans son fauteuil et attendit la tasse de thé promise, mais la fille resta dans l'entrée. Irene comprit en l'entendant parler qu'elle avait décroché le téléphone pour passer un coup de fil.

« Est-ce que vous appelez William ? demanda-t-elle.

— Non, j'appelle la police. »

Irene entendit la fille dire : « Oui, il y a quelqu'un à l'intérieur », puis : « Non, non, c'est sûr et certain, vous verriez l'odeur… »

Après cela, la fille s'en alla – mais pas immédiatement. D'abord, elle apporta à Irene une tasse de thé avec deux sucres. Puis elle s'accroupit à côté du fauteuil, prit les mains d'Irene entre les siennes et lui demanda de ne pas bouger jusqu'à l'arrivée des policiers.

« Quand ils seront là, dites-leur d'aller à côté, d'accord ? Ensuite, je suis sûre qu'ils vous aideront à retrouver William. Mais vous, vous restez là quoi qu'il arrive. Ne… ne sortez surtout pas. Vous me le promettez ? »

Elle se redressa.

« Il faut que je file. Je suis désolée, mais je reviendrai vous voir. Au fait, je m'appelle Laura. Je reviendrai bientôt, d'accord ? En attendant, prenez bien soin de vous. »

Le temps que la police arrive – deux jeunes femmes en uniforme –, Irene avait oublié le nom de la fille. Cela ne semblait pas très grave, car les deux agentes s'intéressaient surtout à ce qui se passait dans la maison voisine. Debout dans l'encadrement de sa porte d'entrée, Irene les regarda s'accroupir, jeter un œil par la boîte aux lettres comme la fille l'avait fait, puis reculer vivement, là encore comme la fille l'avait fait. Elles parlèrent brièvement dans leur petite radio, ramenèrent Irene dans son salon, puis une des deux alluma la bouilloire et alla chercher une couverture à l'étage. Un peu plus tard, un jeune homme apparut, vêtu d'une veste très colorée. Il prit la température d'Irene, lui pinça délicatement la peau et lui posa tout un tas de questions : Quand est-ce qu'elle avait mangé pour la dernière fois ? Quel jour on était ? Qui était le Premier ministre ?

« Ah, ça, je sais, répondit-elle avec un rictus méprisant. C'est cette horrible Theresa May, je ne l'aime pas du tout. Vous l'aimez bien, vous ? »

Le jeune homme sourit et secoua la tête.

« Le contraire m'aurait surprise. Vous êtes indien, non ?

— Je suis né à cinquante kilomètres de Londres, répliqua-t-il.

— Ah. »

Irene ne savait pas quoi répondre à cela. Elle se sentait un peu perdue, très confuse, et le fait que le jeune homme était extrêmement beau n'arrangeait rien – des yeux très noirs, de longs cils et des mains toutes douces… Chaque fois qu'il lui touchait les poignets, elle ne pouvait s'empêcher de rougir. Il avait un sourire magnifique et il était très poli, très gentil, même s'il lui reprocha de ne pas prendre assez soin d'elle. Il lui expliqua qu'elle était déshydratée et qu'il fallait qu'elle boive beaucoup d'eau riche en sels minéraux, ce qui correspondait précisément aux recommandations de son généraliste.

Lorsque le beau jeune homme s'en alla, Irene fit ce qu'il lui avait demandé : elle mangea une tranche de pain de mie grillée avec du miel dessus et but deux grands verres d'eau, mais sans sels minéraux car elle ne savait pas ce que c'était. Alors qu'elle reprenait peu à peu des forces, elle entendit un énorme craquement à l'extérieur, un bruit terrifiant. Le cœur battant, elle se précipita à la fenêtre du salon et vit des hommes en uniforme essayer d'enfoncer la porte d'Angie avec une espèce de bélier en métal.

« Oh, là, là ! » murmura Irene en songeant, bêtement, qu'Angela risquait d'être très fâchée.

Elle n'avait pas encore compris qu'Angela ne serait plus jamais fâchée, qu'elle ne ressentirait plus jamais rien. Il fallut qu'une inspectrice de police en civil vienne la voir, lui demande de s'asseoir et lui explique qu'Angela avait fait une chute dans l'escalier et qu'elle s'était brisé le cou, pour qu'Irene saisisse enfin que son amie était morte.

Lorsque l'inspectrice lui annonça que le décès d'Angela remontait à plusieurs jours, voire à une semaine entière, Irene se sentit tellement honteuse qu'elle ne put prononcer le moindre mot. Pauvre Angela, toute seule au pied de son escalier, juste de l'autre côté du mur ! Et Irene, toute à son petit coup de mou, qui n'avait même pas pensé à elle.

« Elle n'a pas crié, déclara Irene lorsqu'elle fut enfin en mesure de parler. Je l'aurais entendue. Ces murs sont fins comme du papier à cigarette. »

L'inspectrice était gentille, elle expliqua à Irene qu'il y avait de grandes chances qu'Angela soit morte sur le coup.

« Mais vous devez bien avoir un moyen de savoir à quand remonte sa mort précisément, non ? » demanda Irene.

À force de lire des romans policiers, elle avait quelques connaissances en matière de médecine légale. Mais la policière lui expliqua que le chauffage était réglé au maximum et que le corps d'Angela était étendu juste à côté du radiateur situé en bas de l'escalier, de sorte qu'il était impossible d'estimer avec précision le moment du décès.

Personne ne saurait jamais ce qui s'était passé. Ce jour-là, les policiers déclarèrent qu'il s'agissait d'un accident, et Irene accepta cette hypothèse, même si elle avait des doutes et qu'elle jugeait cette conclusion un peu hâtive. Car il y avait eu de nombreux conflits dans la vie d'Angela : elle s'était disputée avec sa sœur, avec son fils. Ou plutôt, Irene avait l'impression que la sœur et le fils d'Angela étaient venus régulièrement pour la sermonner, et que chaque fois qu'ils étaient partis en la laissant abattue, Angela avait trouvé refuge dans une bouteille. Irene parla de ces disputes aux policiers – au sujet de Daniel, ou pour des histoires d'argent –, mais ils ne semblaient pas intéressés. Angela était alcoolique. Elle avait trop bu, elle était tombée, elle s'était brisé le cou.

« Ça arrive plus souvent que ce qu'on croit, déclara la gentille inspectrice. Mais si vous pensez à quoi que ce soit d'autre qui puisse nous être utile, n'hésitez pas à m'appeler, ajouta-t-elle en lui tendant sa carte.

— J'ai vu Angela avec un homme, dit soudain Irene, au moment où la policière s'apprêtait à partir.

— Ah oui ? Quand ça ? »

Irene aurait été bien incapable de répondre. Elle ne s'en souvenait pas. Sa mémoire était vide. Non, pas vide, embrumée. Il y avait des choses dedans, des souvenirs, des souvenirs importants, mais tout était mouvant et elle n'arrivait à se concentrer sur rien.

« Il y a deux semaines, peut-être ? hasarda-t-elle.

— D'accord, dit l'inspectrice, le visage fermé. Est-ce que vous pouvez m'en dire plus sur cet homme ? Me le décrire, ou…

— Ils discutaient là, dehors, dans l'allée. Il y avait un problème. Angela pleurait.

— Elle pleurait ?

— Oui. Mais… »

Irene marqua une pause. Elle était partagée entre la loyauté envers son amie et le besoin de dire la vérité.

« Elle a la larme facile quand elle a bu, reprit-elle. Ça la rend… mélancolique.

— Je vois, dit l'inspectrice. Et vous ne vous souvenez pas de l'apparence de cet homme ? Est-ce qu'il était grand, petit, gros, maigre… ? »

Irene secoua la tête. Il était… normal. Dans la moyenne.

« Il avait un chien ! s'exclama-t-elle soudain. Un petit chien. Noir et roux. Un airedale, peut-être ? Non, les airedales sont plus gros. Un fox-terrier ? »

Cet épisode avait eu lieu huit semaines plus tôt. D'abord, Angela était morte, et maintenant, c'était le tour de son fils. Irene ne savait pas si la police avait enquêté sur l'homme qu'elle avait vu en compagnie de son amie, mais si c'était le cas, cela n'avait rien dû donner, car la mort d'Angela avait été officiellement déclarée accidentelle. Un accident, ça arrive, surtout quand on boit trop. Mais mère et fils, à huit semaines d'écart ?

Dans un roman policier, on ne verrait jamais une telle coïncidence.

7

La fenêtre de la chambre de Theo donnait sur un jardinet clos de murs et, au-delà du mur, sur Regent's Canal. Lors d'une journée de printemps comme celle-ci, le paysage était un camaïeu de verts : vif sur les jeunes rameaux des platanes et des chênes, olive pâle dans le feuillage des saules pleureurs du chemin de halage, citron vert presque électrique pour les lentilles d'eau à la surface du canal.

Carla s'assit sur la banquette qui courait le long de la fenêtre, les genoux ramenés sous le menton, négligemment enveloppée dans le peignoir de Theo – un souvenir chapardé à l'hôtel Belles Rives de Juan-les-Pins il y avait une éternité. Cela faisait presque six ans qu'elle avait quitté cette maison et, pourtant, c'était ici qu'elle se sentait le plus elle-même. Ni la demeure bien plus cossue dans laquelle elle avait grandi à Lonsdale Square, ni la morne maisonnette qu'elle possédait désormais à quelques rues de là, ne lui avait jamais offert ce réconfort : ici, elle se sentait chez elle.

Theo était encore au lit. Les couvertures rejetées, il lisait sur son téléphone en fumant une cigarette.

« Tu n'étais pas censé réduire ? demanda Carla avec un coup d'œil, et elle se mordilla très légèrement la lèvre inférieure.

— Tout à fait, répondit-il sans lever la tête. Désormais, ma consommation se limite à une cigarette post-coïtale, une cigarette post-prandiale et une avec mon café, pour un total maximum de cinq cigarettes par jour si je bénéficie d'une partie de jambes en l'air, ce qui n'est malheureusement plus une certitude de mon quotidien, je dois l'avouer. »

Carla ne put retenir un sourire.

« Tu devrais faire plus attention, tu sais. Je suis sérieuse. »

L'air amusé, Theo désigna son estomac.

« Quoi ? Tu me trouves empâté ?

— Tu es empâté, répliqua-t-elle en levant les yeux au ciel. C'est un fait, pas une opinion. Tu devrais reprendre un chien, Theo. Tu fais bien plus d'exercice avec un chien, ça te pousse à sortir de la maison, tu le sais très bien. Sans cela, tu restes ici, à manger, à fumer et à écouter de la musique. »

Theo reporta son attention sur l'écran de son portable.

« Dixon peut encore revenir, dit-il à voix basse.

— Theo. »

Carla se leva, grimpa sur le lit et s'agenouilla devant lui, le peignoir entrouvert.

« Ça fait six semaines qu'il a disparu. Je suis désolée, mais ce pauvre chien ne reviendra pas.

— Tu n'en sais rien », répondit Theo avec un regard triste.

Puis il se redressa et lui posa délicatement la main sur la taille.

Il faisait assez bon pour prendre le petit déjeuner sur la terrasse. Café et tartines. Theo s'alluma une nouvelle cigarette et commença à se plaindre de son éditeur.

« Un ignorant, celui-là. Un gamin qui ne connaît rien à la vie. Il veut que je coupe tous les passages politiques alors que, quand on y réfléchit, c'est ça, le cœur du roman. Non, non, pas le cœur, la racine même du texte ! Il veut déraciner mon manuscrit. Le déraciner et le noyer dans un océan de sentimentalisme. Je ne t'ai pas raconté ? Il pense que Siobhan aurait besoin d'une histoire d'amour, pour la rendre plus "humaine". Elle est déjà humaine ! C'est le personnage le plus humain que j'aie jamais écrit... »

Carla se balançait en arrière sur sa chaise, ses pieds nus posés sur celle d'en face, les yeux fermés. Elle ne l'écoutait qu'à moitié. Elle avait déjà entendu ce discours ou, du moins, une de ses variantes. Cela faisait longtemps qu'elle avait compris qu'il ne servait à rien de donner son avis : à la fin, Theo ferait ce qu'il avait décidé de faire. Au bout d'un moment, il se tut et tous deux restèrent là, dans un silence complice ponctué par moments des bruits du voisinage : les cris des enfants dans la rue, le ding-ding-ding des bicyclettes sur le chemin de halage, les gloussements intempestifs d'une poule d'eau. La vibration d'un téléphone sur la table. Celui de Carla. Elle prit l'appareil, regarda l'écran puis le reposa avec un soupir.

Theo leva un sourcil.

« Un prétendant trop insistant ? plaisanta-t-il, mais elle secoua la tête.

— La police. »

Theo l'observa un long moment avant de demander :

« Tu ne veux pas répondre ?

— Si, si. Plus tard. »

Elle se mordilla la lèvre.

« C'est juste que... Je n'ai pas envie d'y repenser, encore et encore. De voir tout ça. De l'imaginer. »

Il posa une main sur la sienne.

« Ce n'est pas grave. Tu n'es pas obligée de parler à la police si tu n'en as pas envie.

— Il me semble hélas que si », répondit-elle avec un sourire.

Elle retira ses pieds de la chaise pour enfiler les pantoufles trop grandes qu'elle avait empruntées à Theo, puis se servit une demi-tasse de café. La première gorgée lui indiqua qu'il était froid, alors elle se leva pour débarrasser le petit déjeuner. Elle prit le plateau chargé des tasses et de la cafetière en argent, grimpa les marches en pierre de la maison et entra dans la cuisine, dont elle émergea un instant plus tard, le vieux sac en tissu d'une librairie indépendante sur l'épaule.

« Je rentre me changer. Il faut que je repasse à Hayward's Place. »

Elle se pencha et leurs lèvres s'effleurèrent.

« Tu n'as pas encore fini, là-bas ? s'enquit Theo, une main sur son poignet, en cherchant son regard.

— Presque. »

Elle ferma les paupières et se dégagea.

« J'ai presque fini. »

Alors qu'elle repartait vers la maison, elle se retourna et demanda :

« Qu'est-ce que tu vas faire, au fait ? Est-ce que tu vas la rendre plus "humaine", ta Siobhan ? Tu pourrais lui donner un chien, si tu ne veux pas d'un amant. Un petit staffie, peut-être, ou un bâtard avec des grands yeux tristes adopté en refuge. »

Theo rit.

« Mais c'est vrai, non ? poursuivit Carla. Tu es censé donner à ton personnage quelque chose qui compte pour elle.

— Beaucoup de choses comptent déjà pour elle. Son travail, son art…

— Ah, mais ça ne suffit pas ! Une femme sans homme, sans enfant, sans petit chien à aimer, c'est une femme froide, n'est-ce pas ? Froide, tragique… dysfonctionnelle, dans un sens.

— Tu n'es rien de tout cela. »

Carla se tenait sur le seuil de la cuisine. Elle lui adressa un triste sourire.

« Vraiment, Theo ? Tu ne penses pas que ma vie est une tragédie ? »

Il se leva, traversa la pelouse et grimpa les marches pour lui prendre les mains.

« Je pense que ta vie ne se résume pas à une tragédie. »

Trois ans après leur mariage, Theo avait publié un livre, une tragicomédie qui se déroulait dans un village sicilien pendant la Seconde Guerre mondiale. L'ouvrage avait été sélectionné pour plusieurs prix littéraires (même s'il n'en avait remporté aucun) et était devenu un immense succès commercial. Une adaptation cinématographique moyenne avait suivi. Theo avait gagné beaucoup d'argent.

À l'époque, Carla s'était demandé si ce livre signerait la fin de leur couple. Theo était constamment en déplacement pour ses tournées ou ses festivals, accompagné de jeunes et jolies attachées de presse, il rencontrait des écrivains ambitieux de vingt ans à peine venus présenter leurs premiers livres à succès, il enchaînait les soirées où se pressaient des chargés de projets de Hollywood tous plus prestigieux les uns que les autres. Carla, elle, travaillait pour un gestionnaire de fonds à la City, au département des ventes. Quand, lors d'un dîner, elle parlait de ce qu'elle faisait, elle percevait aussitôt l'ennui de ses interlocuteurs et, s'il s'agissait d'un cocktail, elle les voyait jeter des coups d'œil furtifs autour d'eux, à la recherche de quelqu'un de plus intéressant avec qui discuter.

Pourtant, Carla n'aurait pas dû s'en faire au sujet de Theo : il se lassa vite des tournées et de l'enthousiasme épuisant des jeunes prodiges. Tout ce qu'il voulait, au final, c'était rester chez lui, avec elle, et écrire. Il préparait un préquel à son best-seller, l'histoire de la mère de son protagoniste pendant la Première Guerre mondiale. Quand Carla tomba enceinte, il eut de moins en moins envie de voyager et, après la naissance du bébé, moins encore.

Theo avait déjà repoussé deux fois le rendu de son manuscrit et était bien parti pour réclamer un nouveau délai quand, peu après le troisième anniversaire de leur fils, Carla annonça qu'elle devait se rendre à Birmingham pour une réunion commerciale. Elle venait de reprendre le travail et, expliqua-t-elle à son mari, il était vital qu'elle accepte ce genre de déplacements si elle ne voulait pas risquer de se retrouver sur la touche ou, pire, mise définitivement au placard pour cause de maternité.

« Et si je t'accompagnais ? proposa Theo. Toi, moi et Ben, on pourrait se faire un petit week-end ? »

Carla ressentit une vive déception. Elle avait fantasmé avec délice sur les heures qu'elle allait enfin pouvoir passer seule, à prendre un bain dans le silence, à se faire un masque et à se préparer un cocktail avec le contenu du minibar.

« C'est vrai que ce serait agréable, répondit-elle prudemment, mais j'ai un peu peur de ce que penseront mes collègues. Tu sais, en me voyant débarquer flanquée de mon mari et de mon bébé ? Oh, ne lève pas les yeux au ciel, Theo ! Tu n'as aucune idée de ce que c'est, pour moi. Si tu arrivais à un événement professionnel avec Ben, on te remettrait le prix du père de l'année. Si moi, je le fais, on en conclura que je suis dépassée, que je ne suis pas investie à cent pour cent et que je suis incapable d'assumer plus de responsabilités. »

Au lieu de céder et de simplement dire : « Oh, je comprends, ma chérie, va à ta réunion, moi je reste à Londres avec Ben », Theo proposa alors de laisser l'enfant chez ses grands-parents.

« À Alnmouth ? Mais c'est à des heures de route ! Comment veux-tu qu'on ait le temps d'aller le déposer d'ici vendredi ?

— Ils pourront sûrement venir le chercher. Ils l'adorent, Carla. Tu sais que maman raffole de ce gosse.

— Bon Dieu, si tu insistes tant que ça pour venir, il ira dormir chez ma sœur. Ne fais pas cette tête, Angie aussi l'adore. Et elle, au moins, elle habite à cinq minutes. De toute façon, c'est trop juste pour prévoir autre chose.

— Mais…

— Laissons-le à Angie pour ce week-end et, la prochaine fois, il n'aura qu'à aller chez ta mère. »

Il n'y eut pas de prochaine fois.

Le dimanche matin, ils reçurent un appel dans leur chambre d'hôtel. Ils étaient en train de boucler leur valise en se disputant au sujet de la route à prendre. Au téléphone, un homme leur demanda de descendre à la réception avant de se raviser – il échangea quelques mots avec une autre personne puis leur dit qu'il valait mieux qu'ils attendent, que quelqu'un allait monter les voir.

« Mais qu'est-ce qui se passe ? s'enquit Carla, en vain.

— Et merde, je te parie qu'on nous a forcé la voiture », dit Theo.

Deux policiers frappèrent à la porte, un homme et une femme. Il y avait eu un accident, expliquèrent-ils, chez la sœur de Carla. Ben était tombé du balcon du premier étage.

« Impossible, Angela garde toujours la porte du bureau fermée, répondit bêtement Carla. La rambarde du balcon est cassée, alors la porte reste toujours fermée. »

Hélas, la porte n'était pas fermée. Le petit Ben s'était glissé dans la pièce, il était passé à travers les barreaux et était tombé sur les marches en pierre du jardin. C'était son cousin de huit ans qui l'avait découvert alors qu'il jouait dehors ; il avait aussitôt appelé les secours.

« Il n'a rien, n'est-ce pas ? Il n'a rien ? »

Carla ne cessait de répéter la même question, mais Theo s'était déjà effondré à genoux pour hurler comme un animal. Les larmes aux yeux, les mains tremblantes, la policière secoua la tête et dit qu'elle était vraiment navrée, que les ambulanciers étaient arrivés très vite mais qu'ils n'avaient rien pu faire pour le sauver.

« Mais il n'a rien, n'est-ce pas ? » demanda encore Carla.

Après la mort de la mère d'Angela et Carla (un décès précoce dû à un cancer du sein), leur père avait décidé de rester habiter dans la maison familiale de Lonsdale Square, une bâtisse labyrinthique de trois étages. Or, il était évident que cela ne pourrait pas durer : chaque soir, passer de son bureau situé au premier étage à sa chambre au deuxième lui prenait de plus en plus de temps, et le trajet devenait de plus en plus périlleux. Au fil des ans, le jardin avait été envahi par les mauvaises herbes, les gouttières s'étaient bouchées, le toit s'était mis à fuir et les encadrements de fenêtres à pourrir. Quant à la rambarde en fer forgé du minuscule balcon filant devant les fenêtres du bureau, elle avait été dévorée par la rouille.

Six mois avant son décès, leur père avait emménagé en maison de retraite et, comme Carla habitait déjà avec Theo à l'époque, Angela avait pris possession des lieux. Elle avait de grands projets pour la demeure : elle prévoyait des années de rénovation laborieuse, elle avait imaginé des fresques qu'elle peindrait dans les couloirs et au-dessus de l'escalier… Cependant, il fallait commencer par l'essentiel, à savoir la toiture et, bien sûr, ce chantier-là avait englouti toutes ses économies. Le reste des travaux avait dû être remis à plus tard.

Personne n'avait repensé à cette rambarde rouillée jusqu'à la naissance de Daniel et, une fois que l'enfant avait commencé à ramper, Angela avait verrouillé la porte du bureau pour ne plus la rouvrir. C'était la règle : cette porte devait rester fermée. En permanence.

« Où était Angela ? »

Carla et Theo étaient assis à l'arrière d'une voiture de police – aucun des deux n'était en état de conduire.

« Où était-elle ? répéta Carla, à peine audible, les yeux fermés. Je ne… Je ne comprends pas. Où était Angela ?

— Dans sa chambre, répondit la policière. Au deuxième étage.

— Mais… Pourquoi c'est Daniel qui a appelé les secours ? Que faisait ma sœur, à ce moment-là ?

— Apparemment, au moment de l'accident, elle dormait.

— Elle ne dormait pas, cracha Theo, elle cuvait. Pas vrai ?

— Nous n'en savons rien », dit Carla.

Elle voulut lui prendre la main mais il se dégagea comme si elle l'avait brûlé.

« Bien sûr que si », rétorqua-t-il.

On les emmena directement à l'hôpital de Whittington. Là, une autre policière tenta de les dissuader de voir le corps.

« Il vaudrait mieux garder un souvenir heureux de votre petit garçon. Une image de lui rieur, dehors, sur son vélo… »

Ils n'en avaient cure – ni l'un ni l'autre ne pouvait envisager l'idée de ne jamais le revoir. Quelle suggestion absurde.

Dans une pièce froide aux néons trop vifs, ils restèrent assis plus d'une heure, à se passer le corps de leur fils. Ils embrassèrent ses doigts potelés, la plante de ses pieds. Ils réchauffèrent sa peau glacée de leurs mains et de leurs larmes.

Après cela, la police les reconduisit chez eux, sur Noel Road, où les attendaient les parents de Theo.

« Où est-elle ? » dit simplement Theo à sa mère.

Celle-ci fit un signe du menton en direction de l'escalier.

« Là-haut, répondit-elle d'une voix tendue, le visage fermé. Dans la chambre d'amis.

— Theo, murmura Carla, s'il te plaît… »

Il monta et elle l'entendit hurler :

« Tu étais encore ivre morte, c'est ça ? Tu cuvais ta vinasse ? Tu l'as abandonné, tu l'as laissé tout seul, tu as laissé la porte ouverte, tu l'as laissé. Tu l'as laissé seul. Tu l'as laissé seul ! »

Angela sanglotait, geignait, pétrie de chagrin, mais Theo refusait de se radoucir.

« Hors de chez moi ! Ne remets plus les pieds dans cette maison. Je ne veux plus jamais te revoir ! »

Puis Carla entendit Daniel, lui aussi en pleurs.

« Laisse-la tranquille, tonton Theo ! S'il te plaît, arrête ! »

Ils redescendirent en se tenant par la main, Angela et Daniel. Angela voulut étreindre sa sœur mais Carla se déroba. Elle lui tourna le dos, se laissa tomber au sol et se roula en boule comme un animal qui se protégerait d'un prédateur.

Quand ils furent partis, la porte refermée derrière eux, la mère de Theo s'adressa à Carla :

« Pourquoi vous ne l'avez pas simplement déposé chez nous ? Je me serais occupée de lui, moi. »

Carla se leva, les poings serrés, traversa la cuisine pour aller dans le jardin, où elle aperçut le tricycle de son fils, abandonné au milieu de la pelouse, et elle se mit à hurler.

Commencèrent alors pour Carla et Theo les reproches sans relâche, à eux-mêmes autant qu'à l'autre ; chaque phrase débutait par un « si ».

Si tu n'étais pas allée à Birmingham…

Si tu n'avais pas insisté pour m'accompagner…

Si tu ne t'étais pas tant inquiétée de ce que pensaient tes collègues…

Si nous l'avions emmené chez mes parents…

Leurs deux cœurs étaient en pièces, brisés pour toujours, et aucun amour ne suffirait à les réparer – même le leur, pourtant si profond et si ardent.

8

Vingt-trois heures après avoir arrêté Laura, les deux inspecteurs lui annoncèrent qu'elle pouvait rentrer chez elle.

« Il y a de grandes chances que nous devions vous poser d'autres questions, Laura, prévint Crâne d'Œuf. Alors ce n'est pas le moment de partir.

— Pas de souci, j'annule tout de suite mon séjour à Disneyland, railla Laura.

— Excellente idée », dit l'inspecteur en lui adressant son triste sourire annonciateur de mauvaises nouvelles.

Il était 22 heures passées lorsqu'elle sortit enfin du poste de police pour être accueillie par une bruine glaciale. Dans Gray's Inn Road, elle sauta dans un bus et se laissa tomber sur le seul siège libre de l'étage inférieur. La femme à côté d'elle, assez forte et bien habillée, fronça le nez et se colla à la vitre pour minimiser le contact avec cette nouvelle arrivante trempée et malodorante. Laura pencha la tête en arrière et ferma les yeux. La femme à côté fit un petit bruit de bouche désapprobateur. Laura l'ignora. La femme poussa alors un soupir. Laura sentit sa mâchoire se serrer et ses poings se contracter. *Compte jusqu'à dix*, lui disait toujours son père, alors elle essaya : *Un deux trois un deux trois un deux trois*. Elle n'arrivait pas à aller plus loin, elle ne savait plus compter et, pour ne rien arranger, la femme soupira de nouveau en remuant son gros cul sur son siège. Laura voulut hurler : *C'est pas ma faute c'est pas ma faute c'est pas ma faute, bordel.*

Elle se leva.

« Je sais, aboya-t-elle en fusillant sa voisine du regard. Je pue. Je suis au courant. J'ai passé les dernières vingt-quatre heures en garde à vue, avant ça je faisais mes courses, et encore avant ça j'ai bossé pendant huit heures, donc ça fait deux jours que j'ai pas pris de douche. C'est pas ma faute. Mais vous voulez que je vous dise ? Dans une demi-heure, je sentirai la rose, et vous, vous serez toujours une grosse vache. »

Laura tourna les talons et descendit du bus trois arrêts avant le sien. Sur le trajet jusque chez elle, elle n'arrêtait pas de revoir l'expression blessée de l'autre passagère, son visage cramoisi, et elle dut se mordre l'intérieur de la joue pour ne pas fondre en larmes.

L'ascenseur étant toujours en panne, elle gravit les sept étages en s'efforçant de ne pas pleurer. Elle était fatiguée, elle avait mal à la jambe, sa coupure au poignet la lançait, mais surtout, elle mourait de faim. On lui avait bien proposé à manger au poste de police, mais à cause du stress elle n'avait pas réussi à avaler la moindre bouchée. Résultat, elle avait la tête qui tournait. Elle inséra comme elle put son double de clé dans la serrure, déverrouilla la porte et entra. La cuisine était saccagée, tiroirs et placards ouverts, poêles et casseroles éparpillées un peu partout – l'œuvre des policiers qui avaient effectué la perquisition. Au milieu du carnage trônaient les plats désormais périmés qu'elle avait achetés au supermarché avec le peu d'argent qui lui restait.

Dégoûtée, elle détourna le regard, éteignit les lumières et se mit au lit sans prendre de douche ni se laver les dents. Les larmes roulant sur ses joues, elle essaya de trouver du réconfort en se caressant la nuque, comme le faisait son père pour la bercer lorsqu'elle n'arrivait pas à s'endormir à cause de ses problèmes ou de la douleur.

Car les problèmes et la douleur, elle savait ce que c'était. Sa petite enfance, passée dans un quartier crasseux du sud de Londres, avait été sans histoires. D'ailleurs, les seuls souvenirs qu'elle en avait étaient une image mentale dans les tons sépia d'une petite maison mitoyenne dans une rue étroite, ainsi qu'une sensation : celle de l'herbe sèche sous ses pieds nus, en été. La couleur ne venait qu'à partir de ses neuf ans, lorsqu'elle avait déménagé avec ses parents dans un village du Sussex. C'était là que les problèmes avaient commencé.

Non pas que le village en fût responsable. Laura l'aimait bien, d'ailleurs. Il était très joli, avec ses petites maisons en pierre et son petit parc où les jeunes jouaient au cricket et où les gens venaient promener leurs labradoodles en compagnie de leurs beaux enfants blonds. Janine, la mère de Laura, n'était pas du même avis. Elle trouvait cet endroit « débilitant », un mot que Laura ne connaissait pas mais qui était visiblement péjoratif. Laura aimait aussi beaucoup son école. Il n'y avait que quinze élèves dans sa classe et ses professeurs disaient d'elle que c'était une excellente lectrice. Enfin, elle aimait se promener seule à vélo, surtout l'été, où elle s'arrêtait au bord des routes de campagne pour s'empiffrer de mûres.

Le père de Laura, Philip, avait troqué son rêve de devenir scénographe de théâtre contre un boulot stable dans la ville voisine, où il travaillait comme comptable. *Comptable*. Rien que le mot avait le don de faire lever les yeux au ciel à Janine. Elle soupirait, tirait longuement sur sa cigarette et grommelait :

« Tu parles d'un métier excitant.

— La vie n'est pas toujours excitante, Janine, rétorquait son père. Parfois, il faut savoir se comporter en adulte.

— Parce que les adultes sont condamnés à mourir d'ennui, Philip ? »

Les parents de Laura n'avaient pas toujours été aussi malheureux. Elle se souvenait d'une époque où sa mère ne passait pas tous les repas les bras croisés sur sa poitrine, à répondre par monosyllabes aux questions de son mari sans toucher à son assiette. Elle se souvenait d'une époque où sa mère riait en permanence. Où elle chantait, même !

« On devrait retourner habiter à Londres », suggérait parfois Laura, et sa mère esquissait un sourire et lui caressait les cheveux, le regard perdu dans le vague.

Mais son père répondait systématiquement, d'un ton un peu trop enjoué :

« Ce n'est pas possible, mon poussin, j'ai un travail ici, maintenant. Et on a une jolie maison, non ? »

Le soir, Laura les entendait se disputer.

« Tu te rends compte de ce que tu es devenu, Philip ? crachait sa mère d'une voix affreuse. Un vulgaire conseiller bancaire, un larbin qui compte l'argent des autres. C'est tout ce que tu attends de la vie ? »

Ou bien :

« Alors c'est ça, maintenant, notre vie ? M. et Mme Tout-le-monde à la campagne ? Tu m'enterres dans ce trou paumé, mais je n'ai jamais signé pour ça, moi, tu sais ? »

À quoi son père répliquait :

« Toi, toi, toujours toi… Je te rappelle qu'on est une famille, Janine. Arrête ton mélodrame ! »

Fillette optimiste, Laura jouait à celle qui ne se rendait compte de rien et restait convaincue que si elle travaillait bien à l'école et que son comportement était exemplaire, sa mère finirait par oublier ce qui la rendait malheureuse. Laura faisait tout pour la satisfaire, elle lui montrait ses dessins et lui rapportait les compliments qu'elle recevait de la part de ses professeurs.

À la maison, elle ne s'éloignait jamais de sa mère. Elle l'aidait à faire le ménage, s'asseyait à côté d'elle quand elle lisait, la suivait de pièce en pièce lorsque celle-ci tournait comme un lion en cage. Elle tentait de décrypter les expressions sur son visage, essayait de deviner à quoi elle pensait. Pourquoi soupirait-elle ainsi ? Pourquoi soufflait-elle avec agacement sur la mèche qui lui retombait devant les yeux ? Laura cherchait aussi des moyens d'obtenir un sourire. Parfois, elle y arrivait, mais parfois, sa mère se mettait à crier : « Mais bon Dieu, Laura, tu peux pas me laisser tranquille deux secondes ? »

À l'automne, Janine commença à prendre des cours de dessin. Et à Noël, Laura remarqua que quelque chose avait changé. Paradoxalement, la bise glaciale venue de l'est qui avait repoussé les nuages pour laisser place à un sublime ciel bleu semblait avoir aussi provoqué un réchauffement des relations familiales. C'était comme si une trêve avait été conclue. Du jour au lendemain, sans que Laura comprenne pourquoi, les disputes cessèrent. Son père avait l'air moins abattu ; sa mère riait en faisant la vaisselle. Le soir, au lieu de s'installer dans le fauteuil pour lire, elle se collait tout contre Laura sur le canapé pour regarder la télévision. Il y eut quelques sorties à Londres, dont une au magasin de jouets Hamleys et une autre au zoo.

La nouvelle année commença sur une bouffée d'optimisme, avec un câlin et un grand sourire de la part de sa mère lorsque Laura partit pour l'école le jour de la rentrée, et une promesse de faire de la luge le week-end suivant, s'il neigeait comme prévu.

Il neigea, mais il n'y eut pas de luge.

Le vendredi, il tomba six centimètres de neige en moins d'une heure, assez pour que l'entraînement de foot soit annulé. Peu après 15 heures, Laura descendit à vélo la rue qui menait à sa maison, en suivant au milieu de la chaussée les sillons noirs laissés par les voitures. Ce n'était que le milieu de l'après-midi, mais il faisait déjà sombre, et elle ne vit ni n'entendit la voiture qui déboula de nulle part.

Laura se retrouva projetée à trois mètres du sol et retomba sur le dos avec une telle violence que sa mère, qui se tenait devant la maison, entendit le bruit de son casque se fracassant sur le bitume. Le chauffard ne s'arrêta pas, laissant Laura inanimée derrière lui, le crâne fracturé, la jambe et la hanche brisées en plusieurs endroits.

C'est à cet instant que commencèrent les problèmes. Et la douleur. Six opérations, des mois d'hospitalisation, des heures et des heures de souffrance, d'innombrables séances épuisantes de kiné, d'orthophonie et de psychothérapie. Jusqu'à la guérison complète. Enfin, façon de parler, car si son état physique était globalement satisfaisant, Laura restait mal en point. Elle était plus lente, plus irritable, moins mignonne. Petit à petit, une amertume nouvelle commença à s'épanouir en elle tandis qu'elle constatait, impuissante, que ses perspectives d'avenir autrefois illimitées s'étaient considérablement réduites.

Le lendemain de sa sortie de garde à vue, Laura fourra tous les plats décongelés dans le micro-ondes et les fit tourner quelques minutes. Puis elle engloutit autant de nourriture que son estomac pouvait en contenir, jeta le reste à la poubelle et s'habilla pour aller au travail.

« Qu'est-ce que tu fais là ? demanda Maya, la patronne de Laura à la laverie, lorsqu'elle sortit de l'arrière-boutique et vit la jeune femme qui pendait son manteau derrière le comptoir.

— Ben, je viens travailler. On est mercredi.

— Effectivement. Et hier on était mardi, et tu étais aussi censée travailler, sauf que tu n'es pas venue. »

Laura voulut protester.

« Ça ne m'intéresse pas, dit Maya en levant une main pour la faire taire. Je me doute que tu as une excuse, comme d'habitude, et je n'ai pas envie de l'entendre. Je suis désolée, Laura, mais j'en ai jusque-là de…

— Maya, je suis désolée.

— Est-ce que tu savais qu'hier, c'était les cinq ans de mon petit-fils et que sa mère m'avait proposé de les accompagner au zoo ? Eh bien, je n'ai pas pu y aller, puisqu'il a fallu que je vienne ici te remplacer. Quand je pense que tu n'as même pas eu la décence de me prévenir.

— J'ai pas pu, Maya. Je suis vraiment, vraiment désolée de t'avoir plantée comme ça…

— Tu ne pouvais pas passer un coup de fil ? Tu étais en garde en vue, ou quoi ? »

Laura baissa la tête.

« C'est la meilleure ! Tu t'es encore fait arrêter ? s'exclama Maya en levant les bras de dépit. Je suis désolée, Laura, mais ce n'est plus possible. J'en ai soupé de tes histoires. Et tu ne pourras pas dire que je te prends au dépourvu. Combien de fois je t'ai prévenue ? Tu es toujours en retard, tu n'es pas fiable, tu es désagréable avec les clients…

— Non, Maya, c'est pas…

— Je sais ! Je sais ce que tu vas dire. Ce n'est pas ta faute. Ce n'est jamais ta faute. Et peut-être que c'est vrai, peut-être qu'effectivement, ce n'est pas ta faute. Mais ce qui est sûr, c'est que ce n'est pas la mienne non plus. »

Sur le trottoir devant la laverie, Laura régurgita une bouillie de pizza et de bâtonnets de poisson pané.

« J'ai pas fait exprès ! » cria-t-elle à l'attention de Maya, qui l'observait, bouche bée, de l'autre côté de la vitrine.

Et c'était vrai. Elle ne pouvait pas non plus vomir sur commande – simplement, elle avait inséré sa carte bleue dans le distributeur situé à côté de la laverie et l'appareil lui avait confirmé qu'il lui restait sept livres et cinquante-sept pence sur son compte en banque, ce qui, avec les quatre livres dans son porte-monnaie, constituait l'intégralité de sa fortune. Et comme si la situation n'était pas déjà assez compliquée, voilà qu'elle se faisait virer. Or, un licenciement pouvait entraîner d'autres sanctions : on pouvait lui retirer ses allocations logement pendant plusieurs mois, par exemple (elle connaissait des gens à qui c'était arrivé). Elle allait se retrouver à la rue – enfin, si elle ne finissait pas en prison pour meurtre. C'était cette prise de conscience, véritable coup de poing dans l'estomac, qui l'avait fait vomir. Elle s'essuya la bouche et s'éloigna en se mordant la lèvre pour tâcher de contenir la panique grandissante qui enflait dans son estomac fraîchement purgé.

Sitôt rentrée chez elle, elle appela sa mère car, même si celle-ci ne se montrait jamais à la hauteur, Laura ne pouvait s'empêcher de l'aimer et d'espérer que peut-être, cette fois, les choses se passeraient différemment.

« Maman ? Tu m'entends ? Maman ? »

Il y avait de la friture sur la ligne, et du bruit en arrière-plan.

« Laura ? Comment tu vas, ma chérie ?

— Euh… Pas terrible, maman. Est-ce que tu pourrais passer me voir ? »

Une longue pause.

« Maman ?

— Oui ? Tu disais ?

— Est-ce que tu pourrais venir me voir, s'il te plaît ?

— On est à l'étranger, donc ça risque d'être un peu compliqué ! s'esclaffa sa mère, et son rire rauque acheva de doucher les espoirs de Laura. On rentre dans quelques semaines. On se voit à ce moment-là ?

— Quelques semaines ? Je… Vous êtes où ?

— À Séville. Tu sais, en Espagne.

— Oui, je sais où se trouve Séville, merci, grommela Laura avant de déglutir. Écoute, maman, je crois que je me suis attiré des ennuis et…

— Oh, Laura ! Encore ? »

Laura se mordilla la lèvre.

« Oui, maman, encore. Désolée. D'ailleurs, dis-moi… je me demandais, est-ce que tu pourrais me prêter un peu d'argent, juste pour me dépanner ? J'ai vraiment eu un coup de pas de chance, je te jure que j'y suis pour rien.

— Laura… »

Quelques secondes de grésillements.

« J'ai pas entendu, maman.

— Je disais que ça ne tombe pas très bien : c'est un petit peu juste pour nous, en ce moment.

— À Séville ?

— Oui, à Séville. Richard participe à une foire d'art contemporain, mais il a dû d'abord payer son emplacement, et…

— Et il a toujours rien vendu ?

— Pas encore.

— Je vois. »

Il y eut une longue pause et, entre deux parasites, Laura entendit sa mère soupirer. Ce fut la goutte d'eau qui fit déborder le vase, l'instant où elle comprit qu'une fois encore, sa mère l'abandonnait à son sort.

« Laura, tu pleures ? Oh, Laura, je t'en prie. Ne fais pas ça. Tu sais bien que je ne supporte pas qu'on essaie de me manipuler.

— J'essaie pas de te manipuler, hoqueta Laura. Je te le jure.

— Écoute-moi, dit sa mère d'un ton sec, très professionnel. Pleure un bon coup et rappelle-moi après, d'accord ? Je vais voir avec Richard pour ces histoires d'argent. En attendant, prends soin de toi, Laura. »

Laura continua à pleurer un petit moment puis, une fois vidée de toutes ses émotions, elle appela son père, qui ne décrocha pas. Elle décida de lui laisser un message.

« Coucou, papa, c'est Laura. Alors, hier, on m'a arrêtée pour meurtre mais on m'a laissée partir sans m'inculper, ensuite je me suis fait virer pour avoir raté un jour de boulot parce que j'étais en garde à vue, toute la bouffe que j'avais achetée est périmée et aussi, j'ai plus un rond. Est-ce que tu pourrais me rappeler ? Bonne journée, hein ! Allez, bisous. »

Celle qui s'est enfuie

Quand il se réveille ce matin-là, il ne peut imaginer comment la journée va se passer, comment elle va se terminer. Tous les hauts et les bas. Il ne peut imaginer, alors qu'il se rase devant le miroir crasseux de la salle de bains du fond, penché au-dessus du lavabo rempli d'eau croupie, il ne peut imaginer, dans cette odeur prégnante de merde, qu'il va rencontrer une fille aussi charmante.

Comment le pourrait-il ? Comment pourrait-il deviner qu'elle va d'abord le draguer, l'allumer, puis l'humilier, pour ensuite mieux revenir vers lui, pouce tourné vers le haut, parce qu'elle a besoin d'aide, qu'elle a besoin de lui, qu'assise à côté de lui à l'avant de la voiture, elle a besoin qu'il pose la main sur sa cuisse ?

Quand il se réveille ce matin-là, il ne peut imaginer le tumulte qui l'attend, et l'excitation qu'il va en tirer.

9

Quatre jours par semaine, Miriam travaillait au Bateau-Lyre, une librairie flottante sur le canal, près du marché de Broadway. La boutique, qui proposait une sélection de livres neufs et d'occasion, flirtait avec la faillite depuis quelques années déjà. Nicholas, le propriétaire, avait dû dernièrement « faire appel à la générosité des hipsters », pour reprendre ses mots, afin de maintenir son affaire à flot (au sens littéral : il avait organisé une collecte de fonds en ligne pour faire réparer la coque de la péniche, qui prenait l'eau).

Miriam avait surtout un poste administratif : elle s'occupait des comptes, du courrier, du réassort et du ménage. Elle n'avait plus le droit de servir les clients (trop d'incidents diplomatiques) ni de rédiger les avis du libraire épinglés sur certains ouvrages (ses critiques étant jugées trop radicales). Et puis, Miriam était quelqu'un de rebutant. Nicholas ne s'était jamais permis de le formuler ainsi, mais l'intéressée savait très bien qu'elle n'était pas agréable à regarder, qu'elle ne donnait pas envie qu'on lui parle ; elle ne savait pas ce qu'était le contraire du charisme, mais elle en avait à revendre. Elle était consciente de tout cela et avait appris à vivre avec. Quel autre choix avait-elle, de toute façon ? Elle ne comptait pas se prendre pour ce qu'elle n'était pas. Les choses étaient ainsi, autant assumer sa différence.

Le mercredi, Nicholas avait rendez-vous chez son psy, alors c'était Miriam qui se chargeait de l'ouverture. Elle n'était jamais en retard, même pas d'une minute ; elle ne pouvait pas se le permettre. Ce matin-là, lorsqu'elle passa sous le pont de Cat & Mutton à 8 h 45 exactement, elle eut la surprise de voir qu'un client attendait déjà, le nez collé à une vitre pour regarder à l'intérieur, les deux mains de part et d'autre du visage. Un touriste, songea-t-elle, mais l'homme se redressa et Miriam se figea en reconnaissant Theo Myerson.

La décharge d'adrénaline passée, elle se ressaisit : le vent avait tourné. Après une grande inspiration, elle se dressa de toute la hauteur de son mètre cinquante-huit et se dirigea d'un pas assuré vers la péniche.

« Je peux vous aider ? »

Il la reconnut et son visage s'assombrit.

« Oui, je crois. »

Par un malheureux hasard, tous les passants semblaient avoir momentanément disparu du chemin, les laissant seuls. Derrière elle, le pont, devant elle, la péniche, et Theo Myerson qui lui bloquait le passage.

« Nous ne sommes pas encore ouverts, dit-elle et elle essaya de le contourner. Il faudra repasser à partir de 9 heures. »

Mais Myerson se décala pour continuer de lui barrer la route.

« Je ne suis pas là pour voir la librairie, gronda-t-il. Je suis là pour vous mettre en garde : fichez-moi la paix. Et ne vous approchez pas de ma famille. »

Miriam enfonça ses mains tremblantes dans ses poches.

« Je ne me suis jamais approchée de votre famille. À moins que… Vous voulez parler de votre neveu ? demanda-t-elle en le regardant enfin droit dans les yeux. Quelle tragédie… »

Elle attrapa la clé de la boutique dans son sac à main et, d'un coup de coude, écarta l'intrus pour rejoindre la porte.

« Je suis un témoin, vous savez ? La police est venue me voir pour me poser tout un tas de questions, auxquelles j'ai répondu. »

Et elle fit de nouveau face à Theo avec un sourire pincé.

« Vous auriez préféré que je ne dise rien ? Vous savez quoi, ajouta-t-elle en sortant son portable, je peux encore leur téléphoner. J'ai enregistré le numéro de l'inspecteur, il m'a dit que je devais l'appeler si jamais je me souvenais d'un détail ou si je remarquais quelque chose d'anormal. Vous voulez que je l'appelle maintenant ? Que je lui explique que vous m'avez rendu visite ? »

Miriam vit un voile de consternation passer sur le visage de Myerson et eut la surprise de ressentir un intense plaisir.

« Monsieur Myerson ? » dit-elle encore.

Alors c'est ça, songea Miriam. C'est ça, le pouvoir.

Quand Miriam rentra du travail ce soir-là, avant de se faire une tasse de thé ou même de se laver les mains, elle attrapa sa petite boîte en bois sur l'étagère au-dessus du poêle, celle dans laquelle elle gardait ses petits souvenirs, et la posa sur la table de la cuisine. Elle l'ouvrit et examina son contenu, un rituel qu'elle pratiquait de temps à autre pour calmer son anxiété, pour s'apaiser, organiser ses pensées et se concentrer sur ce qui était vraiment important pour elle.

Miriam était une excentrique et elle le savait – elle ne se faisait pas d'illusions sur ce qu'elle était ou la façon dont on la considérait. Quand ils regardaient Miriam, les gens voyaient une grosse femme entre deux âges, sans argent et sans mari, sans une miette de pouvoir. Ils voyaient une laissée-pour-compte qui habitait sur un bateau, portait des vêtements dégottés en friperie et se coupait les cheveux elle-même. Certains l'oubliaient instantanément, mais d'autres s'imaginaient qu'ils pouvaient lui prendre ce qu'ils voulaient sans qu'elle puisse se défendre.

La boîte ouverte devant elle, Miriam en sortit une feuille de papier format A4 pliée en quatre. Elle la déplia, l'étala sur la table et lissa l'en-tête du plat de la main. Elle en relut les mots, alors qu'elle l'avait déjà fait si souvent qu'elle aurait pu réciter la missive de mémoire – ou du moins les passages les plus marquants.

Madame Lewis,

Je vous écris pour le compte du département juridique de Harris Mackey, la maison d'édition de Theo Myerson, en réponse à votre courrier du 4 février. Je m'exprime par la présente au nom de l'entreprise mais aussi de M. Myerson lui-même, qui a approuvé le contenu de cette lettre. Avant toute chose, nous vous informons que M. Myerson nie fermement les allégations de violation du droit d'auteur de votre courrier, ce sont des accusations sans aucun fondement.

Vous prétendez que Celle qui s'est enfuie*, le roman écrit par M. Myerson et publié sous le pseudonyme de Caroline MacFarlane, copie « des thèmes et des passages fondamentaux de l'intrigue » de vos mémoires. C'est une vision erronée pour plusieurs raisons.*

Tout d'abord, afin de retenir le qualificatif légal de violation du droit d'auteur, il vous revient d'établir un lien de causalité entre votre ouvrage et celui que vous qualifiez de plagiat ; vous devez ainsi démontrer que M. Myerson s'est servi de vos mémoires pour écrire Celle qui s'est enfuie.

M. Myerson reconnaît que vous lui avez demandé de lire votre manuscrit et qu'il a généreusement accepté, en dépit d'un emploi du temps fort chargé. Comme il vous l'a expliqué le jour où vous êtes venue sonner chez lui, le 2 décembre, M. Myerson avait rangé ce manuscrit dans sa valise quand il a pris l'avion pour Carthagène des Indes afin de se rendre au Hay Festival ; hélas, British Airways a perdu les bagages de M. Myerson au cours de ce vol, et n'est pas parvenu à les retrouver. M. Myerson n'a donc pas pu consulter vos écrits.

Les similitudes que vous pensez avoir identifiées entre Celle qui s'est enfuie *et vos mémoires ne sont que de vagues idées et des thèmes génériques...*

Il ne nous apparaît ni légitime ni nécessaire de répondre point par point à chacune des comparaisons ténues que vous cherchez à lister...

Vous portez de graves accusations diffamatoires à l'encontre de M. Myerson...

Si vous teniez à poursuivre cette affaire en justice, en dépit de son caractère parfaitement déraisonnable, M. Myerson n'hésiterait pas à se défendre fermement contre ces allégations ; il vous réclamerait ainsi le remboursement de tous ses frais de justice et, à la lumière des arguments énoncés ci-dessus, nous ne doutons pas un instant qu'il obtienne gain de cause.

Et voilà, c'était écrit noir sur blanc. Si on oubliait les insultes, les accusations nauséabondes, le rejet en bloc de ses allégations « sans aucun fondement », « erronées », « ténues », « diffamatoires », « déraisonnables », leur argument principal résidait dans cette dernière phrase : nous avons l'argent, nous avons le pouvoir. Et vous, vous n'avez rien.

Les mains tremblantes, Miriam replia la lettre et la rangea au fond de la boîte, puis elle sortit le petit carnet noir dans lequel elle consignait toutes les allées et venues qu'elle observait. Cela faisait six ans qu'elle vivait là, sur le canal, et elle avait vite compris qu'il fallait se montrer vigilant. Car on trouvait ici-bas tous les représentants de l'espèce humaine : des gens généreux, travailleurs, bons et respectables, mais aussi des ivrognes, des drogués, des voleurs et autres rebuts de la société. Il était important d'ouvrir l'œil, de rester sur le qui-vive, et de se méfier des prédateurs aux aguets (ça, Miriam le savait mieux que n'importe qui).

Alors elle prenait des notes. Par exemple, elle avait noté l'heure à laquelle Laura la Folle, la fille de la laverie, était apparue sur le chemin au bras de Daniel

Sutherland, vendredi soir ; elle avait aussi noté la visite de Carla Myerson, la tante du garçon, avec sa jolie coupe de cheveux, son manteau élégant et ses dents bien droites. C'était mercredi dernier, voilà. Deux jours avant la mort de Daniel. Elle avait une bouteille de vin à la main.

Après cela, Miriam prit la clé, celle de Laura la Folle, celle qu'elle avait ramassée auprès du cadavre, sur le bateau, et dont le métal était encore collant de sang. Elle la fit tourner entre ses doigts, toucha ses angles. Miriam avait le pressentiment que, quoi que Laura ait pu faire, elle devait la protéger. Car elle aussi faisait partie des laissés-pour-compte, non ? Certes, elle était jolie, mince, naïve, mais elle était pauvre et elle avait des problèmes. Et il y avait quelque chose d'anormal chez elle : elle boitait, et elle avait visiblement un souci mental. Laura n'était pas nette. Or, les gens n'hésitaient pas à profiter des petites jeunes filles démunies, Miriam le savait bien. Elle en avait fait l'expérience elle-même.

Mais le pouvoir n'est pas éternel, n'est-ce pas ? Parfois, alors qu'on s'y attend le moins, le vent tourne et tout change.

Et si, contrairement à ce qu'elle avait écrit dans son carnet, Miriam n'avait pas vu Laura du tout ? Et si, comme elle l'avait expliqué à la police, elle n'avait vu que Carla Myerson en compagnie de Daniel Sutherland ? D'ailleurs, maintenant qu'elle y réfléchissait, peut-être qu'elle avait vu Carla Myerson plus d'une fois ? L'inspecteur lui avait recommandé de le contacter si elle se souvenait d'autre chose, non ? Si elle se rappelait le moindre détail qui pouvait s'avérer important ? Et si (mais oui, voilà, ça lui revenait !) elle avait entendu quelque chose ? Des éclats de voix ? Ce soir-là, elle avait cru qu'ils faisaient la fête mais, avec le recul, peut-être qu'elle avait eu tort… Peut-être que c'était une dispute, qu'elle avait entendue…

Miriam se prépara une tasse de thé et un bain de pieds, puis elle entreprit d'avaler méthodiquement la moitié d'un paquet de biscuits au blé complet tout en réfléchissant à ce qu'elle devait dire à l'inspecteur. Par exemple, devait-elle mentionner son entrevue avec Theo Myerson, ce matin-là ? Ou valait-il mieux garder cette carte dans sa manche, au cas où ? Elle avait bien conscience qu'elle devait se montrer extrêmement prudente pour parvenir à ses fins – son nouveau pouvoir ne devait pas lui monter à la tête.

Elle composa le numéro de l'inspecteur, écouta le message du répondeur.

« Bonjour, monsieur l'inspecteur, Miriam Lewis à l'appareil. Vous m'avez dit de vous appeler si je me souvenais d'autre chose, eh bien, c'est juste que… j'ai repensé à la femme que j'ai vue, vous savez, la femme plus âgée ? En fait, c'est le vendredi soir que je l'ai vue. Voyez-vous, je croyais que c'était le jeudi, parce que je revenais du travail quand je l'ai croisée – elle avait une bouteille de vin avec elle, enfin bon, ça n'a pas d'importance – mais en tout cas, je sais que je revenais de la librairie, sauf que je ne suis pas allée travailler jeudi dernier, parce que j'avais une petite gastro, ce qui n'arrive pour ainsi dire jamais car, en temps normal, j'ai une santé de cheval, mais bref, je ne me sentais pas très bien jeudi, et j'ai donc demandé à décaler ma journée au lendemain, au vendredi… »

Miriam raccrocha. Elle se pencha pour prendre un autre biscuit puis se laissa aller contre son dossier et posa les jambes sur le banc. Quelle satisfaction, d'avoir une emprise sur Myerson ! Un instant, elle se prit à imaginer le grand écrivain, debout dans son bureau, le téléphone à la main. Un appel de l'inspecteur, sûrement, qui lui annonçait qu'on allait faire subir un interrogatoire à sa Carla chérie. Elle pouvait presque voir la panique sur son visage. Comment allait-il supporter une telle épreuve ? Et la presse qui allait s'emparer de l'histoire !

Cela lui apprendrait à prendre ce qui ne lui appartenait pas. À traiter Miriam comme si elle n'était rien de plus qu'une chose, un sujet à exploiter dans son livre avant de s'en désintéresser totalement.

Et si Carla souffrait également, eh bien, ce n'était pas l'idéal, mais si les ennemis de mes ennemis sont mes amis, parfois, les amis de mes ennemis sont mes ennemis. On n'y pouvait rien, c'était ainsi. La vie était injuste et, dans chaque conflit, il y avait des victimes collatérales.

Miriam referma son carnet. Elle le rangea dans la boîte, posa la clé de Laura par-dessus, contre la paroi en acajou, à côté des créoles en or de Lorraine, de la croix argentée que son père lui avait offerte pour sa confirmation, et de la plaque d'un collier de chien portant l'inscription « Dixon ».

Celle qui s'est enfuie

Les sanglots ont cessé ; ils ont été remplacés par des bruits différents.

La fille profite de cette diversion sonore pour briser le carreau de la fenêtre. Puis elle se hâte de dégager autant de morceaux de verre que possible afin de se glisser à l'extérieur. Cette précaution ne l'empêche pas de se lacérer les épaules, la poitrine et les cuisses lorsqu'elle fait passer son corps trop large par l'encadrement trop étroit.

Une fois à l'extérieur, elle s'accroupit, puis s'assoit, le dos contre le mur. Du sang s'échappe de ses blessures, imbibant le sol. Quand elle s'enfuira, sa piste sera facile à suivre. Sa seule chance de salut serait d'atteindre la ville avant qu'il se rende compte qu'elle s'est enfuie. Si elle part maintenant, elle a peut-être une chance d'y arriver.

Il fait nuit, à présent. Une nuit sans lune. Calme. Seul le coassement régulier d'une grenouille vient perturber le silence. Et bien sûr, les bruits en provenance de l'intérieur de la maison. Les bruits qu'il fait. Et les bruits qu'elle fait en retour.

La fille ferme les paupières et reconnaît qu'il existe une autre chance de salut : elle pourrait retourner discrètement à l'intérieur en passant par la porte d'entrée et récupérer un couteau dans la cuisine. L'attaquer par surprise. Lui trancher la gorge.

Elle imagine un instant le soulagement de son amie. Comment elles se blottiraient l'une contre l'autre, une fois cette épreuve terminée. Elle s'imagine raconter à la police ce qui s'est passé, elle imagine son retour à l'école en héroïne et la gratitude de la famille de son amie.

Car cette famille lui porterait une reconnaissance éternelle, n'est-ce pas ?

Les yeux fermés, elle peut voir le visage gracieux de son amie, ses longues jambes fines, ses vêtements de marque. Et ses parents, adorables. Elle pense à la vie de son amie, à la chance qu'elle a.

La fille s'imagine entrer dans la pièce en brandissant le couteau, mais il se retourne et, d'un coup de poing dans la gorge, la met hors d'état de nuire. Puis il grimpe sur elle, l'immobilise en appuyant ses genoux contre sa poitrine. Elle imagine son poids et la sensation de la lame caressant sa clavicule, sa joue, sa lèvre.

Elle ne sait même pas s'il y a un couteau dans la cuisine.

Elle pourrait essayer d'intervenir, choisir l'affrontement. Ou elle pourrait profiter du fait qu'il lui ait préféré son amie, plus jolie qu'elle. Et s'enfuir.

Ce n'est pas sa faute. Elle ne voulait pas monter dans la voiture, elle.

Et elle est désolée. Sincèrement. Elle est désolée, mais elle s'enfuit.

10

L'inspecteur Barker, dont le crâne chauve brillait comme un sou neuf sous les rayons du soleil du matin, surveillait une policière en uniforme qui enfonçait un bâtonnet en plastique dans la bouche de Carla. La femme lui gratta l'intérieur de la joue avant de retirer son instrument et de le déposer dans un sachet transparent. Quand tout fut fini, Barker acquiesça, satisfait, et demanda à sa collègue de l'attendre dans la voiture garée dehors. La péniche sur laquelle vivait Daniel était une location, avait déjà expliqué l'inspecteur à Carla. Le ménage n'y était pour ainsi dire jamais fait, si bien qu'on avait trouvé des traces d'au moins une dizaine d'individus différents (et probablement bien plus) ; la police s'affairait donc à prélever l'ADN et à prendre les empreintes de toutes les personnes concernées de près ou de loin par l'affaire, afin d'éliminer autant de suspects que possible.

Assise à la table de sa salle à manger, Carla s'essuya la bouche avec un mouchoir et remua les épaules pour se débarrasser d'une tension en haut du dos.

« Eh bien, il y a de grandes chances que vous trouviez mon ADN là-bas », dit-elle.

Barker leva les sourcils et croisa les bras.

« J'ai menti quand je vous ai dit que j'ignorais que Daniel vivait sur ce bateau, poursuivit Carla. Et que je ne l'avais pas revu. »

Barker ne fit aucun commentaire ; il se contenta de traverser la pièce pour s'asseoir en face de Carla et entrelaça les doigts de ses deux mains.

« Mais vous le saviez déjà, n'est-ce pas ? Si vous êtes là, c'est que quelqu'un vous a dit quelque chose. Est-ce qu'on m'a aperçue là-bas ? »

Barker ne répondit pas. Toujours ce vieux truc pour vous faire parler, pour vous forcer à rompre le silence. Un tel cliché que c'en était insupportable, mais Carla était trop épuisée pour résister. Elle n'avait pas réussi à dormir plus de deux heures d'affilée depuis la dernière visite de la police, cinq jours plus tôt. Elle n'arrêtait pas de voir des choses, des ombres dans les recoins, des points noirs qui s'agitaient en périphérie de son champ de vision. Ce matin-là, alors qu'elle passait devant un miroir, elle avait sursauté : le visage de sa sœur la regardait, émacié, terrorisé.

« Quand Daniel est venu récupérer ses affaires, il m'a dit qu'il avait loué une péniche et m'a proposé de passer le voir. Il m'a aussi prévenue de ne pas m'attendre à grand-chose. J'y suis allée deux fois. Ne me demandez pas quand, exactement, parce que, en toute honnêteté, je serais incapable de vous le dire. »

Elle hésita, puis poursuivit :

« Je vous ai menti parce que je ne voulais pas admettre devant Theo que je l'avais revu. »

Barker se laissa doucement aller contre le dossier de sa chaise.

« Et pourquoi cela ? » demanda-t-il en faisant craquer ses doigts, un bruit affreux.

Carla ferma les yeux un instant. Écouta le bruit de sa propre respiration.

« Est-ce que vous savez ce qui est arrivé à mon fils ?

— Oui, je suis au courant, répondit-il, l'air grave. J'en avais entendu parler par la presse. Un drame terrible. »

Carla hocha brièvement la tête.

« Oui. Je ne sais pas si les journaux l'ont mentionné, mais c'était ma sœur qui s'occupait de lui, quand ça s'est produit. Ou plutôt, qui était censée s'occuper de lui. Theo ne le lui a jamais pardonné : après la mort de notre fils, il ne l'a plus revue. Il refusait qu'elle fasse partie de notre vie. De la sienne, en tout cas et, à l'époque, c'était aussi la mienne. Vous comprenez ? J'allais donc voir ma sœur et Daniel en secret. Bien sûr, Theo s'en doutait, ce qui donnait lieu à des disputes. Quand j'ai divorcé et que j'ai emménagé ici, ça m'a semblé moins important, mais j'ai quand même continué à garder le silence. Voilà l'explication, j'imagine : cela fait si longtemps que je mens à Theo à ce sujet que parfois, j'oublie quand c'est nécessaire et quand ça ne l'est pas. Je ne voulais pas qu'il sache que j'avais rendu visite à Daniel sur ce bateau. »

L'inspecteur fit une grimace dubitative.

« Vous avez donc choisi de mentir à la police dans le cadre d'une enquête pour meurtre parce que vous ne vouliez pas que votre ex-mari apprenne que vous aviez vu votre neveu ? »

Il ouvrit les paumes vers le ciel, les doigts écartés.

« Ça me paraît tout bonnement extraordinaire, ça me paraît… commença-t-il avant de lever les sourcils, suspicieux. Est-ce que vous avez peur de votre ex-mari, madame Myerson ?

— Non ! s'empressa de répondre Carla. Non, mais je… Je ne voulais pas lui faire de peine. Je n'aime pas faire de peine à Theo, et s'il avait appris que j'avais revu Daniel, cela l'aurait blessé.

— M. Myerson est-il d'un caractère colérique ? »

Carla secoua la tête.

« Non, insista-t-elle, exaspérée. Ce n'est… Ce n'est pas ça.

— Qu'est-ce que c'est, alors ? » demanda Barker.

Il avait l'air sincère, comme s'il voulait vraiment comprendre, comme s'il se tenait devant un spécimen étrange, une curiosité.

« Est-ce que M. Myerson craignait que vous ne cherchiez à remplacer votre enfant par votre neveu ? Est-ce que c'est pour ça que votre relation avec Daniel lui faisait de la peine ? »

Encore une fois, Carla secoua la tête, mais ne dit rien. Elle se détourna du policier et regarda par la fenêtre son triste jardin pavé, avec son abri cadenassé et ses plantes en pots mortes, noircies.

L'abri était vide à l'exception d'un petit tricycle rouge aux poignées encore décorées de pampilles bleues. C'était le cadeau d'anniversaire de Ben pour ses trois ans. Ils l'avaient fêté en famille dans leur maison de Noel Road, avec les parents de Theo, Angela et Daniel, et le frère aîné de Theo, sa femme et leurs enfants.

Après le gâteau et les bougies, ils étaient tous allés se promener sur le chemin de halage. Carla en aurait éclaté de bonheur, de voir ainsi Ben juché sur son vélo, ses petites jambes s'agitant à toute allure pour pédaler aussi vite que possible. Et la fierté sur le visage de Theo !

« Tu as vu comme il est doué !

— C'est un tricycle, Theo, avait répliqué Angela, une cigarette à la main. N'importe qui peut y arriver. »

Sur le chemin du retour, dans le crépuscule, parmi des passants de moins en moins nombreux, Daniel poussait Ben pour l'aider.

« Attention, Daniel, pas trop vite ! » avait prévenu la mère de Theo.

Mais les deux enfants l'avaient complètement ignorée et, tout excités, s'étaient précipités dans le virage en manquant de s'étaler par terre.

Après la mort de Ben, après l'enterrement, quand les proches endeuillés furent enfin rentrés chez eux, Carla se mit au lit pour ne plus en bouger. Dans les mois qui suivirent, Theo, lui, vint rarement se coucher. Il restait éveillé, enfermé dans une colère têtue ; à travers le brouillard des calmants, Carla l'entendait parfois faire les cent pas dans son bureau, près du palier, ou descendre bruyamment les marches et traverser la cuisine pour sortir fumer dans le jardin, avant de remonter. Elle l'entendait allumer puis éteindre la radio, zapper devant la télé, mettre un disque l'espace d'une demi-chanson avant d'envoyer le bras de la platine valser sur le vinyle.

Parfois, il montait à l'étage et se tenait sur le seuil de leur chambre mais il ne la regardait pas. Tourné vers la fenêtre d'en face, une main grattant son menton mal rasé, il lui arrivait de parler, des affirmations qui semblaient mener à des interrogations qui n'arrivaient jamais. Parfois, il mentionnait Angela, ou l'enfant qu'elle avait été.

« Tu as toujours raconté qu'elle avait mauvais caractère, quand elle était petite... »

Ou encore :

« Tu m'as déjà parlé de sa folle imagination. "Sanguinaire", d'après toi. Tu disais qu'elle avait une imagination sanguinaire. »

De temps en temps, il posait une vraie question :

« Est-ce qu'elle était jalouse, tu crois ? Des capacités de Ben ? »

Ils en avaient discuté, auparavant, quand Ben était encore vivant : Angela devait forcément voir la différence entre son fils et le leur. Ben était précoce dans tous les domaines, il était loquace, habile, plein d'empathie, et il savait compter avant son troisième anniversaire.

« Tu verras qu'à quatre ans, il saura lire ! » aimait à répéter Theo, et Carla devait régulièrement lui demander d'arrêter ses vantardises.

Daniel était différent. Bébé, il pleurait beaucoup et dormait peu ; il avait mis une éternité pour réussir à marcher à quatre pattes, et n'avait commencé à parler qu'à deux ans et demi. C'était un petit garçon maladroit, irritable et sujet à de grosses colères.

« Tu penses que ça l'agaçait, de voir combien Ben était doué en tout ? insista Theo un jour. Parce que Dan, c'est un gamin un peu bizarre, non ? Je sais que je ne suis pas objectif, personne n'est objectif quand il s'agit de ses enfants, mais là, tout de même, je pense qu'on ne peut pas nier que Ben était un petit garçon absolument merveilleux. Il était...

— Qu'est-ce que tu veux dire ? le coupa Carla d'une voix croassante. Qu'est-ce que tu sous-entends ? »

Il se rapprocha du lit, les yeux exorbités, les joues empourprées.

« Je te demande si, à ton avis, Angela aurait pu être jalouse ? Si, quelque part, elle… »

Carla agrippa les draps et se força tant bien que mal à se redresser.

« Tu me demandes si, à mon avis, ma sœur aurait volontairement laissé cette porte ouverte ? Parce qu'elle pensait que notre fils était plus réussi que le sien ? Tu me demandes si je pense qu'elle souhaitait la mort de Ben ?

— Non ! Bon Dieu, non, je ne dis pas qu'elle voulait qu'il meure. Je ne prétends pas qu'elle a agi volontairement, je me demande juste si, peut-être mue par son inconscient, elle aurait pu… »

Carla se laissa retomber sur le côté et tira la couette jusque par-dessus sa tête.

« Laisse-moi tranquille, Theo. Je t'en prie, va-t'en. »

Il fallut un an à Carla pour retrouver l'habitude de se lever chaque matin, de se doucher et de s'habiller. Il lui fallut dix-huit mois pour revoir sa sœur, en secret. Un jour, elle annonça à Theo qu'elle s'était inscrite à un cours de yoga, elle enfila un pantalon de jogging et un tee-shirt sur son corps ramolli et affaibli, et marcha jusque chez sa sœur, à Hayward's Place. Quand Angela lui ouvrit la porte, Carla eut un mouvement de recul : en dix-huit mois, sa sœur semblait avoir vieilli de plusieurs décennies. Elle était émaciée, la peau cireuse de son visage étirée sur son crâne, au point qu'elle paraissait desséchée, vidée de l'intérieur.

Bien qu'encore jeunes, les deux sœurs avaient déjà les cheveux gris – et Angela raconta à Carla que les siens l'étaient devenus en une nuit. Oui, elle prétendait qu'elle était allée se coucher un mardi soir encore brune, pour se réveiller le mercredi avec une crinière couleur cendre. Elle ne faisait pas de teinture et avait conservé ses longueurs.

« Je ressemble à une sorcière de conte de fées, non ? Je terrorise les enfants au supermarché », plaisanta Angela.

Carla ne trouva pas ça drôle. Elle non plus ne s'était pas teint les cheveux quand ils avaient commencé à perdre leur couleur, mais elle avait tout coupé.

« Tu as de la chance, ajouta Angela, et Carla tressaillit. Ta tête a une jolie forme. Moi, avec cette coupe, j'aurais l'air d'une extraterrestre. »

C'était un compliment, mais Carla en fut irritée. Elle n'aimait pas entendre le mot « chance » dans la bouche de sa sœur, encore moins s'il lui était associé.

« Les cheveux ne peuvent pas blanchir en une seule nuit, dit-elle sèchement. Je me suis renseignée. C'est une légende. »

C'était vrai, mais elle avait aussi lu l'histoire de jeunes femmes, bien plus jeunes que sa sœur et elle, des Soviétiques qui avaient combattu au cours de la Seconde Guerre mondiale et avaient ressenti une terreur si abjecte que leurs cheveux étaient devenus gris en une nuit. Elle avait aussi lu l'histoire de Cambodgiennes qui avaient été témoins de telles atrocités qu'elles en avaient perdu la vue.

« Pourtant, c'est ce qui m'est arrivé, insista Angela. Tu ne peux pas me dire que je n'ai pas vécu ce que j'ai vécu. Tu n'en sais rien, de toute façon, tu n'étais pas là. »

Les « cours de yoga » se firent hebdomadaires, une mise à l'épreuve de la détermination de Carla. Celle-ci croyait au mérite du labeur ; d'ailleurs, elle estimait que les choses qui en valaient la peine étaient souvent les plus ardues à réaliser. Elle avait la conviction que, si on se donnait du mal, la plupart du temps, on pouvait atteindre son but. C'était peut-être sa version de la théorie des dix mille heures : si elle passait dix mille heures à essayer de pardonner à sa sœur, y parviendrait-elle ? Impossible de le prédire, mais cela lui semblait un plan d'action acceptable. Après tout, elle avait perdu ses parents, elle avait perdu son fils. Il ne lui restait plus grand-chose : Angela, le petit Daniel, et bien sûr, Theo – même si elle savait au fond d'elle, dans le plus triste recoin de son cœur, que leur couple ne survivrait pas au drame qu'il avait traversé.

Un jour, alors que Carla venait rendre visite à sa sœur, elle perçut des éclats de voix en provenance de la maison. Elle avait à peine fini de frapper que la porte s'ouvrit, avec une telle violence qu'on aurait cru qu'Angela avait voulu l'arracher de ses gonds.

« Oh, non ! s'exclama-t-elle en voyant sa sœur. J'avais oublié qu'on était mercredi. Daniel n'a pas école. Il est… »

Elle s'interrompit, haussa les épaules.

« Bref, il n'a pas école. »

Elles s'assirent dans le salon, comme chaque fois et, au bout d'un moment, Daniel descendit pour dire bonjour. Si, au cours de ces dix-huit mois de séparation, Angela avait vieilli d'une décennie, Daniel n'avait pas changé du tout. À neuf ans, il était toujours petit pour son âge, toujours taciturne et hésitant. Il avait gardé cette habitude de se déplacer sans bruit, d'apparaître sans crier gare près des adultes en se tordant les mains devant le ventre.

« Comme un petit animal ! avait un jour commenté Carla avec un sourire.

— Comme un petit sauvage, oui », avait répliqué Angela.

Ce mercredi-là, il surgit d'on ne sait où et se posta sur le seuil de la pièce.

« Bonjour, tatie Carla ! dit-il avant de dévoiler un entrelacs de métal dans sa bouche.

— Bon sang, Daniel, arrête de faire cette tête ! cria Angela. C'est cette saloperie d'appareil dentaire, ajouta-t-elle à l'attention de sa sœur. Il est incapable de sourire normalement, maintenant. La plupart des mômes qui ont des bagues, ils essaient de ne pas montrer leurs dents, mais pas lui. Au contraire, il passe son temps à faire cette tête affreuse.

— Angela, siffla Carla tandis que Daniel s'éclipsait aussi discrètement qu'il était arrivé. Il t'entend ! »

Et son cœur – ou ce qu'il en restait – saigna pour l'enfant.

La fois suivante, elle apporta à son neveu une grande boîte de crayons de couleur, qu'elle lui offrit dans sa chambre, à l'étage. Quand il vit son cadeau, ses yeux se mirent à briller.

« Oh ! s'exclama-t-il, au comble du ravissement. Tatie Carla ! »

Il lui adressa son épouvantable sourire et enroula ses bras maigres autour de sa taille.

Carla se figea. Elle ne s'était pas préparée à ce choc, à la sensation du corps d'un enfant pressé contre elle pour la première fois depuis si longtemps ; osant à peine respirer, elle parvint avec difficulté à regarder la petite tête, les beaux cheveux châtains, la nuque – sur laquelle elle remarqua deux bleus, de la taille d'un pouce et d'un index. Comme si on l'avait attrapé par la peau du cou et qu'on l'avait pincé fort. Quand Carla releva la tête, elle vit que sa sœur les observait.

« Il passe son temps à se battre, à l'école », dit Angela avant de se détourner.

Carla l'entendit s'éloigner et descendre les marches d'un pas étonnamment lourd pour une femme si menue.

Elle laissa l'enfant la serrer contre lui encore un instant puis détacha gentiment ses bras pour s'accroupir devant lui et le regarder en face.

« C'est vrai, ça, Daniel ? Tu te bagarres souvent ? »

D'abord, il refusa de croiser son regard. Quand il l'affronta enfin, il arborait un air grave.

« Parfois, dit-il à voix basse, parfois les gens ne… Ils ne… »

Puis il gonfla les joues et poussa un gros soupir.

« Mais bon, on s'en fiche.

— On ne s'en fiche pas, Dan. Moi, je ne m'en fiche pas.

— Si, on s'en fiche, parce que je vais partir. Je vais changer d'école. Et je ne vivrai plus ici, je vivrai là-bas. »

Sur ce, il lui refit un câlin, les bras autour de son cou, cette fois. Il respirait dans son oreille, un souffle léger et rapide, le souffle d'une proie acculée.

Angela le lui confirma : Daniel partait à l'internat.

« C'est son père qui paie. Il a choisi l'école qu'il a lui-même fréquentée, quelque part dans l'Oxfordshire. C'est un établissement très réputé.

— "Quelque part dans l'Oxfordshire" ? Angie, tu es sûre que c'est une bonne idée ?

— Tu ne te rends pas compte ! »

Elle baissa la voix avant de préciser, plus dure :

« Vivre avec Daniel est un calvaire… Arrête ! Ne me regarde pas comme ça. Tu ne peux pas comprendre, tu ne… Tu viens ici une fois par semaine, tu ne vois pas comment il se comporte quand il n'y a plus que lui et moi, tu ne… Il a été gravement traumatisé par ce qui lui est arrivé. »

Carla commença à secouer la tête mais Angela poursuivit :

« Je sais que tu n'as pas envie d'entendre ça, mais c'est vrai. »

Elle attrapa son paquet de cigarettes et en sortit une d'un geste maladroit. Angela avait sans cesse les mains qui tremblaient, à présent. Avant, cela lui arrivait parfois au lendemain d'une soirée difficile mais désormais, c'était en permanence, alors elle les occupait constamment, en attrapant un verre, un livre, un briquet.

« Évidemment qu'il a été traumatisé, répondit Carla tandis qu'Angela allumait sa cigarette et tirait une première bouffée.

— La psychologue a dit que maintenant, il raconte qu'il a vu… Enfin, tu sais, qu'il l'a vu tomber. Ben.

Il raconte qu'il ne l'a pas simplement retrouvé, mais qu'il a vu la chute. »

Elle ferma les yeux.

« Il raconte qu'il a crié et crié mais que personne n'est venu. Il raconte… »

Carla leva une main – Angela avait raison, elle n'avait aucune envie d'entendre ça.

« Je t'en prie », souffla-t-elle.

Elle attendit un moment que sa respiration se calme avant de reprendre :

« Tout de même, comment peut-on… Tu ne peux pas croire que la solution à ce traumatisme, c'est de le séparer de sa mère ?

— Sauf que c'est justement sa mère, le problème, répliqua Angela en écrasant sa cigarette à peine entamée dans le cendrier. Il me tient pour responsable de ce qui s'est passé, Carla. »

Elle leva la tête vers sa sœur, essuya ses larmes d'un revers de main.

« Il a dit à sa psychologue que ce qui s'est passé était ma faute. »

Et pour cause ! songea Carla. *C'est bien ta faute !*

11

« Pouvez-vous ouvrir un peu plus la bouche, s'il vous plaît, monsieur ? »

Une jeune femme aux manières abruptes était penchée au-dessus de lui pour lui insérer un bâtonnet en plastique dans la bouche et, alors que ç'aurait dû être une sensation intrusive et désagréable, Theo eut la déception de constater qu'il trouvait l'expérience excitante. Il ferma les yeux, ce qui ne fit qu'amplifier la sensation. Pendant que l'agente prenait ses empreintes, il s'efforça d'éviter son regard mais, quand il le croisa finalement, il comprit qu'elle avait perçu quelque chose, quelque chose qui la mettait mal à l'aise, et il eut l'impression d'être une ordure. Il eut envie de lui dire : *Je suis vraiment désolé. Ce n'est pas moi, ça. Je ne suis pas ce genre de type. Je suis l'homme d'une seule femme.*

Toute sa vie, Theo n'avait aimé que Carla. Il y avait eu d'autres femmes avant et quelques-unes depuis, mais l'écrivain n'avait pas le moindre doute : Carla était la seule et l'unique. Même s'il y avait plusieurs Carla – oui, il semblait à Theo qu'au cours de leur existence commune, il avait connu de multiples Carla, qu'il les avait toutes aimées, et qu'il continuerait de l'aimer au travers de chacune de ses futures incarnations.

Bien sûr, il y avait aussi eu Ben, l'espace de ce bref et extraordinaire interlude, ces trois ans et quarante-sept jours de bonheur mais, à présent, il n'y avait plus que Carla. Carla, et l'écriture.

Quinze ans plus tôt, quand Ben était mort, Theo était en pleine rédaction de son troisième roman. Il l'abandonna sans hésiter – il ne pouvait pas supporter l'idée de relire des mots qu'il avait formulés pendant que Ben jouait dans le jardin ou chantonnait avec sa mère dans la cuisine. Pendant un an ou deux, il fut incapable d'écrire. D'ailleurs, il essaya à peine. Puis, quand il voulut vraiment s'y remettre, rien ne vint. Des mois, des années durant, rien. Son cœur n'avait pas été brisé, il avait été détruit ; alors comment écrire ? Et surtout, pour écrire quoi ? N'importe quoi, lui répondit son agent. Ça n'a pas d'importance, écris n'importe quoi. Il s'exécuta. Il raconta l'histoire d'un homme qui perd son enfant mais sauve sa femme ; l'histoire d'un homme qui perd sa femme mais sauve son enfant ; l'histoire d'un homme qui assassine sa belle-sœur. Tout était atrocement mauvais.

« J'ai l'impression de m'arracher les cheveux, dit-il à son agent. Non, pire que ça. De m'arracher les ongles. »

Sans son cœur, ce qu'il faisait ne valait pas un clou. C'était stérile, médiocre. Assis face à un écran vierge, terrifié, il se confia à son agent.

« Et si la raison pour laquelle je suis incapable de travailler, c'est parce que l'homme qui a écrit ces livres n'existe plus ? »

Pendant ce temps-là, Carla lui échappait peu à peu. À la fois présente et absente, un spectre dans leur maison, elle s'éclipsait quand il entrait dans une pièce, fermait les yeux quand il passait dans son champ de vision. Elle allait à ses cours de yoga et en revenait non pas détendue, mais troublée, en colère ; elle traversait la maison avec fracas pour rejoindre le jardin, où elle s'asseyait et se griffait les bras jusqu'au sang. Theo aurait voulu l'aider mais, il le comprit avec le recul, ses tentatives étaient maladroites. Sa suggestion d'essayer de faire un autre enfant fut accueillie par une fureur sourde.

Theo se mit à déserter de plus en plus le domicile conjugal. Il partait assister à des foires du livre, il donnait des conférences dans des universités lointaines. Il eut une aventure brève et décevante avec son attachée de presse, une femme bien plus jeune que lui. Carla finit par le quitter, mais ce départ manquait de conviction : elle acheta une maison à cinq minutes de chez lui.

Theo s'essaya à la non-fiction ; il tenta d'écrire sur le peu de crédit que la société accordait à la paternité, il s'interrogea sur le bien-fondé des mouvements de libération des femmes ; il réfléchit à un retour à des valeurs plus traditionnelles (pour ne pas dire sexistes). Il se haïssait. Et il était toujours incapable de trouver les mots pour décrire l'étendue de son chagrin, l'ampleur de sa colère.

Sans son fils, sans sa femme, sans l'écriture, Theo n'avait plus rien.

Après le départ de la police, Theo partit marcher. Il avait pris l'habitude de faire un petit tour du quartier vers cette heure-là, juste avant le déjeuner, pour s'empêcher de manger trop tôt (il avait une fâcheuse tendance à grignoter). Dans le hall d'entrée, il attrapa son manteau et tendit machinalement la main vers la laisse du chien avant de retenir son geste, surpris. Ce n'était pas le geste en lui-même qui l'avait interpellé – il n'était pas encore habitué à l'absence de Dixon et faisait souvent cette erreur –, mais le fait que la laisse n'était pas à sa place. Theo regarda autour de lui. Il ne la vit nulle part. La femme de ménage avait dû la déplacer, songea-t-il sans toutefois comprendre pourquoi elle aurait fait une chose pareille.

En temps normal, il se promenait le long du chemin de halage mais, comme celui-ci était encore barré par la police, il se dirigea vers le pont de Danbury Street. Là se tenait aussi un homme en uniforme, un jeune à la peau irritée par le rasage qui lui sourit en l'apercevant et agita la main avant de s'interrompre, embarrassé.

Theo y vit une ouverture.

« Les fouilles ne sont toujours pas terminées, hein ? dit-il en s'approchant de l'agent. Vous cherchez des indices ? »

Le jeune homme rougit.

« Euh… Oui, oui. On cherche une arme, en fait.

— Bien sûr, bien sûr, commenta Theo. L'arme. Eh bien… »

Il parcourut le canal des yeux comme s'il allait soudain apercevoir le couteau depuis le pont.

« … je vous laisse vous remettre au travail, alors. Bonne chance !

— À vous aussi ! répondit l'autre avant de rougir de plus belle.

— Pardon ?

— Oh, c'était juste… Bonne chance pour vos bouquins, tout ça. Désolé, je…

— Non, non, pas de souci.

— C'est que je suis un fan, voilà. Un grand fan de *Celle qui s'est enfuie*. J'ai trouvé ça tellement intéressant, la manière dont vous avez tourné le truc, vous savez, en racontant l'histoire dans le passé, dans le futur, en nous laissant voir ce qui se passait dans la tête du tueur… c'était dingue ! Au début, on ne comprend pas trop ce qui se passe, et d'un seul coup, c'est… wahou ! Génial. J'ai adoré comment vous nous prenez à contre-pied, en jouant avec nos perceptions et nos *a priori*, tout ça…

— Ah oui ? s'esclaffa Theo, faussement incrédule. Je croyais que tout le monde pensait que c'était nul, comme idée !

— Eh bien, pas moi. J'ai trouvé ça malin. Une nouvelle façon de raconter ce genre d'histoires… Vous comptez écrire un autre roman policier ? Un autre "Caroline MacFarlane" ? ajouta-t-il en mimant des guillemets avec les doigts.

— Je ne sais pas… J'y pense, bien sûr. Je pourrais m'inspirer de tout ce pataquès, après tout, ajouta l'écrivain en désignant le canal. Je pourrais appeler ça *Le Garçon du bateau* ! »

Et ils rirent, un peu mal à l'aise.

« C'est de là que vous viennent vos idées, alors ? demanda le policier. De la vraie vie ?

— Ah, une grande question… », commenta Theo, et il se tut dans l'espoir que l'autre n'attende pas réellement de réponse.

Après un silence gêné, le jeune homme reprit :

« Parce que, vous voyez, si vous voulez un jour, je ne sais pas, discuter d'idées pour des romans policiers, euh, parler des volets d'une enquête ou des analyses scientifiques, ce genre de choses… »

Theo se rendit compte que c'était à lui qu'il s'adressait et qu'il ferait peut-être bien d'écouter.

« … eh bien, je pourrais vous aider. Par exemple…

— C'est très gentil à vous, dit Theo avec un grand sourire. Une belle proposition. Je, euh… Eh bien, pour le moment, j'imagine que ce qui m'intéresse c'est… C'est surtout de savoir comment progresse l'enquête actuelle. Sur cette affaire, celle de mon, euh… de mon neveu. »

Le policier fit la moue et Theo esquissa aussitôt un pas en arrière, les mains en l'air, les doigts écartés.

« Je comprends que vous ne pouvez pas entrer dans les détails, hein ! Je me demandais simplement… Parce que, comme vous vous en doutez, cette histoire est très éprouvante pour nous, surtout pour Carla, mon épouse, qui a déjà eu à traverser tant d'épreuves ces derniers temps… Si la police approchait d'une résolution quelconque, d'une arrestation, ce serait un grand soulagement pour nous deux. »

L'agent prit une inspiration entre ses dents et inclina la tête.

« Eh bien… Comme vous l'avez dit, je ne peux pas entrer dans les détails… »

Theo hocha la tête, compréhensif, et arbora un air chagriné. Il sortit de sa poche un paquet de cigarettes, en proposa une à son interlocuteur, qui accepta.

« Ce que je peux vous dire, en tout cas, reprit le policier en se penchant vers l'écrivain pour allumer sa cigarette, c'est qu'on est en train de faire des analyses en ce moment même. Je ne vous apprends rien en vous disant que ces choses-là prennent du temps, on n'a pas les résultats du jour au lendemain, on n'est pas dans *Les Experts* ou je ne sais quoi…

— Des analyses ? répéta Theo.

— Oui, répondit l'autre, qui reprit plus bas : des analyses sur des vêtements tachés de sang.

— Ah. »

Voilà qui était rassurant.

« Et ces vêtements, poursuivit Theo, ils appartiennent à… à la fille ? Celle que vous avez interrogée ? Parce que, vous savez, je l'ai vue fuyant la scène du crime, ce matin-là. Je l'ai vue, et je n'ai rien fait. Bêtement, j'ai cru que c'était juste une fille qui avait bu un coup de trop. Quel idiot ! »

L'agent affecta aussitôt une expression soucieuse.

« Monsieur Myerson, vous n'auriez rien pu faire de plus, je vous assure. Personne n'aurait rien pu faire pour M. Sutherland. Ses blessures étaient bien trop graves.

— Oui, bien sûr, acquiesça Theo. Mais, pour en revenir à cette fille… C'est votre suspecte principale, pour le moment ? Il n'y a pas… Oh, je ne sais pas, une histoire de drogues, ou de cambriolage, ou… ? »

L'homme secoua tristement la tête.

« Là, je ne peux malheureusement pas vous en dire plus. Mais nous n'éliminons encore aucune piste.

— Évidemment », appuya Theo, tout en songeant que *Nous n'éliminons encore aucune piste* signifiait en réalité *Nous n'avons pas la moindre idée de ce qui s'est passé.*

Il fit mine de s'éloigner mais vit du coin de l'œil que le jeune policier boutonneux mourait d'envie de lui fournir d'autres informations, n'importe quoi qui prouve qu'il était quelqu'un d'important, lui aussi. Alors Theo demanda :

« Est-ce que vous pouvez me dire quoi que ce soit sur elle ? Cette fille ? Pas son nom, bien sûr, mais je me demandais... Vous voyez, j'ai cru comprendre qu'elle était du coin, j'ai lu dans le journal qu'elle habitait le quartier et, comme elle est en liberté et que, bien sûr, j'ai une petite notoriété qui fait qu'elle pourrait sans mal découvrir qui je suis ou qui est ma femme... et, en fait, je suis peut-être un peu parano, mais ce que je voudrais savoir, c'est si elle est dangereuse, cette personne ? Enfin, bien sûr qu'elle est dangereuse, mais est-ce qu'elle représente une menace pour moi ? Pour nous ? »

Le jeune agent était à l'évidence très mal à l'aise face à la tournure que prenait la conversation, et à la fois très désireux de transmettre des informations top secret. Il finit par se pencher vers Theo.

« Elle a des antécédents, murmura-t-il.

— Des antécédents ?

— De violence. »

Theo recula, horrifié.

« Mais il n'y a aucune raison de paniquer. Elle est simplement... instable, voilà tout. C'est tout ce que je peux vous dire. En tout cas, je tiens à vous rassurer : nous allons à nouveau draguer le canal cet après-midi. Nous sommes encore à la recherche de l'arme mais, dès qu'on aura mis la main dessus, ce sera terminé. Dès qu'on l'aura, on pourra passer à l'arrestation. »

De retour à son bureau, plutôt rasséréné, Theo se mit à trier son courrier, dans lequel se trouvaient quelques lettres de lecteurs transmises par son agent. À une époque, il en recevait des dizaines par jour et c'était un des sous-fifres de son agent qui s'en occupait mais, au fil des années, le flot s'était tari. Il se tenait éloigné des réseaux sociaux et ne répondait pas aux e-mails mais, si quelqu'un prenait la peine de lui envoyer un courrier manuscrit, il avait tendance à répondre personnellement.

Cher monsieur Myerson/mademoiselle MacFarlane,
J'espère que ça ne vous embête pas que je vous écrives, je suis un grand fan de votre roman policier Celle qui s'est enfuie, *et je me demandais où vous trouviez toute vos idées ?*

Theo laissa échapper un grognement d'exaspération. Bon Dieu. Les idées étaient-elles donc si rares ? Les transformer en mots, les coucher sur du papier, c'était autre chose, mais les idées, on en trouvait à la pelle, non ?

Plus particulièrement, d'où vous est venue l'idée pour ce livre ? D'un article de journal, d'échanges avec la police ? J'envisage moi-même d'écrire un roman policier et j'aime bien lire des rapport de police sur Internet. Est-ce que vous demandez parfois à des inspecteurs de vous aider avec votre intrigue, avec des crimes précis, ou à trouver des solutions ?

Je me demandais aussi pourquoi les personnages n'ont pas de nom dans Celle qui s'est enfuie. *C'est plutôt inhabituel, non ?*

Pourriez-vous me répondre par e-mail ? Je suis impatient de lire vos réponses à mes questions.

Bien cordialement,

Henry Carter

henrycarter759@gmail.com

PS : Je ne suis pas d'accord avec les critiques qui ont trouver le livre « misogyne » et « prétentieux », je pense qu'ils n'ont pas bien compris l'histoire.

Le post-scriptum fit rire Theo, qui déposa la missive dans sa corbeille à courrier en se promettant d'y répondre le lendemain. Il se leva, se pencha par-dessus son bureau pour attraper ses cigarettes et, à cet instant, il leva la tête. Par la fenêtre, il vit alors sur le chemin de halage, derrière le jardin, une silhouette immobile qui le regardait droit dans les yeux. Miriam Lewis.

« Bon Dieu ! »

Il fit un bond en arrière et manqua basculer par-dessus sa chaise de bureau. Avec un juron, il dévala l'escalier, se précipita dans le jardin et ouvrit brutalement le portail de derrière pour regarder tout autour de lui. Elle avait disparu. Theo arpenta quelques minutes le chemin de halage, les poings serrés. Les passants qu'il croisait l'évitaient en lui jetant des coups d'œil nerveux. Est-ce qu'elle s'était vraiment tenue devant son jardin, ou se mettait-il à avoir des hallucinations ? En était-il arrivé là ?

Sans sa femme, sans son fils, sans l'écriture, Theo n'avait plus rien. Par désespoir, il écrivit un roman policier, sur une idée de son agent.

« Quand je te dis d'écrire n'importe quoi, je suis sérieux, avait expliqué celui-ci. N'importe quoi, juste le temps de te remettre dans le bain. Essaie la science-fiction, les romans d'amour, ce que tu veux. Si tu savais le nombre de bouses qui se publient dans l'édition grand public… On te trouvera un nom de plume, si ça te rassure. Mais il faut que tu écrives quelque chose. »

Il s'exécuta. Il s'estima inapte au roman d'amour, et pas assez réfléchi pour la science-fiction, mais le policier… Ça, il s'en sentait capable. Il adorait la série *Inspecteur Morse*, il avait lu Dostoïevski. Ça ne pouvait pas être bien difficile, si ? Tout ce qu'il lui fallait, c'était un concept, la bonne accroche, et c'était parti. C'est alors que l'idée vint à lui. Elle atterrit sur son perron, et il s'en empara pour la développer, la travailler, la façonner jusqu'à en faire une œuvre à proprement parler.

Publié sous le pseudonyme « Caroline MacFarlane », *Celle qui s'est enfuie* était un roman hautement expérimental. L'intrigue s'affranchissait de la chronologie, et le point de vue pivotait parfois à cent quatre-vingts degrés pour révéler au lecteur les pensées les plus intimes du tueur. C'était un livre qui dénonçait la façon dont on pouvait manipuler la sympathie du lecteur, qui montrait la hâte avec laquelle celui-ci pouvait tirer des conclusions sur la culpabilité et l'innocence, le pouvoir et la responsabilité.

Le livre ne fut pas tout de suite un grand succès. Bien que Theo eût pris soin de camoufler son identité en choisissant un nom de femme (« Les femmes adorent les policiers ! avait argué son agent. C'est la catharsis de se voir en position de victime qui leur plaît »), le secret n'avait pas tenu bien longtemps. Quelqu'un vendit la mèche et, évidemment, le roman devint un best-seller. Revers de la médaille, les critiques se penchèrent sur le texte avec férocité (il reçut quelques avis particulièrement cruels) et toutes sortes de tarés firent leur apparition (« Vous m'avez volé mon histoire ! »). Cependant, le but premier était atteint – Theo avait recommencé à écrire. Et c'était ça, l'essentiel : quand la muse s'était tue, Theo avait refusé d'abandonner, il avait saisi une bribe d'histoire et l'avait faite sienne. C'était ça, la vérité.

Celle qui s'est enfuie

L'anticipation. Parfois, c'est ce qu'il préfère, parce que les choses ne tournent pas toujours comme on voudrait. Mais au moins, on aura pu profiter du soleil et des filles qui, aux beaux jours, ressortent du placard les jupes courtes et les débardeurs. Ce serait dommage de s'en priver, non ?

Au pub, il en repère une assise avec sa copine moche. Elle porte une jupe. Pas de débardeur, mais un tee-shirt blanc sans soutien-gorge en dessous. Elle est belle.

Elle relève légèrement sa jupe pour lui offrir une meilleure vue. Il lui en est reconnaissant, alors il lui sourit, mais au lieu de lui rendre son sourire, elle grimace et dit à sa copine moche :

« Dans ses rêves. »

Dans ses rêves.

La sensation est désagréable, comme si quelque chose le dévorait de l'intérieur, le vidait, et il ressent un désir terrible, une envie qui prend la place du sourire qu'elle aurait dû lui adresser.

12

Miriam crut qu'elle n'arriverait jamais à regagner sa péniche. Elle avait l'impression qu'elle allait s'évanouir là, sur le chemin de halage, alors qu'elle sentait monter en elle une terrible vague de panique : son champ de vision se rétrécissait, un poids l'écrasait tout entière, son souffle était de plus en plus haché, et son cœur tambourinait dans sa poitrine. Elle dégringola les marches de sa cabine et s'effondra sur le banc, puis elle colla le menton à son torse, les coudes à ses genoux et s'efforça de respirer calmement afin de retrouver un pouls normal.

Quelle idiote, quelle idiote, quelle idiote ! Jamais elle n'aurait dû aller chez lui ! Qui savait ce qui aurait pu se passer ? Et s'il avait appelé la police ? Il aurait pu prétendre qu'elle le harcelait et cela aurait tout fait échouer.

Elle avait cédé à un besoin impérieux de voir Myerson, juste un coup d'œil. Lire les nouvelles ne la satisfaisait plus : deux jours s'étaient écoulés depuis qu'elle avait recontacté l'inspecteur Barker et pourtant, il n'y avait apparemment rien de nouveau sur le meurtre de Daniel.

Elle commençait à se demander si on l'avait vraiment prise au sérieux. Après tout, ça n'aurait pas été la première fois que quelqu'un feignait de s'intéresser à elle, feignait de l'écouter pour l'écarter ensuite sans ménagement. Peut-être que Myerson leur avait confié quelque chose à son sujet, pour la décrédibiliser ? C'était pour ça qu'elle avait eu besoin de le voir, de voir son visage, d'y lire la peur, l'inquiétude, le chagrin.

Et elle savait exactement où regarder : par la fenêtre de l'étage qui donnait sur le jardin. C'était dans cette pièce qu'il travaillait, devant cette fenêtre que se dressait le solide bureau en acajou auquel Theo Myerson s'asseyait, penché sur son ordinateur, une cigarette se consumant seule dans le cendrier en verre carré tandis qu'il élaborait des phrases et créait des images – tandis que, dans un acte d'une violence insultante, il écrivait l'histoire de Miriam en en excluant sa protagoniste.

Quand Miriam se représentait Myerson chez lui, travaillant dans son bureau, prenant un en-cas dans sa cuisine, ou s'arrêtant dans le couloir devant la photo encadrée de sa femme et lui, jeunes, souriants et débordant de vitalité, elle n'avait pas besoin de recourir à son imagination. En effet, elle avait déjà visité la superbe maison victorienne de l'écrivain sur Noel Road, elle avait traversé le hall d'entrée et emprunté le sombre couloir peint d'une couleur à la mode qui devait porter un nom évocateur comme cendre, pierre, taupe d'automne ou poisson mort. Elle avait admiré les tableaux aux murs, les teintes éclatantes du tapis persan jeté sur le parquet ancien en bois brut, le petit salon orné de bibliothèques grinçant sous le poids d'ouvrages reliés ;

elle avait aussi remarqué, avec un pincement de compassion, le cadre argenté posé sur une table dans l'entrée, avec la photo d'un petit garçon brun tout sourires.

Cela faisait à peine six mois que Miriam travaillait au Bateau-Lyre quand Myerson était apparu pour la première fois, longeant le chemin de halage avec son chien, un petit terrier qui jappait sans cesse et que l'écrivain avait attaché à une bitte d'amarrage le temps de parcourir la sélection de la péniche. Myerson et Nicholas (le patron de Miriam) s'étaient mis à parler bouquins, ceux qui marchaient et ceux qui ne marchaient pas du tout, ceux qui se faisaient étriller par les critiques de la *London Review of Books* et ceux en lice pour le Booker Prize. Dans l'ombre, derrière un rayonnage, Miriam les épiait discrètement.

Comme beaucoup de gens, elle avait lu ses livres. Le premier, publié au milieu des années 1990, avait généré des ventes modestes et de bonnes critiques ; le deuxième avait remporté un succès fulgurant. Après cela, Myerson avait disparu, pas simplement de la liste des best-sellers, mais des librairies tout court. Parfois, son nom apparaissait dans l'article d'un quelconque supplément littéraire, qui évoquait l'histoire tragique de cet écrivain à succès anéanti par un drame personnel.

Miriam avait toujours trouvé son style un peu surfait mais elle découvrit qu'elle-même n'était pas insensible à l'aura de la célébrité. Comme on se mettait vite à réévaluer la qualité du travail d'un auteur quand celui-ci n'était plus un nom abstrait, une photo arrogante sur la jaquette d'un roman, mais une personne en chair et en os avec un sourire timide et un chien qui sent mauvais !

Un mercredi matin au début de l'été, peut-être six mois après sa première visite à la péniche-librairie, Myerson se présenta alors que Miriam était seule à gérer la boutique. Il attacha le chien, comme à son habitude, et Miriam lui apporta une gamelle d'eau, ce qui lui valut un chaleureux remerciement. Myerson voulait savoir s'ils avaient reçu le nouveau Ian Rankin et, après vérification, Miriam découvrit que le roman ne serait publié que la semaine suivante. Elle pouvait lui mettre un exemplaire de côté, s'il le souhaitait ? Il accepta et ils se mirent à converser. Elle lui demanda s'il travaillait sur quelque chose de nouveau et il répondit que oui, qu'il hésitait d'ailleurs à se lancer dans le policier.

« Vraiment ? s'étonna Miriam. Je ne pensais pas que ce serait votre tasse de thé. »

Myerson inclina la tête à droite, puis à gauche.

« Eh bien…, soupira-t-il avec un sourire en coin, vous n'avez pas tort, mais il s'avère que je suis un peu dans l'impasse. »

C'était le moins qu'on puisse dire : à cette époque, il n'avait rien publié depuis plus d'une décennie.

« Je songe donc à m'essayer à un style complètement différent. On verra si j'arrive à débloquer la machine ! » ajouta-t-il en se tapotant la tempe du bout de l'index.

La semaine suivante, quand le nouveau Rankin arriva, Miriam en garda un exemplaire pour l'écrivain. Cependant, Theo ne vint pas le chercher, ni ce jour-là, ni le lendemain, ni le jour suivant. Comme la librairie lui avait déjà fait livrer des livres à son domicile, Miriam avait son adresse – d'ailleurs, elle voyait très bien où il habitait, ce n'était pas très loin de sa péniche à elle, un gros kilomètre à pied en suivant le canal. Elle décida donc d'aller le lui remettre en mains propres.

Miriam espérait que son arrivée ne serait pas perçue comme une intrusion. Au contraire : quand Theo ouvrit la porte, il parut sincèrement content de la voir.

« C'est tellement gentil à vous, dit-il en l'invitant à entrer. Je ne suis pas très en forme, en ce moment. »

Ça se voyait. Il avait des cernes, le blanc des yeux qui jaunissait autour des pupilles et le visage rougeaud. La maison empestait le tabac froid.

« Cette période de l'année… est un peu compliquée pour moi », expliqua-t-il d'une voix éraillée.

Il se tut et Miriam n'insista pas. Un peu maladroitement, elle lui effleura le bras et il se dégagea avec un sourire gêné. Miriam avait ressenti une telle tendresse envers Theo Myerson, ce jour-là.

Ils prirent le thé sur la petite terrasse à l'arrière de la maison et causèrent littérature. L'été s'installait doucement, les journées rallongeaient, la glycine embaumait et on entendait la musique que diffusait une radio, au loin. Installée dans son siège, Miriam ferma les yeux et éprouva un profond contentement. Quel privilège, d'être là dans ce jardin, un véritable petit bijou au cœur de Londres, à discuter d'une myriade de choses avec un éminent écrivain ! Elle vit s'ouvrir devant elle la possibilité d'une vie bien différente, une vie plus riche (au sens culturel du terme), et plus peuplée, aussi. Non qu'elle s'imaginât quoi que ce soit avec Theo – elle n'était pas bête. Elle avait vu des photos de son épouse et savait qu'elle ne souffrait pas la comparaison. Mais à cet instant, il la traitait comme son égale. Comme une amie. Ce soir-là, quand elle le quitta, Theo lui serra chaleureusement la main.

« Repassez quand vous voulez », dit-il avec un sourire.

Et, comme une idiote, elle le prit au mot.

Quand elle revint, la fois suivante, elle avait quelque chose pour lui, un cadeau qui pourrait les rapprocher, pensa-t-elle : un livre, son livre à elle, celui qui racontait son histoire, celui sur lequel elle travaillait depuis des années mais qu'elle n'avait jamais eu le courage de montrer à quiconque. Jusque-là, elle n'avait rencontré personne qui lui inspire suffisamment confiance pour qu'elle lui dévoile les secrets de son passé. Et désormais, il y avait Myerson, un véritable écrivain, un homme qui devait lui aussi vivre chaque jour sous le fardeau de la tragédie. Alors c'était lui qu'elle avait choisi.

Un choix malheureux.

Elle croyait confier son histoire à un homme intègre et bon, et elle venait d'ouvrir son cœur à un charlatan, à un prédateur.

Après ce qu'elle avait vécu, on aurait pu la croire en mesure de repérer ces gens-là au premier coup d'œil.

Le premier prédateur que Miriam avait rencontré s'appelait Jeremy. Jez, pour les intimes. Un après-midi étouffant de juin, il invita Miriam et son amie Lorraine à monter dans son break Volvo bleu clair. Les deux filles faisaient du stop – c'était courant dans les années 1980, même dans leur banlieue du Hertfordshire. Elles avaient décidé de sécher les deux dernières heures de cours pour aller se promener en ville, fumer des cigarettes et essayer des vêtements qu'elles n'avaient pas les moyens de s'offrir.

Quand la voiture s'arrêta à côté d'elles, Lorraine prit place sur le siège passager. Quoi de plus normal : c'était elle la plus mince, et la plus jolie des deux. (Même si, à vrai dire, ni l'une ni l'autre ne l'était réellement.) C'était pour elle qu'il s'était arrêté. Alors elle s'installa devant et Miriam s'assit à l'arrière, juste derrière elle. Le conducteur leur dit bonjour, se présenta et leur demanda leurs prénoms, mais il n'accorda pas le moindre regard à Miriam.

Des cannettes de bière et une bouteille de whisky vides roulaient par terre, aux pieds de Miriam. Il régnait dans l'habitacle une odeur bizarre qu'on décelait sous la fumée des cigarettes de Jez et Lorraine, une odeur âcre, comme du lait caillé. Miriam eut envie de descendre presque à la seconde où elle se trouva à bord de la voiture. Elle savait qu'elles n'auraient pas dû monter, que c'était une mauvaise idée. Elle ouvrit la bouche mais la voiture avait déjà redémarré et prenait rapidement de la vitesse. Miriam se demanda ce qui se passerait si elle ouvrait la portière. Est-ce que Jez ralentirait ? Il penserait surtout qu'elle était folle. Alors elle baissa sa vitre et inspira l'air chaud de l'été.

Une chanson passait à la radio, un slow, et Jeremy tendit la main pour changer de station mais Lorraine lui effleura le bras.

« Oh, non ! dit-elle. J'aime bien cette chanson. Pas toi ? »

Et elle se mit à chanter.

Je ne m'excuserai pas pour ce temps passé avec toi
Ce que je t'ai pris, je ne te le rendrai pas.

Jez ne les emmena pas en ville, mais chez lui, « pour fumer ».

« C'est bon, on a déjà des cigarettes, répondit Miriam – et Lorraine et Jez éclatèrent de rire.

— Ce n'est pas de ça qu'on parle, Miriam. »

Jez habitait une ferme miteuse à quelques kilomètres en périphérie de la ville. La bâtisse se dressait au bout d'une longue route sinueuse, dont le bitume se réduisait comme peau de chagrin au fil des mètres. Quand ils arrivèrent devant le portail, ils étaient sur un chemin de terre. Miriam avait tellement mal au ventre qu'elle avait l'impression qu'elle allait se faire dessus. Jez sortit de la voiture pour ouvrir la grille.

« Je crois qu'on devrait s'en aller, souffla Miriam à Lorraine d'une voix tremblante. Ce type est bizarre. Ça ne me plaît pas.

— Arrête de faire ta mauviette », répliqua Lorraine.

Jez revint et avança la voiture dans l'allée pour la garer à côté d'une autre, une vieille Citroën blanche ; quand Miriam la vit, son cœur fit un petit bond. Sa maman avait la même, avant. C'était le genre de voiture que conduisaient les mères de famille. Peut-être que la mère de Jez était là ? songea-t-elle, mais elle s'aperçut que les pneus de la Citroën étaient à plat et que le châssis reposait sur le sol. Elle frissonna en dépit de la chaleur.

Jez descendit le premier de la Volvo, suivi de Lorraine. Miriam hésita. Elle devrait peut-être rester là ? Lorraine la regarda, les yeux écarquillés, et articula : « Allez, viens ! » en lui faisant signe de sortir.

Miriam s'exécuta et marcha vers la maison, les jambes tremblantes. Lorsqu'elle passa dans l'ombre de la bâtisse, une fois que le soleil eut cessé de l'aveugler, elle découvrit que la ferme n'était pas simplement miteuse, mais complètement à l'abandon. Les fenêtres à l'étage étaient cassées, celles du rez-de-chaussée condamnées.

« Tu n'habites pas ici ! » s'écria Miriam d'un ton indigné.

Jez se tourna vers elle et, pour la première fois, il la regarda, impassible. Il ne dit rien, et repartit vers la porte d'entrée en attrapant Lorraine par le bras. Cette dernière jeta un regard à Miriam par-dessus son épaule, et Miriam vit qu'elle aussi avait peur, à présent.

Ils entrèrent tous les trois. L'intérieur était immonde, le sol jonché de bouteilles, de sacs plastique et de paquets de cigarettes, et il régnait une forte odeur d'excréments – et pas ceux d'un animal. Miriam se couvrit le nez et la bouche. Elle aurait voulu faire demi-tour, s'enfuir, mais quelque chose l'en empêchait ; quelque chose qui la poussait à continuer, à mettre un pied devant l'autre, à suivre Lorraine et Jez. Ils empruntèrent un couloir, passèrent devant un escalier et pénétrèrent dans ce qui avait dû être un salon, autrefois, à en juger par le canapé défoncé qu'on apercevait contre un mur.

Miriam se dit que, si elle se comportait de façon tout à fait normale, la situation serait peut-être normale. Elle pouvait la forcer à être normale. Ce n'était pas parce que cela ressemblait à un film d'horreur que ça allait être comme un film d'horreur. Au contraire, d'ailleurs. Dans les films d'horreur, les filles ne voyaient jamais le danger venir. Elles étaient tellement stupides.

Elles étaient tellement stupides.

Celle qui s'est enfuie

Elle se réveille.

Les membres engourdis, les hanches endolories, à moitié aveugle, incapable de respirer. Incapable de respirer ! Elle se secoue, se redresse et s'assoit, le cœur tambourinant dans la poitrine. L'adrénaline lui donne le tournis. Elle inspire brusquement par le nez. Elle peut respirer, mais il y a quelque chose dans sa bouche, quelque chose de mou et d'humide, un bâillon. Elle a un haut-le-cœur, elle essaie de recracher le tissu. Les mains dans le dos, elle se débat, elle force, ignorant la douleur. Enfin, elle parvient à libérer sa main droite et peut retirer le chiffon qui lui obstrue la bouche. C'est un tee-shirt, constate-t-elle. D'un bleu délavé.

Dans une autre pièce, pas très loin, quelqu'un pleure.

(Ce n'est pas le moment de penser à ça.)

Debout. Son œil droit refuse de s'ouvrir. Avec les ongles, la fille retire délicatement la croûte qui s'est formée sur sa paupière. Ça aide un peu. Désormais, elle y voit mieux. Elle perçoit la perspective.

La porte est verrouillée mais il y a une fenêtre, et elle constate que la pièce où elle est enfermée se trouve au rez-de-chaussée. La fenêtre est étroite, certes, et la fille n'est pas mince. Il ne fait pas encore tout à fait nuit. Vers l'horizon, à l'ouest, un vol d'étourneaux se forme, se désagrège, se reforme. Un ballet aérien magnifique. La fille songe que si elle reste là, sans bouger, et qu'elle continue de regarder, le ciel ne s'assombrira pas et l'homme ne viendra pas la chercher.

Les sanglots gagnent en intensité et la fille s'éloigne de la fenêtre. Elle ne voit plus les oiseaux.

Comme la porte, la fenêtre est verrouillée, mais ce n'est que du simple vitrage. Facile à casser, mais difficile à casser discrètement – aura-t-elle le temps de sortir ? Et surtout, parviendra-t-elle à faire passer son corps si disgracieux par cette ouverture si étroite ? Cette épreuve ne poserait aucun problème à son amie, qui est fine, qui a suivi des cours de danse classique jusqu'à ses treize ans, qui est beaucoup plus souple qu'elle.

(Elle ne peut pas se permettre de penser à son amie, à la souplesse de son corps – jusqu'où pourra-t-il ployer avant de rompre ?)

Les sanglots s'interrompent, recommencent, et elle entend une voix qui dit :

« Je t'en prie, je t'en prie. »

Ce qui est drôle (façon de parler), c'est que ce n'est pas la voix de son amie, c'est sa voix à lui. C'est lui qui supplie.

13

Quand Laura se réveilla, la bouche pâteuse, elle était allongée sur le canapé, toute habillée. Elle se retourna, tendit la main pour ramasser son téléphone resté par terre et constata qu'elle avait plusieurs appels manqués : Irene, deux numéros inconnus, et son père. Elle appela sa messagerie vocale pour écouter le message qu'il lui avait laissé.

« Laura, disait une voix qui n'était pas celle de son père. C'est Deidre, je t'appelle depuis le téléphone de Philip, mmmm. »

Entre autres tics plus exaspérants les uns que les autres, Deidre avait pour habitude de ponctuer ses phrases d'un fredonnement bizarre, comme si elle s'apprêtait à chanter et qu'elle cherchait la bonne note.

« Nous avons bien reçu ton message, mais le fait est, Laura – et c'est quelque chose dont nous avons déjà discuté avec toi –, que nous ne pouvons pas te donner de l'argent chaque fois que tu t'attires des ennuis. Il faut que tu apprennes à régler tes problèmes par toi-même, mmmm. Comme tu le sais, ma Becky se marie cet été, ce qui, tu l'imagines bien, affecte déjà considérablement nos finances. Bref, nous avons des priorités à gérer, mmmm. Très bien. Au revoir, Laura. »

Laura se demanda si son père entendait les messages qu'on lui laissait ou si Deidre les écoutait systématiquement pour ne lui transmettre que ceux qu'elle jugeait importants. Elle espérait que c'était la deuxième option ; c'était moins blessant d'imaginer que son père n'était même pas au courant qu'elle avait des ennuis. Elle pouvait toujours essayer de le rappeler, pour vérifier. Mais elle n'était pas sûre de vouloir savoir.

Le cœur serré, elle parcourut le site de BBC News en quête d'articles sur le meurtre de Daniel, mais fut déçue de ce qu'elle trouva : aucune mise à jour depuis la veille. La police n'éliminait aucune piste et appelait les éventuels témoins à se manifester. Elle se demanda combien de personnes l'avaient vue ce matin-là, sur le chemin de halage, avec du sang sur les lèvres.

Pour se changer les idées, elle envoya un texto à Irene.

Désolée j'ai pas pu venir j'ai eu des pb ☹

Je pars de chez moi, préparez votre liste de courses, à tt de suite ☺

Le plus souvent, elle demandait à Irene de lui envoyer sa liste par message pour pouvoir faire les courses en chemin mais, cette fois elle n'avait pas de quoi lui avancer l'argent.

Quand elle frappa à la porte d'Irene, ce fut une femme qu'elle ne connaissait pas mais qui lui parut vaguement familière qui ouvrit.

« Oh, fit Laura. Est-ce que… Est-ce que Mme Barnes est là ? Je suis Laura, je… »

Elle n'eut pas le temps de terminer sa phrase que la femme avait déjà tourné les talons et répondait d'un ton visiblement agacé :

« Oui, oui, elle est là, entrez. »

Puis, à l'attention d'Irene :

« On dirait que votre petite protégée a fini par se décider. »

Laura passa la tête par l'encadrement de la porte du salon.

« Ça roule, ma poule ? » lança-t-elle à Irene avec un grand sourire. Mais la vieille femme, qui d'ordinaire s'esclaffait lorsque Laura lui lançait sa petite phrase impertinente, semblait anxieuse.

« Laura ! s'exclama-t-elle en levant ses petites mains tordues. Je me faisais du mouron ! Où étais-tu passée ?

— Je suis désolée, s'excusa Laura en traversant la pièce pour déposer un baiser sur la joue d'Irene. J'ai eu une semaine pas possible. Je vais vous raconter tout ça mais d'abord, vous, comment vous allez ? Quoi de neuf ?

— Comme votre amie est là, je crois que je vais y aller, annonça l'autre femme d'une voix sèche. D'accord, Irene ? »

Et elle récupéra son sac à main hors de prix, ainsi qu'un cabas et un autre sac en tissu, et tendit à Laura un morceau de papier.

« Sa liste, précisa-t-elle en la regardant droit dans les yeux, la tête légèrement inclinée sur le côté. Vous pouvez vous en occuper ?

— Bien sûr », répondit Laura.

Elle jeta un coup d'œil en direction d'Irene, qui fit la moue.

« Bon, eh bien, je m'en vais alors », dit la femme, raide comme un piquet.

Elle sortit, claqua la porte derrière elle et, quelques instants plus tard, Laura entendit une autre porte claquer.

« C'était qui ? demanda-t-elle.

— Carla, répondit Irene. Carla Myerson. La sœur de mon amie Angela.

— Charmante dame, commenta Laura avec un clin d'œil, et Irene eut un petit rire désapprobateur.

— Je ne sais pas pourquoi, mais j'ai toujours l'impression qu'elle me prend de haut. Et je ne dis pas ça parce qu'elle est grande. Elle me parle comme si j'étais une imbécile. Une vieille imbécile. Pour tout t'avouer, elle me fatigue. »

Elle marqua une pause et secoua la tête.

« Je ne devrais pas être aussi médisante, reprit-elle. Ce n'est peut-être pas ma personne préférée, mais on ne peut pas dire qu'elle traverse une période facile. Le décès de sa sœur, et maintenant son neveu…

— Mais bien sûr ! » s'exclama Laura.

Elle comprenait enfin pourquoi cette femme lui avait paru si familière : elle ressemblait à Daniel. Quelque chose dans le regard, dans la forme de la bouche. Et aussi sa façon de hocher la tête lorsqu'elle parlait.

« J'avais pas du tout pensé à ça, ajouta-t-elle. C'est sa tante, alors ?

— Oui. J'en déduis que tu es au courant de ce qui est arrivé à Daniel ? »

Laura acquiesça.

« On peut dire ça, oui.

— Ils en ont beaucoup parlé aux nouvelles. Apparemment, ils n'ont toujours pas arrêté le coupable.

— C'est peut-être encore un peu tôt », suggéra Laura. Elle s'empressa de détourner le regard et se rendit compte avec soulagement qu'elle avait entre les doigts une liste de courses sur laquelle se concentrer. Mais lorsqu'elle vit les articles inscrits sur le morceau de papier, elle ne put s'empêcher de froncer les sourcils.

« C'est votre liste, ça ? C'est elle qui l'a écrite ?

— Oui. Elle n'avait pas la patience d'attendre que je me souvienne de ce dont j'avais besoin, alors elle a fait le tour de la cuisine en fouillant les placards et elle a noté des choses. »

Laura leva les yeux au ciel.

« Du muesli ? Mais vous aimez pas ça ! Vous ne mangez que des Crunchy Nut Cornflakes !

— J'ai eu beau lui répéter, elle n'a rien voulu entendre.

— Du quinoa ? Qu'est-ce que… ? »

Laura déchira la liste et jeta les petits morceaux en l'air comme des confettis.

« Vous savez ce que vous devriez faire quand vous pensez à quelque chose dont vous avez besoin ? Le noter dans votre téléphone.

— Oh, mais je n'arrive pas à écrire sur ces machins. C'est tout petit et même avec mes lunettes, je n'y vois rien. En plus, une fois sur deux, il me change les mots tout seul et je me retrouve avec du charabia.

— Non, non, l'arrêta Laura, pas besoin de taper quoi que ce soit. Moi, ce que je fais, c'est que je m'enregistre. Comme j'ai une très mauvaise mémoire, dès que je pense à un truc que je dois faire ou que je dois acheter, j'utilise les mémos vocaux. Comme ça, pas besoin d'écrire, juste de parler.

— Oh, non, je ne crois pas que ce soit une bonne idée. Je ne sais pas comment ça marche. Et je ne suis même pas sûre d'avoir un machin comme ça sur mon appareil.

— Mais si, c'est certain. »

Laura prit le portable d'Irene, déverrouilla l'écran et dénicha en quelques secondes l'application qu'elle cherchait.

« Crunchy Nut Cornflakes, articula-t-elle d'une voix forte. On veut pas de cette saleté de muesli ! »

Elle adressa un clin d'œil à Irene.

« Et ensuite, vous voyez, on appuie là-dessus et on peut écouter. »

Crunchy Nut Cornflakes. On veut pas de cette saleté de muesli ! répéta la voix de Laura dans le téléphone.

« C'est vrai que ça n'a pas l'air compliqué, s'esclaffa Irene. Tu veux bien me montrer encore une fois ? »

Une fois la nouvelle liste terminée, Irene dit à Laura de prendre un billet de vingt livres dans son portefeuille pour les courses. En général, elle la payait cinq livres pour ce service, ce qui était plutôt généreux étant donné qu'il fallait rarement à Laura plus d'un quart d'heure pour mener à bien sa mission. Cette fois, cependant, la jeune fille prit deux billets de vingt dans le sac d'Irene. Elle dépensa quatorze livres à la supérette, empocha le reste et jeta le reçu sur le chemin du retour.

Une fois rentrée, elle rangea les provisions tout en relatant à Irene ses aventures des derniers jours : les clés perdues, le carreau qu'elle avait dû casser pour rentrer chez elle, et un licenciement par-dessus le marché… Par contre, elle ne mentionna pas Daniel. Irene n'avait pas besoin d'entendre parler de la partie de jambes en l'air, de la dispute, et encore moins de son arrestation.

« Je suis vraiment désolée de ne pas vous avoir prévenue plus tôt, dit Laura après leur avoir préparé une tasse de thé à toutes les deux et disposé des biscuits au chocolat sur une assiette. Mais depuis quelques jours, ça arrête pas. »

Irene était installée dans son fauteuil et Laura, assise contre le radiateur sous la fenêtre, les jambes étendues devant elle.

« Je voulais pas vous décevoir, ajouta Laura.

— Oh, Laura. Je ne suis pas du tout déçue, je me faisais simplement du souci pour toi. S'il t'arrive à nouveau quelque chose, il faut que tu me le dises. Je peux peut-être t'aider, tu sais ? »

Laura pensa à l'argent qu'elle avait volé et se sentit submergée par la honte. Il fallait qu'elle le rende. Qu'elle remette le billet de vingt livres dans le portefeuille d'Irene et qu'elle lui demande simplement si elle pouvait lui emprunter de l'argent, comme le ferait une personne normale. Sauf que c'était trop tard, à présent. Le sac à main était posé à côté du fauteuil ; elle ne pouvait pas agir sans être vue. Et de toute façon, elle avait laissé passer sa chance lorsque Irene lui avait proposé son aide, quelques secondes plus tôt.

Laura tint encore compagnie à Irene le temps d'un thé et de quelques biscuits supplémentaires, mais elle n'avait pas faim. La honte qu'elle éprouvait lui laissait un goût amer dans la bouche.

Finalement, elle prit congé.

En sortant, elle remarqua que la porte du numéro 3 – la maison d'Angela – était entrouverte. Tout doucement, elle la poussa et jeta un œil à l'intérieur. Le manteau de Carla Sutherland était posé sur la rampe de l'escalier, le sac à main de luxe pendu au pilier et les deux sacs de courses (le cabas et celui en tissu) simplement abandonnés par terre. Dans l'entrée, juste derrière une porte entrebâillée ! Ah, les riches ! songea Laura. À ce stade-là, c'était de la provocation.

Une fois rentrée chez elle, Laura vida le contenu du sac en tissu par terre. Le cœur battant, elle vit tomber une vieille écharpe sans intérêt, une jolie veste Yves Saint Laurent un peu élimée et deux écrins en cuir. Elle ouvrit le premier, qui était violet, et y découvrit une bague en or sertie d'une grosse pierre qui devait être un rubis. Le second, un peu plus gros et de couleur brune, contenait une médaille de saint Christophe, en or également, avec au dos l'inscription *BTM* ainsi qu'une date : *24 mars 2000*. Un cadeau de baptême, peut-être ? Pas pour Daniel, en tout cas, les initiales ne correspondaient pas. Un autre enfant, probablement. Laura referma la boîte en songeant que la médaille serait difficile à revendre à cause de l'inscription. Dommage. Le rubis, si c'en était bien un, devait en revanche valoir une petite fortune.

Quelle sale petite voleuse, quelle ordure elle faisait.

Dans la cuisine, elle vida ses poches et fit le compte de l'intégralité de sa fortune : trente-sept livres et vingt pence, dont vingt-six livres qu'elle avait volées à Irene. Son amie.

Quelle pourriture.

Laura écouta ensuite les mémos vocaux sur son propre téléphone. Sa voix, qui lui rappelait de prendre contact avec son conseiller, rapport à ses allocations logement, avec le syndic pour les éternels problèmes de chaudière et avec son médecin pour qu'il lui renouvelle son ordonnance. Sa voix, qui lui disait d'acheter du lait, du fromage, du pain, des tampons…

Elle appuya sur pause, épuisée à la perspective de tout ce qu'elle avait à faire et découragée d'avance par la montagne d'obstacles qu'elle voyait déjà se dresser devant elle. Elle lut rapidement les textos qu'elle avait reçus – la plupart de garçons avec qui elle avait discuté un temps mais qui à présent ne l'intéressaient plus le moins du monde. Enfin, elle écouta ses messages : le premier d'un démarcheur en assurances, le second de sa psychologue.

« Vous avez manqué nos deux derniers rendez-vous, Laura. Je suis au regret de vous annoncer que si je ne vous vois pas lundi, nous devrons en rester là. Personnellement, je trouve ça dommage, parce que j'estime que nous avons vraiment fait beaucoup de progrès ensemble, j'avais le sentiment que vous aviez réussi à trouver une certaine stabilité. Ce serait quand même bête d'avoir fait tout ce travail pour rien, non ? Bref, je vous attends lundi à 15 heures. Si vous ne pouvez pas venir, rappelez-moi aujourd'hui pour qu'on fixe un nouveau rendez-vous. »

Laura se laissa tomber sur la chaise de la cuisine, ferma les yeux et commença à se masser délicatement le crâne du bout des doigts, tandis que les larmes roulaient sur ses joues.

« Je veux que ça s'arrête, murmura-t-elle. Je veux juste que ça s'arrête. »

C'était après l'incident de la fourchette qu'on l'avait envoyée voir la psychologue, une femme très gentille qui lui faisait penser à une créature des bois, avec sa petite tête et ses grands yeux, et qui lui avait dit qu'il fallait qu'elle arrête de « réagir ».

« J'ai l'impression que vous passez votre vie à vous battre, Laura, à courir d'un incendie à un autre. Alors je pense qu'il faut que nous trouvions un moyen d'enrayer ce type de réactions. Que nous essayions d'élaborer des stratégies. »

Élaborer des stratégies, c'était le grand truc de tous les psychologues qu'elle avait vus. Des stratégies pour ne pas perdre le contrôle, pour ne pas laisser la colère lui dicter ses réactions. Des stratégies pour se laisser le temps de réfléchir avant d'agir, pour éviter de faire le mauvais choix. *Tu sais ce que c'est, ton problème, Laura ? C'est que tu prends de mauvaises décisions.*

Certes, c'était une façon de voir les choses. Il y en avait une autre : Tu sais ce que c'est, ton problème, Laura ? C'est que tu t'es fait renverser par une voiture quand tu avais dix ans. Tu t'es éclaté la tête sur le bitume, tu as subi une fracture du crâne, une fracture du bassin, une fracture ouverte du fémur distal et un traumatisme crânien. Tu es restée douze jours dans le coma, trois mois à l'hôpital, tu es passée par une demi-douzaine d'opérations chirurgicales douloureuses, tu as dû réapprendre à parler. Ah oui, j'allais oublier, pour couronner le tout, alors que tu étais toujours dans ton lit d'hôpital, tu as appris que tu avais été trahie par la personne que tu aimais le plus au monde, la personne qui était censée t'aimer et te protéger. Dans ces circonstances, peut-on vraiment te reprocher d'avoir les nerfs à fleur de peau ? D'être en colère ?

Celle qui s'est enfuie

À la place du sourire qu'elle aurait dû lui adresser, il y a une question : « Alors, tu nous emmènes où comme ça ? » Puis le sourire retrouve sa place et la colère qu'il ressentait disparaît. Il pense à comment ça va se passer, il regrette que la copine moche soit là, assise sur la banquette arrière, mais, s'il ne la regarde pas et qu'il ne pense pas à elle, peut-être que ça va bien se passer.

Il n'aime pas la façon dont la copine le regarde. Elle lui fait penser à sa mère, qu'il aurait dû oublier, depuis le temps, mais il n'y arrive pas. Sa mère aussi était moche. Quand elle était petite, elle s'était fait mordre au visage par un chien. Elle en avait gardé une anecdote dont elle rebattait les oreilles à tout le monde et une cicatrice au niveau de la bouche qui donnait l'impression qu'elle vous regardait toujours avec mépris – ce qui n'était pas qu'une impression, la plupart du temps.

Brisée de l'intérieur et de l'extérieur, toujours en train de crier, contre lui ou contre son père, elle voulait qu'il soit malheureux, comme elle, elle ne supportait pas de le voir rire, de le voir jouer.

Et voilà. Maintenant il repense à sa mère. Pourquoi est-elle toujours dans sa tête ? C'est à cause de la copine moche à l'arrière. C'est sa faute. De toute façon, dès qu'il fait quelque chose, il pense à sa mère. Quand il est au volant, quand il essaie de s'endormir, quand il regarde la télé, quand il est avec des filles, et c'est le pire, ça, parce que ça lui donne l'impression d'être tout vide à l'intérieur, comme s'il n'avait pas assez de sang en lui. Et ça l'empêche de faire ce qu'il veut. Dans ces cas-là, sa vision se trouble, et il ne voit plus que du rouge.

14

Irene se faisait beaucoup de souci pour Laura. Dans la cuisine, alors qu'elle réchauffait dans une casserole des haricots blancs à la sauce tomate qu'elle comptait ensuite verser sur une tranche de pain de mie grillée (Carla aurait sûrement désapprouvé), elle songea à appeler sa jeune amie pour prendre de ses nouvelles. Elle se doutait que Laura répondrait que tout allait pour le mieux (« Comme sur des roulettes, vous me connaissez ! ») et pourtant, quelques heures plus tôt, Irene l'avait trouvée distraite, anxieuse. Pas étonnant, en soi, pour quelqu'un qui venait de perdre son travail. Mais il y avait autre chose. Pour la première fois depuis qu'elles se connaissaient, Irene avait senti Laura mal à l'aise en sa compagnie.

Non pas que leur amitié remontât à très longtemps – quelques semaines à peine. Mais depuis qu'elles étaient entrées dans la vie l'une de l'autre, Irene s'était attachée à cette fille. Il y avait en elle une telle sensibilité, une telle fragilité qu'Irene avait peur pour elle – Laura était la proie idéale dans un monde qui regorgeait de prédateurs. En parallèle, Irene comptait de plus en plus sur cette jeune femme, qui avait pris dans sa vie la place laissée vacante par Angela. Bien entendu, elle avait conscience qu'il n'était pas très sain de voir Laura comme une simple remplaçante.

Il faut dire que, malgré leurs différences, Angela et Laura étaient assez semblables : deux femmes drôles, gentilles et vulnérables. Et surtout, ce qu'Irene appréciait le plus chez elles, c'était qu'elles n'avaient pas d'idées préconçues. Laura ne partait pas du principe qu'Irene serait incapable d'apprendre à se servir d'une nouvelle application sur son téléphone, tout comme Angela ne partait pas du principe qu'Irene dédaignerait les romans de Sally Rooney. Aucune des deux n'hésitait à faire des plaisanteries salaces en sa présence (si la plaisanterie était drôle, Irene ne se privait pas de rire). Ni Laura ni Angela ne partait du principe que sous prétexte qu'Irene était âgée, elle était nécessairement fragile, étroite d'esprit et peu curieuse. Contrairement à Carla, elles ne la voyaient pas comme une vieille commère.

Irene avait quatre-vingts ans, mais elle se sentait beaucoup plus jeune. Pas seulement parce qu'elle était alerte et bien portante (malgré sa cheville foulée), mais surtout parce qu'il était impossible d'avoir l'impression d'avoir quatre-vingts ans. Personne n'avait l'impression d'avoir quatre-vingts ans. Si on lui avait demandé son avis, elle aurait répondu que dans sa tête, elle avait plutôt trente-cinq ans. Ou quarante, à la rigueur. Un bon âge, quarante ans. On sait qui on est. On a laissé derrière soi la frivolité et les incertitudes de la jeunesse, mais on n'a pas encore eu le temps de s'endurcir, de devenir intraitable.

En vérité, tout le monde se voit d'une certaine manière, et si la grande majorité des gens que vous avez côtoyés toute votre vie vous voient également ainsi, peu de nouvelles connaissances savent distinguer ce que vous êtes réellement à l'intérieur, au-delà de votre apparence.

Or, parmi les gens qu'Irene avait fréquentés toute sa vie, peu étaient encore là. La plupart de ses amis de longue date avaient quitté Londres depuis des années pour se rapprocher de leurs enfants ou de leurs petits-enfants. À l'époque, Irene ne s'en était pas inquiétée – il y avait William à ses côtés pour la protéger de la solitude. Sauf qu'il y a six ans, par une belle matinée de mars, son William qu'elle pensait immortel était parti acheter le journal et n'était jamais revenu, la faute à la crise cardiaque qui l'avait terrassé au beau milieu du bureau de tabac. Elle avait d'abord cru que le choc allait la tuer, mais non. Finalement, le plus dur à supporter fut le manque qu'elle ressentit par la suite.

Un claquement en provenance de la maison voisine fit sursauter Irene. Depuis le temps, elle avait appris à reconnaître le bruit que faisait la porte d'entrée en se refermant. Elle se leva, s'approcha de la fenêtre, mais il n'y avait personne dans la ruelle. Sûrement Carla qui était entrée chez Angela. Cette dernière était morte depuis deux mois, et Carla continuait de venir quotidiennement « faire du tri », bien qu'Irene ne vît pas ce qu'il pouvait encore y avoir à trier – Angela ne possédait pas grand-chose. Carla et Angela étaient issues d'une famille très aisée, mais on aurait dit que c'était Carla qui avait hérité de tout. Angela avait la maison, certes, mais rien d'autre. Elle avait toujours vécu chichement, avec son maigre salaire d'éditrice free-lance. Son problème, c'est qu'elle avait été mère jeune. Une liaison malheureuse avec un de ses professeurs d'université, une grossesse non désirée, et tout avait basculé. Entre cet enfant qu'elle avait dû élever seule, les problèmes d'argent et tous ses autres démons, on ne pouvait pas dire qu'elle avait eu une vie facile.

Beaucoup de gens avaient dit à Irene qu'elle ne connaîtrait le vrai bonheur que le jour où elle aurait des enfants, mais ils se trompaient. Irene et William n'avaient pas réussi à devenir parents, mais cela n'avait pas empêché Irene d'avoir une vie formidable. Un mari qui l'aimait, un métier de secrétaire médicale bien plus intéressant qu'elle ne l'aurait imaginé, des week-ends à faire du bénévolat pour la Croix-Rouge. Et puis les soirées au théâtre, les vacances en Italie… Si ce n'était pas aussi ça, le bonheur ! D'ailleurs, elle n'aurait pas été contre un petit supplément. Malgré ce que certains pouvaient croire, elle n'en avait pas terminé avec la vie. Il lui restait la villa Cimbrone à visiter à Ravello. Et Positano, où avait été filmé *Le Talentueux Mr Ripley*. Et Pompéi, bien sûr !

Irene avait lu dans un article de journal que les gens les plus heureux au monde sont les femmes célibataires et sans enfant. Elle comprenait l'attrait d'une telle situation : aucun compte à rendre, la liberté absolue de vivre sa vie comme on l'entend… Or elle était bien placée pour savoir que la réalité n'était pas aussi simple, car quand on avait connu le grand amour, la fenêtre de la liberté absolue se fermait pour toujours.

Après la mort de William, Irene avait traversé une période difficile. Aujourd'hui, on parlerait de dépression, mais à son époque, il n'y avait pas vraiment d'expression consacrée. Angela appelait ça « vivre avec le chien noir ». Au cours de sa vie, Irene avait reçu plusieurs fois la visite du fameux chien. Parfois cela la laissait clouée au lit des jours entiers, parfois elle parvenait à faire bonne figure. Si ces épisodes étaient dans certains cas déclenchés par un événement traumatisant (sa troisième et dernière fausse couche, par exemple), il était aussi arrivé qu'ils surviennent sans crier gare par une belle journée ensoleillée. Quoi qu'il en soit, elle avait toujours réussi à sortir la tête de l'eau, car il y avait William pour l'empêcher de couler. Son sauveur. Et puis William était mort et, comme par miracle, Angela était arrivée.

En 2012, l'année de la mort de William, l'arrivée de Noël prit Irene par surprise : alors qu'elle avait raté l'apparition progressive des décorations dans les vitrines, qu'elle avait inconsciemment ignoré les chansons agaçantes, du jour au lendemain, un froid glacial tomba sur la ville et tous les gens qui passaient devant sa fenêtre semblaient transporter un sapin.

Irene reçut plusieurs invitations – une de son amie Jen, qui avait déménagé à Édimbourg avec son mari, et une autre d'une cousine qu'elle connaissait à peine et qui habitait à Birmingham (quelle idée d'habiter à Birmingham ?) – qu'elle s'empressa de décliner, arguant qu'elle ne se sentait pas la force de s'éloigner de Londres à cette période de l'année. Un demi-mensonge, car si elle ne voulait pas partir de chez elle, c'était surtout parce qu'elle savait que William ne serait plus jamais là pour passer les fêtes à ses côtés et qu'elle préférait se débarrasser de ce premier Noël en solitaire une bonne fois pour toutes plutôt que de le repousser d'un an ou deux.

Angela, qui avait parfaitement compris la détresse de sa voisine, lui proposa de venir au moins passer le réveillon chez elle.

« Avec Daniel, on comptait commander des côtes d'agneau au Delhi Grill. Tu verras, elles sont délicieuses. »

Irene se laissa convaincre. L'après-midi du 24, elle passa chez le coiffeur, chez la manucure et acheta quelques petits cadeaux : un exemplaire de *La Mémoire retrouvée* pour Angela et un bon d'achat dans un magasin de loisirs créatifs pour Daniel.

De retour chez elle, elle eut à peine le temps de poser ses affaires qu'elle entendit un son des plus étranges, une espèce de long gémissement animal, très sourd, qui fut brutalement interrompu par un fracas de verre ou de porcelaine brisés. Ensuite vinrent les cris.

« Je n'en peux plus de toi ! Il est 4 heures de l'après-midi et regarde-toi, bon sang ! Mais regarde-toi ! »

La voix de Daniel était aiguë, étranglée. La voix de quelqu'un à bout. Celle d'Angela frisait l'hystérie.

« Dégage ! hurla-t-elle. Dégage de chez moi, espèce de… de… de connard ! Bon sang, si seulement… Si seulement…

— Quoi ? Si seulement quoi ? Allez, dis-le !

— Si seulement tu n'avais jamais existé ! »

Irene entendit ensuite quelqu'un dévaler l'escalier, puis la porte d'entrée claqua si fort que l'allée tout entière parut trembler. De la fenêtre, elle vit Daniel s'éloigner à grands pas, livide, les poings serrés. Angela apparut quelques instants plus tard. Elle était tellement ivre qu'elle tenait à peine debout. D'ailleurs, elle finit par tomber, et Irene sortit pour l'aider à se relever. Après l'avoir réconfortée du mieux qu'elle put, elle l'aida à rentrer et, alternant entre diplomatie et intransigeance, elle parvint à l'escorter jusqu'à sa chambre et à la convaincre de se coucher.

Pendant tout ce temps, Angela n'arrêta pas de parler, ou plutôt de marmonner des bouts de phrases plus ou moins intelligibles.

« Tout le monde m'avait pourtant dit d'avorter, balbutia-t-elle à un moment. Mais je n'en ai fait qu'à ma tête. Ah, si j'avais eu la même chance que toi, Irene…

— De quoi tu parles ?

— La chance d'être stérile. »

Irene ne revit Angela que le surlendemain, lorsque celle-ci se présenta à sa porte avec un livre (un recueil de nouvelles de Shirley Jackson) et une boîte de chocolats en s'excusant pour le réveillon raté.

« Je suis tellement désolée, Irene. Je m'en veux beaucoup, je t'assure, mais… on s'est disputés, avec Daniel, et… »

Elle ne semblait avoir aucun souvenir de sa chute ni de ce qu'elle avait dit après. Irene, elle, était toujours furieuse. D'ailleurs, elle hésitait à raconter à Angela ce qui s'était passé, à lui dire comme elle s'était sentie blessée. Angela dut percevoir sa colère, ou peut-être eut-elle un souvenir éclair de leur échange, car elle vira d'un coup au cramoisi et balbutia :

« Ce… Ce n'est pas moi, tu sais, c'est l'alcool. Je sais bien que ce n'est pas une excuse. »

Elle attendit qu'Irene dise quelque chose puis, voyant que celle-ci ne semblait pas disposée à parler, elle fit un pas vers elle et lui déposa un baiser sur la joue. Avant de partir, elle ajouta :

« La première fois qu'on les tient dans nos bras, on imagine leur avenir et on l'espère rayonnant. Je ne parle pas d'argent, de succès, de gloire ou quoi que ce soit de ce genre, mais de bonheur. On leur souhaite d'être heureux, tout simplement. Et on serait prêt à mettre le monde à feu et à sang pour ça. »

15

Carla se tenait dans la cuisine d'Angela, vide à l'exception d'une antique bouilloire posée sur le plan de travail à côté de la gazinière. Pour la énième fois de la journée, son téléphone se mit à vibrer. Elle ne daigna même pas y jeter un coup d'œil. C'était soit Theo, soit l'inspecteur, et elle n'était d'humeur à parler ni à l'un ni à l'autre. Elle venait déjà d'avoir l'agent immobilier au téléphone (elle voulait fixer un rendez-vous pour qu'il vienne estimer la maison, afin d'envisager une mise en vente à la fin du printemps, la saison la plus propice) et s'était rendu compte qu'une simple conversation – avec l'agent ou avec Irene, la voisine – était presque au-dessus de ses forces.

Carla ouvrit les placards au-dessus de l'évier et les referma, puis ouvrit ceux du bas. Tous vides. Elle savait qu'ils étaient vides, elle les avait vidés elle-même. Mais qu'est-ce qu'elle fabriquait ? Elle cherchait quelque chose, mais quoi ? Son téléphone ? Non, il était dans sa poche. Le sac en tissu ! Où avait-elle bien pu mettre le sac en tissu ?

Elle repartit dans le couloir et découvrit qu'elle avait laissé la porte d'entrée ouverte. Décidément, elle perdait la boule. D'un coup de pied, elle claqua la porte, puis se retourna et resta plantée là, le regard fixé sur un endroit du mur à côté de la cuisine où demeurait le spectre d'un cadre. Qu'y avait-il là, avant ? Elle ne s'en souvenait pas. Quelle importance ? Mais qu'est-ce qu'elle faisait là ? Pourquoi était-elle venue jusqu'ici ?

Ces trous de mémoire n'étaient pas habituels, chez elle. La faute au manque de sommeil, se disait-elle. Après tout, ce n'était pas pour rien qu'il s'agissait d'une forme de torture : l'épuisement vous privait de toutes vos capacités. Elle se rappelait vaguement avoir déjà ressenti cela, juste après la naissance de Ben. Sauf qu'à l'époque, son manque de concentration était empreint de joie, et ressemblait plutôt à une euphorie consécutive à une prise de drogue. Là, elle avait l'impression d'être sous calmants. Ou sous l'eau. En réalité, cela se rapprochait surtout de l'état dans lequel elle s'était retrouvée après la mort de son enfant.

Carla revint machinalement à la cuisine, se posta devant l'évier et regarda dans la rue. Elle se pencha, le front appuyé contre la vitre, et aperçut la fille, celle qu'elle avait rencontrée chez Irene. Elle s'éloignait en traînant les pieds. Cette fille n'était pas nette. Sournoise. Jolie, mais dangereuse. Une fille facile. Carla se mit à penser à la belle étudiante insouciante qu'on avait vue partout dans les journaux quelques années plus tôt, celle qui avait assassiné son amie. Ou qui n'avait pas assassiné son amie, justement. Quelque part en France ? Non, en Italie. À Pérouse, oui, c'était ça. Bon sang, mais qu'est-ce qu'il lui prenait de penser à ça ? Elle ne savait presque rien de cette fille. Ou plutôt, la seule chose qu'elle savait à son sujet, c'était que sur son temps libre elle rendait visite à des vieilles dames pour les aider à faire leurs courses. Qu'est-ce qui prenait à Carla de vouloir voir en elle un membre de la famille Manson ?

Dans sa poche, le téléphone vrombit à nouveau, tel un insecte furieux coincé dans un bocal. Carla serra les dents et l'ignora.

Un thé, songea-t-elle. *Je vais me faire un thé. Avec plein de sucre.*

Elle lança la bouilloire, ouvrit le placard au-dessus de l'évier. Toujours vide. *Et merde !*

Carla éteignit la bouilloire, repartit dans le hall d'entrée et monta lentement l'escalier – elle était épuisée, ses jambes pesaient une tonne. Arrivée sur le palier, elle se retourna et s'assit. En bas, près de la porte d'entrée, il y avait auparavant un petit tapis kashkaï le long du radiateur. Carla aperçut un accroc sur la moquette de la dernière marche, à côté d'elle. Elle tira sur les fils, caressa du doigt la déchirure nette de trois ou quatre centimètres de long sur le tissu abîmé par le temps. Une larme tomba du bout de son nez.

Abîmées par le temps, songea Carla. *Voilà qui nous décrit bien, Angie.*

Elle se passa une main sur le visage, se redressa et se rendit dans l'ancienne chambre de Daniel, au fond de la maison. Il n'y restait plus qu'un vieux lit à une place et une armoire avec une porte à moitié dégondée. L'entreprise qui avait récupéré les meubles n'en avait pas voulu. Carla posa le carnet qu'elle avait à la main sur une pile de papiers au fond de l'armoire et referma le meuble du mieux qu'elle put. Après cela, elle sortit la laisse du chien de sa poche, retira son manteau et ferma la porte de la chambre. Elle glissa la poignée en cuir de la laisse autour de la patère fixée sur le battant et tira dessus un bon coup. Puis elle quitta la pièce et repartit lentement dans le couloir en direction de la chambre d'Angela, ses doigts effleurant les moulures des murs au passage.

Après le départ de Daniel pour l'internat, Carla espaça de plus en plus ses visites chez sa sœur, jusqu'à cesser d'y aller. Il n'y avait pas vraiment de raison à cela – ou, plutôt, il n'y en avait pas qu'une. Elle s'était simplement rendu compte qu'elle n'y arrivait plus. Ce fut donc la fin des cours de yoga imaginaires.

Les années passèrent. Puis une nuit, bien six ou sept ans après la mort de Ben, Carla fut réveillée par un coup de téléphone. Il était peu après minuit, une de ces heures où chaque appel est forcément source d'angoisse. Il lui fallut un moment pour répondre, le temps que le brouillard des somnifères se dissipe.

« Pourrais-je parler à Carla Myerson, s'il vous plaît ? » dit une voix de femme.

Le cœur de Carla se serra. Theo était en Italie, enfermé dans une ferme perdue en Ombrie pour essayer d'écrire, et les gens conduisaient n'importe comment, là-bas. Theo lui-même conduisait n'importe comment, là-bas, à croire qu'il ressentait le besoin de faire couleur locale.

« Madame Myerson, pouvez-vous venir au poste de police de Holborn ? Non, non, rien de grave, mais nous avons ici une… Angela Sutherland, c'est votre sœur, je crois ? Non, elle n'a rien, elle est juste… Elle a un peu trop bu et elle s'est attiré quelques ennuis, il faut que quelqu'un vienne la chercher. Vous pensez pouvoir vous en charger ? »

Carla appela un taxi, s'habilla rapidement et sortit sous la pluie glacée de Londres, sans trop savoir si elle devait être terrifiée ou folle de rage.

Le poste de police était calme sous ses néons blafards. Sur les sièges près de l'entrée, une femme assise seule pleurait doucement en répétant :

« Je veux juste le voir. Je veux juste savoir s'il va bien. »

La policière installée à l'accueil – probablement celle qui avait appelé – fit signe à Carla.

« Violences conjugales, résuma-t-elle en désignant la femme avant de lever les yeux au ciel. Il lui en colle une, elle nous appelle, puis elle décide que finalement, elle ne veut pas porter plainte. Et sinon, qu'est-ce que je peux faire pour vous, madame ?

— Je viens chercher Angela Sutherland. C'est ma sœur. On m'a dit qu'elle était ici. »

L'agente jeta un coup d'œil à son ordinateur, hocha la tête et se tourna vers la pièce située dans son dos.

« John, appela-t-elle, tu peux m'amener Mlle Sutherland ? Oui, sa sœur est arrivée. »

Puis, à l'attention de Carla :

« Elle a bu un coup de trop et elle a fait un esclandre à la borne de taxis.

— Un esclandre ?

— Oui, elle s'est attaquée à un homme dans la queue. D'après les témoignages, c'était plutôt mérité, mais bref, votre sœur n'a pas réussi à se calmer et, quand un des chauffeurs de taxi a voulu intervenir, il s'est pris un coup, lui aussi, alors il nous a appelés. Et quand nos gars sont arrivés, votre sœur les a accueillis avec une bordée d'insultes que je ne répéterai pas.

— Oh, là, là, balbutia Carla, atterrée. Je… Je suis vraiment désolée. Elle ne… Je ne l'ai jamais vue se comporter ainsi, ce n'est pas du tout son genre… C'est quelqu'un de très poli, en temps normal. »

L'agente sourit.

« Ah, l'alcool, ça nous fait faire des choses étranges, hein ? Si ça peut vous rassurer, je crois qu'elle est mortifiée. Et comme personne ne va porter plainte, ça n'est pas si grave, au final. »

Elle se pencha et poursuivit, plus bas :

« Pour être honnête, je pense qu'elle s'est surtout fait peur à elle-même. »

Pour Carla ce fut aussi la honte, le sentiment le plus marquant de cette nuit-là. La honte de devoir aller chercher sa petite sœur au poste au milieu de la nuit, vite éclipsée par la honte de voir ce qu'il était advenu de celle-ci depuis la dernière fois qu'elle l'avait vue. Émaciée, les yeux enfoncés dans leurs orbites, la peau lisse de ses joues quadrillée de veines, le dos voûté.

« Angela !

— Je suis tellement désolée, Carla, chuchota Angela sans la regarder. Vraiment, je ne me souviens même pas de ce que j'ai fait. On m'a dit que j'avais hurlé sur des gens, que je les avais insultés et… Je ne me souviens de rien. »

Elles s'assirent toutes deux à l'arrière d'un taxi pour rentrer chez Angela. Aucune ne parla, mais Carla passa un bras autour des frêles épaules de sa sœur et la serra contre elle. Cette sensation raviva encore sa honte :

elle avait l'impression de tenir une enfant contre elle, comme quand elles étaient petites et qu'Angela n'était qu'une gamine minuscule, énergique, drôle… et tellement agaçante. Une autre vie. En tout cas, Carla avait l'impression que cela faisait des siècles qu'elle n'avait pas aimé sa sœur, des siècles qu'elles avaient cessé d'être meilleures amies. Elle se mit à pleurer.

Elle pleurait encore en arrivant à Hayward's Place. Elle pleura en payant le chauffeur de taxi, en suivant sa sœur jusqu'à la porte, en découvrant l'état calamiteux de la maison, qui sentait l'humidité et la cendre.

« Arrête ça, s'il te plaît, dit Angela en montant l'escalier. Je t'en supplie, arrête ça tout de suite. »

Carla l'entendit se faire couler un bain. Elle prépara du thé – nature, il n'y avait pas de lait dans le frigo ; d'ailleurs, il n'y avait rien dans le frigo à part un vieux bout de fromage et une bouteille de vin blanc à moitié vide. Carla porta les deux mugs à l'étage et s'assit sur les toilettes pendant que sa sœur se lavait.

« Je ne sais même pas comment j'ai fait pour me retrouver ivre », dit Angela.

Elle était assise dans la baignoire et tapotait avec précaution ses genoux écorchés avec un gant de toilette. Carla voyait remuer les os de ses épaules, prêts à transpercer sa peau toute fine.

« J'ai bu un ou deux verres, trois maximum… Et peut-être un autre au pub, après ça ? J'étais avec les collègues, tu sais. Personne ne m'a vue à la borne de taxis – en tout cas, je crois. Oh, là, là, j'espère que personne ne m'a vue. Ça s'est passé si vite. Un instant, tout allait bien, et d'un seul coup, c'est comme si…

Comme si je m'étais réveillée, avec cet homme devant moi qui me criait dessus et me traitait d'ivrogne… »

Je croyais que tu ne te souvenais pas de ce qui s'était passé à la borne de taxis, pensa Carla.

À la place, elle dit :

« Tu ne pèses presque rien, Angie. Tu avais mangé quelque chose avant de sortir, au moins ? »

Sa sœur haussa les épaules.

« Ça fait combien de temps que tu… que tu es comme ça ? »

L'air morne, Angela regarda par-dessus son épaule.

« Comme quoi ? »

Elle se retourna vers le mur et se mit à gratter la moisissure sur les joints entre les carreaux.

Carla l'aida à sortir du bain, récupéra une plaquette de paracétamol dans son sac à main et trouva de l'antiseptique dans le placard de la salle de bains pour nettoyer les coupures sur le corps d'Angela. Elle aida sa sœur à se coucher puis s'allongea à côté d'elle et lui prit la main. Du pouce, elle lui caressa les doigts.

« J'aurais dû savoir que tu allais si mal, souffla-t-elle. J'aurais dû savoir. »

Je devrais t'avoir pardonné, pensa-t-elle. *Pourquoi ne t'ai-je toujours pas pardonné ?*

Quelques heures plus tard, Angela se réveilla en poussant un cri qui tira Carla du sommeil. Celle-ci bondit de stupeur dans le lit.

« Est-ce qu'il est là ? chuchota Angela.

— Qui ça ? Angie, de qui tu parles ?

— Oh. Non, je ne sais plus. J'ai dû rêver. »

Elle tourna le dos à Carla, qui se rallongea et ferma les yeux dans l'espoir de se rendormir.

« Est-ce que tu savais que je voyais quelqu'un ? murmura Angela.

— Ah oui ? Je l'ignorais. Il s'est passé quelque chose ? Vous vous êtes séparés ?

— Non, non, je ne te parle pas d'en ce moment, répondit Angela, agacée. À l'époque. Je voyais quelqu'un à l'époque où ça s'est passé. Je ne t'en ai jamais parlé, hein ? Il était marié. Il venait à la maison, parfois.

— Angie, souffla Carla en lui passant un bras autour de la taille, de quoi tu parles ?

— À Lonsdale Square. »

Carla retira vivement son bras.

« Quand je vivais à Lonsdale Square avec Daniel, après la mort de papa, je voyais quelqu'un. Et la veille de… La veille de l'accident, on a passé la soirée tous les deux dans le bureau, pour regarder un film. Tu te souviens de l'écran ? »

Oui, elle se souvenait de l'écran de projection que leur père avait installé dans son bureau pour visionner leurs films de famille.

« On avait bu et… bon. Je pensais que les enfants dormaient mais Daniel était réveillé. Il est descendu au premier et il nous a surpris. »

Elle respirait plus lentement, plus difficilement.

« Il était tellement contrarié, Carla… Fou de rage. Il refusait de se calmer. Je lui ai dit de partir – enfin, à mon ami. Je lui ai dit de partir et j'ai raccompagné Daniel au deuxième étage. Il a mis très longtemps à se rendormir. Après ça, je suis allée me coucher.

Directement. Je ne suis pas redescendue dans le bureau. Je ne suis pas repassée au premier pour fermer la porte à clé…

— Angie, l'interrompit Carla, arrête. Ne fais pas ça. Nous avons toujours… J'ai toujours su que tu avais laissé la porte ouverte. C'était…

— Oui, dit doucement Angela. Oui, évidemment que tu savais. Évidemment. »

16

Laura cala son téléphone portable entre son oreille droite et son épaule pour avoir les mains libres. Elle était dans la salle de bains, en train de fouiller le placard à pharmacie à la recherche d'un antiseptique à appliquer sur sa coupure au poignet. Dans le lavabo se trouvait une lettre dont l'encre bavait au contact de la porcelaine humide – le courrier qu'elle avait reçu le matin même et qui l'informait d'un changement de date pour sa première audition après l'incident avec la fourchette.

« La fourchette ? La fourchette, la fourchette, la fourchette ! Mais la fourchette, c'est l'arbre qui cache la forêt ! »

Et elle éclata de rire. Un rire qui redoubla lorsque son cerveau lui offrit l'image d'un arbre en forme de fourchette.

Elle reprit son téléphone et consulta l'écran pour se rappeler à qui elle était en train de parler. Elle était en attente : c'était ça. Elle était en attente avec les gens du tribunal, parce qu'elle voulait leur dire que la date qu'ils proposaient ne lui convenait pas. C'était l'anniversaire de sa mère ! Peut-être que celle-ci comptait l'emmener déjeuner quelque part ! Elle se remit à rire, un rire jaune cette fois. À quand remontait la dernière fois que sa mère lui avait proposé de la voir ?

Peut-être qu'elle pourrait se justifier, par contre. Expliquer à la personne qui finirait par prendre son appel ce qui s'était vraiment passé le soir de l'incident avec la fourchette. Peut-être que cette personne comprendrait. C'était une histoire toute bête, après tout, qu'elle avait d'ailleurs racontée un bon paquet de fois : à la police, à son avocat commis d'office, à sa psy (*Il faut que nous élaborions des stratégies pour vous aider à contrôler votre colère, Laura*), à son ex-patronne, Maya.

Allez, raconte-la encore une fois !

Elle était dans un bar, pas très loin de chez elle. Il était très tard, elle était très ivre et elle dansait seule, langoureusement. Encouragée peut-être par le petit groupe de clients qui s'était formé pour la regarder, elle se mit à improviser un strip-tease particulièrement sensuel. Mais alors qu'elle était en plein milieu de sa performance, un barbu de vingt et quelques années – ivre, lui aussi, mais moins qu'elle – s'approcha et, sans lui demander son avis, tendit la main et lui attrapa brusquement le sein gauche.

Les amis du barbu poussèrent des acclamations et tout le monde s'esclaffa, à l'exception d'une fille qui grommela :

« Putain, mais c'est pas vrai ! »

Perturbée par cette interruption, Laura bascula en arrière et parvint de justesse à se rattraper à un tabouret. Dans le bar, les rires redoublèrent. Alors d'un coup, aveuglée par la rage, Laura passa le bras par-dessus le comptoir en quête d'une arme. Ses doigts se refermèrent sur une petite fourchette à deux dents, et elle bondit vers son agresseur. Celui-ci se pencha pour esquiver la charge, perdit l'équilibre, agita quelques instants la main gauche dans le vide, puis posa la droite sur le comptoir pour se rattraper. C'est là qu'elle lui planta l'ustensile en plein milieu de la main. Les dents de la fourchette traversèrent la peau et s'enfoncèrent profondément dans la chair.

S'ensuivit une violente empoignade ponctuée des cris de douleur du jeune barbu, qui dura jusqu'à l'intervention des videurs. L'un d'eux retira son blouson, en enveloppa Laura et l'entraîna vers le fond du bar.

« Est-ce que c'est lui qui t'a fait ça ? demanda-t-il. Il t'a agressée ? Il t'a arraché tes vêtements ? »

Laura secoua la tête.

« Non, je me suis déshabillée toute seule. Mais ensuite, il m'a touché les seins. »

En attendant l'arrivée de la police, on força les deux protagonistes – l'homme avec une fourchette toujours plantée dans la main et la femme à moitié nue avec un blouson trop grand pour elle sur les épaules – à s'asseoir pratiquement côte à côte.

« Elle est tarée, n'arrêtait pas de marmonner le barbu. Elle est complètement tarée. Faut l'enfermer. »

Il essayait de piocher une cigarette avec sa seule main valide et n'arrêtait pas de faire tomber le paquet par terre, ce qui faisait beaucoup rire les videurs.

« C'est interdit de fumer ici, de toute façon », déclara celui qui n'avait plus de blouson.

Pendant tout ce temps-là, Laura resta silencieuse – la décharge d'adrénaline provoquée par l'affrontement l'avait fait dessoûler –, jusqu'à ce que le barbu lui dise :

« Je vais porter plainte contre toi pour coups et blessures, espèce de connasse ! Tu vas finir en prison ! »

À cet instant, elle se tourna vers lui et répondit :

« Je vais pas aller en prison. Je me suis défendue, c'est tout.

— Quoi ?

— Quand est-ce que je t'ai dit que tu pouvais me toucher ? Tu m'as agressée. Tu m'as tripotée.

— Mais c'est toi qui t'es foutue à poil, espèce de malade ! répliqua le barbu, qui n'en croyait pas ses oreilles.

— Je sais très bien ce que j'ai fait, mais à aucun moment je t'ai autorisé à me toucher.

— Elle a raison, intervint le videur, et le type à la fourchette laissa échapper un petit gémissement vaincu.

— Merci, dit Laura avec un sourire pour l'homme qui lui avait prêté son blouson.

— Tu as peut-être raison sur ce point, précisa le videur, mais ça n'empêche qu'on ne peut pas planter des fourchettes dans les gens. C'est un peu disproportionné, comme réaction, non ? »

Laura soutint son regard dans le miroir. Elle était toujours dans la salle de bains, le téléphone collé à l'oreille. Il n'y avait aucun bruit à l'autre bout du fil. Personne ne disait rien. Personne ne l'écoutait. Laura tapota l'écran et fit défiler ses contacts jusqu'à celui de sa mère. Elle entendit un bip qu'elle connaissait bien, puis une voix de femme qui récitait d'un ton monocorde : « Vous avez consommé l'intégralité de votre forfait. »

Elle posa son portable sur le bord du lavabo. Essaya de sourire à son reflet, mais les muscles de son visage ne semblaient plus fonctionner correctement. Elle ne parvint qu'à grimacer devant sa laideur. Devant sa solitude.

17

Theo frappa à nouveau à la porte de la maison d'Angela, plus fort, cette fois.

« Carla ? Tu es là ? »

Il était tendu, et cela s'entendait ; toute la matinée, il avait oscillé entre l'agacement et la panique. Cela faisait désormais deux jours qu'il ne parvenait pas à joindre Carla. Elle ne répondait pas à ses messages et lorsqu'il était passé chez elle, il avait trouvé porte close. Donc, d'un côté, l'agacement : il arrivait parfois que Carla disparaisse ainsi dans la nature sans penser aux conséquences, à ceux qui allaient s'inquiéter pour elle – c'est-à-dire Theo, principalement. Une fois, elle avait disparu une semaine entière. Il avait fini par apprendre qu'elle était en France ; elle n'avait pas voulu lui dire avec qui.

De l'autre côté, la panique. Carla venait de perdre coup sur coup sa sœur et son neveu. Et dans une semaine, ce serait l'anniversaire de Ben. Ça aurait été l'anniversaire de Ben. Dix-huit ans, leur petit bonhomme devenu adulte. Un véritable adulte. Ils auraient parlé études supérieures, il leur aurait présenté des copines. Ou des copains. C'était douloureux de penser à ça, à l'homme qu'il aurait pu être, à ce qu'ils auraient pu être tous les trois, sans cet accident.

Sans Angela.

Après être passé chez Carla, Theo s'était rendu au cimetière puis il avait contacté leurs amis. Si cela ne donnait rien chez Angela, il devrait se résoudre à appeler la police. Plus d'une fois, il avait songé qu'elle était peut-être déjà en compagnie de la police, d'ailleurs, assise dans une salle d'interrogatoire, à répondre à leurs questions. Après tout, si on était venu prendre ses empreintes et un échantillon de son ADN, on avait dû le faire pour Carla aussi, non ? Aurait-on pu trouver quelque chose ?

Il frappa à nouveau, plus fort encore.

« Carla ! cria-t-il, désespéré. Je t'en prie, Carla, laisse-moi entrer ! »

La porte de la maison d'à côté s'entrouvrit, et une femme âgée passa son visage flétri par l'entrebâillement.

« Il n'y a personne, dit-elle sèchement. La maison est vide. »

La voisine. Carla lui avait parlé d'une vieille commère, mais Theo ne se souvenait pas de son nom. Il sourit.

« Bonjour ! s'exclama-t-il en s'approchant d'elle. Je suis désolé de vous avoir dérangée, je suis à la recherche de mon épouse, Carla Myerson. La sœur d'Angela. Je me demandais si vous ne l'auriez pas vue, par hasard… ? »

La voisine l'examina, les yeux plissés.

« Carla ? répéta Theo en articulant – mais la femme fronça les sourcils et il songea qu'elle n'avait peut-être pas toute sa tête. Ce n'est rien, ajouta-t-il avec un nouveau sourire. Ce n'est rien, ne vous en faites pas.

— Vous ! » s'exclama alors la vieille chouette.

Elle ouvrit grand la porte pour pointer un index décharné sur la poitrine de Theo.

« C'était vous, bien sûr ! J'aurais dû vous reconnaître.

— Je vous demande pardon ?

— Restez ici. Ne bougez pas. »

Sur ce, elle disparut dans le couloir derrière elle sans refermer la porte. Theo attendit un instant, perplexe. Il regarda autour de lui dans la rue.

« Madame ? Madame, euh… »

Mais comment s'appelait-elle ? *Une vieille bique sénile*, avait dit Carla. Il pénétra dans l'entrée sombre et jeta un coup d'œil aux tableaux accrochés aux murs : des tirages bas de gamme de scènes navales. Peut-être que le mari s'intéressait aux bateaux ? Theo fit un pas de plus.

Soudain, la femme émergea de l'obscurité et il fit un bond. Une paire de lunettes à présent perchée sur le nez, elle l'observa attentivement en plissant les yeux.

« C'est bien ça ! Je vous ai déjà vu. Je vous ai vu ici même, dans cette rue, avec Angela !

— Euh, non, je…

— Ah si, si, c'était vous. Le policier m'a demandé qui était cet homme et je n'ai pas pu le lui dire, parce que je ne vous avais pas reconnu ce jour-là, ou du moins, je ne m'en rappelais plus. Mais c'était vous. Vous étiez juste là, avec Angela, et vous l'avez fait pleurer.

— C'est faux ! protesta Theo avec véhémence. Vous devez me confondre avec quelqu'un d'autre. »

Et il tourna les talons pour s'éloigner d'un pas vif.

« Vous aviez même un chien avec vous ! cria la vieille derrière lui. Un petit chien ! »

Theo atteignit rapidement le coin de la rue et entra dans le premier pub qu'il vit, le Sekfore Arms, pour se commander un whisky. Il l'avala en deux gorgées et ressortit fumer une cigarette. Il enfreignait toutes ses règles : une cigarette en dehors des moments autorisés et de l'alcool fort avant 18 heures.

« Mais bon, songea-t-il en écrasant la cigarette encore à moitié intacte dans un cendrier, j'ai des circonstances atténuantes. »

Il jeta un regard vers Hayward's Place, comme s'il craignait que la vieille femme ne l'ait suivi.

Est-ce qu'elle allait en parler à Carla ? Est-ce qu'elle allait lui dire qu'elle l'avait vu aujourd'hui, et qu'elle l'avait déjà vu auparavant ? Bon sang… Il rentra dans le pub et leva un doigt à l'attention de la barmaid pour commander un deuxième verre. La jeune femme eut un haussement de sourcil presque imperceptible. Presque. *Mêlez-vous de vos affaires !* voulut lui lancer Theo. Elle posa le whisky devant lui avec un sourire.

« Voilà pour vous ! »

Peut-être qu'il avait imaginé le haussement de sourcil. Peut-être qu'il devenait paranoïaque.

Peut-être que c'était à cause de cette histoire de voisine. Elle pouvait bien parler à Carla, quelle importance ! Jamais Carla ne la croirait. D'ailleurs, ce serait de la paranoïa que de penser le contraire, puisqu'elle-même estimait que la vieille dame perdait la boule. C'était ce qu'elle avait dit, non ?

Mais tout de même… Si Carla se décidait à la croire, qu'en conclurait-elle ? Si elle apprenait que Theo était allé voir Angela, comment réagirait-elle ? Impossible à prévoir. Theo avait beau connaître Carla depuis près de trente ans, il demeurait incapable de prédire sa façon de réagir aux surprises. Et si, de son côté, il lui avait toujours pardonné ses écarts et continuerait de les lui pardonner, il était loin de pouvoir affirmer qu'elle en ferait de même.

Il sortit son portable et rappela Carla. Toujours pas de réponse. Il hésita à commander un autre verre, mais l'ivresse du premier se fondait peu à peu dans le brouillard opaque du second, et si jamais elle décrochait… Que lui dirait-il ? Que pourrait-il bien lui dire ?

La dernière fois qu'il avait vu Angela, ils se tenaient tous deux dans la ruelle, au même endroit que là où il venait d'avoir sa conversation avec la voisine. C'était une journée maussade avec un ciel chargé de nuages – la grisaille londonienne dans toute sa splendeur. Theo était venu voir Daniel mais il n'avait trouvé qu'Angela. La vieille dame avait raison sur un point : Angela était en pleurs, mais Theo estimait qu'il n'était pas très juste de dire qu'il l'avait « fait » pleurer. Elle avait fondu en larmes dès qu'elle l'avait aperçu.

Elle l'avait invité à entrer mais lui préférait discuter dehors – il refusait d'être seul dans une pièce avec elle, il ne se faisait pas assez confiance pour cela.

Angela était dans un état effroyable : maigre à faire peur, des veines bleutées s'étalant en toiles d'araignées sous sa peau parcheminée et, avec ses longs cheveux gris, elle ressemblait à la méchante sorcière d'un conte de fées. Une coquille vide. Theo s'efforça d'ignorer sa détresse apparente et lui parla d'un ton neutre afin de lui exposer aussi efficacement que possible l'objet de sa visite : quelque temps plus tôt, Daniel était venu le voir pour lui demander de l'argent, en lui expliquant qu'il avait perdu son travail et qu'il n'avait personne d'autre vers qui se tourner. Il n'avait pas voulu déranger Carla, avait-il précisé. Theo s'était dit qu'il s'agissait probablement d'un mensonge et que Daniel ne lui disait pas tout, mais il n'avait pas posé de questions et lui avait fait un chèque de mille livres sterling. Deux semaines plus tard, Daniel était repassé. Theo était absent, alors Daniel lui avait laissé un message.

« Je peux l'écouter ? demanda Angela.

— Pas un message sur le répondeur. Il a glissé une lettre sous la porte.

— Une lettre ? Qu'est-ce qu'il a écrit ? »

Angela ouvrit de grands yeux et Theo remarqua que le blanc autour des pupilles avait pris une teinte jaunâtre.

Elle est malade, songea-t-il. *Peut-être même mourante.*

« Peu importe ce qu'il a écrit, répliqua-t-il. J'ai simplement besoin de discuter avec lui. »

Angela répondit qu'elle ne savait pas où se trouvait Daniel mais que si elle le voyait, elle lui en parlerait.

« Mais ça ne servira à rien, ajouta-t-elle en secouant la tête. Il ne m'écoute pas. Il n'y a que Carla, pour lui. »

Ses yeux se remplirent à nouveau de larmes.

« C'est la seule personne capable de lui faire entendre raison. »

Theo resta là un instant, à la regarder pleurer ; il essaya d'éprouver de la compassion pour elle, en vain. À l'évidence, elle s'apitoyait déjà suffisamment sur son sort, alors la pitié des autres était superflue. Il repartit avant de dire quelque chose qu'il risquait de regretter.

Bien sûr, ça n'avait pas été la dernière fois qu'il l'avait vue. Seulement l'avant-dernière.

18

Dans les angles de la chambre, des ombres mouvantes s'assemblaient puis se disloquaient, avançaient puis reculaient pour se fondre dans l'obscurité. Allongée dans son lit, parfaitement réveillée, Irene écoutait sa respiration saccadée et le battement du sang dans ses oreilles. La peur était comme un poids qui l'écrasait sur le matelas.

Quelque chose l'avait réveillée. Un renard dans l'enclos paroissial voisin ? Un ivrogne qui parlait tout seul dans l'allée ? Ou alors… Non, là, ce bruit ! Était-ce un grincement dans l'escalier ? Trop terrifiée pour allumer sa lampe de chevet, Irene retint sa respiration. Quelques secondes s'écoulèrent. Elle se demanda si c'était son imagination qui lui jouait des tours. Très lentement, elle expira et se pencha sur le côté. Là ! Encore une fois ! Une espèce de frottement. Elle en était sûre, à présent. Et elle était également sûre que cela provenait de la maison voisine et pas de chez elle – Dieu merci. Au fil des années, elle s'était habituée à entendre Angela monter et descendre l'escalier à toute heure du jour ou de la nuit. Il faut dire que les murs de ces petites maisons mitoyennes étaient fins et très mal isolés.

Était-ce l'écho des pas de son amie qu'elle entendait ? Comme un effet secondaire du deuil ? Après le décès de William, elle avait eu pendant quelque temps des visions de lui remontant l'allée le soir en sifflotant, ou se tenant devant la fenêtre le matin, de dos, comme s'il s'apprêtait à se retourner pour lui dire : *Un petit thé, Rennie ?*

En périphérie de son champ de vision, quelque chose bougea, et Irene agrippa si fermement la couverture que cela lui fit mal aux doigts.

À quoi ressemblerait Angela si elle devait apparaître devant elle ? Lui parlerait-elle du dernier livre qu'elle avait lu, assise jambes croisées comme à son habitude, un genou tressautant en permanence, ses doigts maigres toujours en mouvement (que ce soit pour rouler une cigarette ou triturer un fil de son chemisier en lin) ? Ou bien serait-elle différente ? Toute tordue, le cou brisé, son haleine jadis légèrement avinée désormais putride ?

À présent, le doute n'était plus permis, c'étaient bien des pas qu'Irene entendait, et ces pas feutrés n'avaient rien à voir avec ceux, toujours traînants, d'Angela – il y avait quelqu'un qui marchait sur le palier, de l'autre côté du mur de sa chambre. Quelqu'un qui n'était pas un fantôme. Un intrus.

Plus que tout, Irene avait une peur bleue des intrus. Elle redoutait le moment où la personne qui serait entrée chez elle par effraction se rendrait compte que la maison n'était pas vide. Qu'il y avait un témoin gênant à faire taire. Elle redoutait le moment où, seule dans son lit, elle comprendrait à qui elle avait affaire : un cambrioleur à la recherche d'un portefeuille ou d'un ordinateur portable à voler, ou un intrus d'un tout autre genre. Un prédateur en quête d'une proie. Toutes ces histoires qu'elle avait entendues, de vieilles dames agressées, tabassées, laissées pour mortes sur la moquette, leur robe de chambre souillée.

Là ! Un autre bruit ! Quelqu'un qui faisait des allers et retours dans le couloir. Quelqu'un qui cherchait quelque chose ? Myerson, songea Irene. L'homme qui avait fait pleurer Angela et qui avait ensuite prétendu n'avoir jamais mis les pieds devant chez elle. Elle n'avait pas du tout aimé le mépris dans son regard lorsqu'il avait posé les yeux sur elle. *Vieille bique*, avait-il dû penser. *Sale fouineuse.*

Bon. Eh bien, quitte à passer pour la curieuse de service, autant combler les attentes placées en elle, non ? Dans le noir, elle tâtonna pour trouver l'interrupteur, alluma sa lampe de chevet et plissa les yeux le temps de s'accoutumer à la lumière. Après quoi elle s'assit sur son lit et prit ses lunettes. Évidemment, son téléphone portable n'était pas sur la table de nuit. De toute façon, elle n'arrivait jamais à mettre la main sur ce fichu appareil quand elle en avait besoin.

Irene descendit l'escalier à tâtons, car elle ne voulait pas prendre le risque d'attirer l'attention en allumant la lumière.

« Très malin de te déplacer dans le noir, marmonna-t-elle. Après t'être fait une entorse à la cheville, tu veux te fracturer la hanche, c'est ça ? »

Alors qu'elle atteignait la dernière marche et vérifiait prudemment du bout du chausson qu'elle était bien au pied de l'escalier, un gros *boum* retentit dans la maison d'Angela, comme si quelqu'un était tombé.

« Qui est là ? cria-t-elle aussitôt. Je vous entends. Je vais appeler la police ! La police va arriver ! »

En prononçant ces mots, elle songea qu'elle avait l'air tout aussi ridicule qu'inoffensive.

« Vous avez compris ? » insista-t-elle.

Seul le silence lui répondit.

Deux inspecteurs de police – un jeune homme rasé de frais et plutôt musclé, et une femme d'une trentaine d'années à l'air fatigué – se tenaient devant la maison d'Angela, les mains sur les hanches.

« La porte est verrouillée, indiqua le policier à Irene en essayant d'actionner la poignée pour lui prouver ses dires. La serrure ne semble pas avoir été forcée, les carreaux sont intacts… Je ne vois aucun signe d'effraction, ajouta-t-il d'un ton presque désolé.

— Je vous assure qu'il y a quelqu'un à l'intérieur, insista Irene, blottie dans l'encadrement de sa propre porte d'entrée. J'ai entendu des pas…

— Et vous dites que la maison est inhabitée ? Vous êtes sûre qu'elle n'a pas été louée ?

— Non, il y a encore des affaires de la propriétaire précédente qui n'ont pas été vidées. Si vous voulez tout savoir, un homme est venu aujourd'hui et… et il a menti en disant qu'il n'était jamais venu ici, et je… je…

— Donc vous avez vu quelqu'un rôder autour de la propriété ? résuma l'inspectrice.

— Euh… Non, ce n'est pas ce que j'ai dit, mais une femme est morte dans cette maison. Il y a plusieurs mois, une femme est morte et vous… Enfin, pas vous personnellement, mais la police a décrété qu'il s'agissait d'un accident, or je n'en suis pas convaincue, parce que maintenant c'est le fils qui est mort. Vous ne trouvez pas ça étrange ?

— Je ne suis pas sûre de comprendre. Vous dites qu'il y a eu deux décès suspects dans cette propriété ?

— Non, non, un seul ; le fils est mort ailleurs. C'est juste que… Je ne cherche pas du tout à vous faire perdre votre temps, mais il y a quelqu'un à l'intérieur en ce moment, et j'ai peur.

— Je comprends », dit le policier avec un sourire.

Il leva le poing et donna un coup ferme sur la porte. Ils attendirent. Il répéta l'expérience et, cette fois, une lumière s'alluma à l'intérieur.

Irene eut un mouvement de recul et faillit trébucher.

« Vous voyez ? » s'exclama-t-elle, à la fois terrifiée et triomphante.

Quelques instants plus tard, la porte s'ouvrit à la volée et Carla apparut dans l'encadrement, visiblement furieuse.

Vers 3 heures du matin, quand tout fut réglé avec les policiers après que Carla eut décliné son identité et expliqué qu'elle avait tout à fait le droit d'être là, celle-ci accepta l'invitation d'Irene à boire un thé.

« Vous ne devriez pas venir là en plein milieu de la nuit, commença par lui reprocher Irene.

— Avec tout le respect que je vous dois, Irene, répliqua Carla en levant légèrement le menton, je fais ce que je veux. C'est ma maison. Enfin, ce sera bientôt ma maison. Donc s'il me prend l'envie d'y aller au milieu de la nuit, ce n'est pas vous qui allez m'en empêcher.

— Mais…

— Désolée si je vous ai dérangée, poursuivit Carla d'un ton qui trahissait l'indifférence la plus totale, mais je dors très mal en ce moment, et donc parfois, au lieu de rester allongée à regarder le plafond, je me lève et je fais ce que j'ai à faire, que ce soit m'occuper de ma correspondance, faire le ménage ou, dans ce cas précis, passer chez ma sœur pour essayer de retrouver un objet que j'y avais égaré.

— Quel objet ? aboya Irene, excédée par le manque de considération de Carla à son égard. Quel objet pouvait bien mériter que vous veniez me déranger à 2 heures du matin ?

— Ça ne vous regarde pas ! tonna Carla, et elle abattit sa tasse sur le comptoir de la cuisine, répandant au passage du thé sur le carrelage. Oh, mince ! »

Elle attrapa une feuille d'essuie-tout, s'agenouilla et essuya le liquide. Mais au lieu de se redresser une fois l'opération terminée, elle resta prostrée, les bras ballants, la tête appuyée contre les genoux.

« Je suis désolée, murmura-t-elle. Je suis désolée. »

Irene posa une main sur son épaule.

« Ce n'est rien, dit-elle, un peu ébranlée de voir Carla se montrer soudain si vulnérable. Allez, relevez-vous. »

Carla s'exécuta. Elle pleurait – pas à grands sanglots, mais en silence, d'une manière digne qui lui correspondait, les larmes roulant élégamment sur ses joues pour goutter sur le col amidonné de son chemisier blanc. Elle ferma les yeux et s'essuya les joues avec la paume de sa main.

« Allons, allons, dit Irene d'une voix douce, comme si elle cherchait à amadouer un animal ou un enfant craintif. Prenez votre thé, là, voilà ! »

Et elle entraîna Carla de la cuisine au salon, où elles s'assirent côte à côte sur le canapé.

« Je suis venue avec des objets, aujourd'hui, déclara Carla après quelques secondes de silence. Enfin, hier… ou la dernière fois. Bref, dans un sac, j'avais des vêtements et deux écrins à bijoux. Je suis venue avec. J'en suis sûre et certaine.

— Et vous ne les retrouvez pas ? »

Carla acquiesça.

« Des objets de valeur ?

— Pas vraiment. Je ne sais pas, en fait. Il y avait la bague de fiançailles de ma mère qui doit valoir un peu d'argent, mais c'est surtout la médaille de saint Christophe… Elle… Elle appartenait à mon fils.

— Oh, Carla.

— Je ne peux pas la perdre. Je ne peux pas. On l'avait achetée pour son baptême, on l'avait fait graver… »

Elle secoua la tête et ferma les yeux pour faire tomber les larmes.

« Il ne l'a jamais portée, évidemment, il était trop petit, mais il adorait la regarder, la sortir de sa boîte. Il voulait toujours jouer avec, vous savez comment sont les enfants. Et moi, je lui répétais qu'il ne pouvait pas, que c'était trop fragile, trop précieux, et qu'il devait me la confier pour que je la mette en lieu sûr… Je lui ai promis de la garder précieusement, et c'est ce que j'ai fait, pendant tout ce temps, et maintenant… »

Elle tourna la tête pour ne pas qu'Irene la voie craquer.

« Je suis sincèrement désolée, dit Irene. Mais pourquoi avoir apporté ces objets ici ? Vous comptiez vous rendre quelque part, après ? Vous vous êtes peut-être arrêtée en chemin, dans une boutique, par exemple, où vous auriez oublié le sac ?

— Non, non. Je ne suis pas allée ailleurs. C'est juste que… je voulais les avoir avec moi. Je voulais les avoir avec moi quand…

— Quand quoi ? demanda Irene sans comprendre.

— J'étais… J'étais désespérée », répondit Carla.

Elle releva la tête et lorsque Irene croisa son regard, elle comprit enfin.

« Oh, Carla ! s'exclama-t-elle, la main sur la bouche. Oh non ! »

Carla secoua la tête.

« Ça n'a pas d'importance. Ce n'est pas grave.

— Bien sûr que si, c'est grave. »

Irene posa la main sur celle de Carla.

« Votre fils, et ensuite votre sœur et Daniel à quelques semaines d'intervalle… Ça fait beaucoup à supporter. »

Carla sourit, retira sa main et essuya les larmes sur ses joues.

« C'est vrai que le sort ne nous a pas épargnés, reconnut-elle.

— Vous êtes en deuil, Carla. C'est normal de ne pas avoir les idées claires. Moi aussi, j'y ai pensé, quand j'ai perdu mon mari. Je me suis dit : À quoi bon continuer si je suis toute seule ? C'est votre sœur qui m'a tirée de là. Elle est venue me voir tous les jours, elle m'apportait des pâtisseries. Vous savez, celles aux amandes qu'elle aimait tant… Comment ça s'appelle, déjà ? Des banquiers ? Ah non, des financiers. Parfois, c'était de la soupe. Ou du café. Elle me parlait de ce qu'elle était en train de lire pour me changer les idées. Elle m'a sauvé la vie. »

Le visage de Carla sembla s'assombrir, et elle détourna la tête.

« Je sais que tout n'a pas toujours été rose, entre vous, mais elle vous aimait, murmura Irene. Et… je me doute que vous aimiez beaucoup Daniel. C'est un garçon qui… »

Carla se leva brusquement.

« Il est temps que vous retourniez vous coucher, dit-elle en rapportant sa tasse à la cuisine. Il est vraiment très tard.

— Vous savez, pour ce que je dors d'habitude… Si vous voulez rester ici vous reposer, il n'y a aucun…

— Oh non ! » la coupa Carla, comme si l'idée de passer une minute de plus dans cette maison lui répugnait.

Elle était de retour dans le salon et toute trace d'émotion avait disparu de son visage. Debout dans l'encadrement de la porte, droite comme un I, le menton légèrement relevé, elle se tourna vers son hôtesse.

« Pas la peine de vous lever, Irene. Merci pour le thé. Et encore désolée pour le dérangement. Je vais rentrer chez moi, je ne vous embêterai plus.

— Carla, je… »

Irene s'interrompit. Elle aurait voulu lui dire quelque chose de réconfortant, mais elle ne trouvait pas ses mots. Elle se contenta donc de demander :

« Ça va aller, hein ? »

L'espace de quelques instants, Carla ne sembla pas comprendre. Et puis soudain, elle rougit.

« Oh, oui oui, ne vous en faites pas pour ça, dit-elle. Je ne suis même pas sûre que j'aurais pu aller au bout.

Entre imaginer la chose et passer à l'acte, il y a une sacrée différence. J'avais pris la laisse du chien. »

Irene sentit un long frisson parcourir toute sa colonne vertébrale à l'idée d'un autre cadavre attendant d'être découvert dans la maison voisine.

« Pas le mien, bien sûr, disait Carla. Je n'ai pas de chien. Mais mon ex-mari, oui, et je pense qu'inconsciemment, c'était pour moi un moyen de m'assurer que je n'irais pas au bout. »

Elle sourit – un sourire énigmatique.

« Je crois qu'au fond de moi, je savais qu'en regardant la laisse, je penserais à tout l'amour qu'il avait pour ce petit chien, à tout l'amour qu'il avait pour moi, et que ça me dissuaderait de passer à l'acte. »

Elle haussa les épaules et parut se radoucir.

« En tout cas, c'est comme ça que je vois les choses à présent.

— Oh ! fit soudain Irene. J'ai oublié de vous dire. Votre ex-mari, il vous cherchait. Il est venu ici et…

— Ici ?

— Oui, enfin, dans l'allée. Il a frappé à la porte d'Angela. Je ne l'ai pas reconnu dans un premier temps, mais ensuite je me suis rappelé que je l'avais déjà vu parler avec Angela, alors…

— Non, ça ne peut pas être Theo, dit Carla en secouant la tête.

— Si, si. Je vous assure.

— Vous vous trompez, Irene. Il est impossible que mon mari soit…

— Je l'ai vu, insista Irene. Il était avec Angela, dans l'allée. Angela pleurait. Je crois qu'ils se disputaient.

— Theo n'est pas venu rendre visite à ma sœur, dit Carla en haussant le ton – deux petites taches foncées étaient apparues sur ses joues. Il n'aurait jamais…

— Il avait son petit chien avec lui. Une espèce de terrier, noir et roux. »

Carla eut un mouvement de surprise.

« Vous l'avez vu avec Angela ? » demanda-t-elle.

Irene acquiesça.

« Quand ?

— Je ne suis pas sûre, avoua Irene.

— Combien de fois ?

— Juste cette fois-là, je crois. Ils étaient dans l'allée. Angela pleurait.

— C'était quand, Irene ?

— Une semaine ou deux avant sa mort. »

De retour dans son lit, Irene regarda la lueur grise de l'aube se faufiler entre les deux rideaux. Elle était épuisée mais savait qu'il y avait peu de chances qu'elle parvienne à retrouver le sommeil. Elle n'avait pas menti quand elle avait dit à Carla qu'elle dormait peu – les petites nuits étaient un effet secondaire bien connu de la vieillesse. Mais même sans cela, elle n'aurait pas pu fermer l'œil, car elle n'arrêtait pas de repenser à la façon dont le visage de Carla s'était décomposé lorsque celle-ci avait appris que Theo avait rendu visite à sa sœur.

19

« Putain, mais laissez-moi entrer ! Merde ! »

Il était 9 h 30, il pleuvait des cordes et Laura, essoufflée, avait à peine conscience du flot des employés de bureau sous leurs parapluies qui s'écartaient pour contourner la cinglée qui donnait de grands coups de sac à dos sur la porte de la laverie.

« Je suis pas là pour le boulot ! hurlait-elle. Je m'en contrefous, de ton boulot de merde ! Je veux juste parler à Tania ! Maya, putain ! Laisse-moi entrer ! »

De l'autre côté de la porte vitrée, Maya se tenait debout, bras croisés, impassible.

« Laura, il faut que tu te calmes. Je vais te laisser trente secondes pour te calmer et partir. Après ça, j'appelle la police. C'est compris ? »

Laura s'accroupit et se mordit la lèvre. Une vague d'adrénaline déferla sur elle et elle sentit la nausée monter, sa bouche se remplir de salive, son cœur s'affoler jusqu'à presque exploser. Elle ramassa une bouteille de bière vide dans le caniveau et s'apprêtait à la lancer contre la vitrine lorsqu'une main lui attrapa le poignet et lui ramena brutalement le bras dans le dos.

La douleur à l'épaule lui fit pousser un cri et elle lâcha la bouteille, tandis que la main libérait déjà son poignet.

« Mais qu'est-ce qui vous prend, enfin ? » demanda une voix de femme.

Laura se retourna en se massant l'épaule droite pour découvrir qu'elle venait de se faire alpaguer par le hobbit. C'est comme ça qu'ils l'appelaient, à la laverie, parce qu'elle était petite et poilue et qu'elle avait l'air de sortir tout droit d'un terrier, alors qu'en fait elle vivait sur un bateau, ce qui en soi restait quand même plutôt insolite.

« Alors ? » insista la femme en fronçant les sourcils, visiblement plus étonnée que fâchée – un peu comme quand son père était en colère contre elle mais qu'il lui disait : *Je ne suis pas fâché, mon poussin, je suis simplement déçu.*

« Elle veut pas me laisser entrer, répondit Laura, dont la rage s'était évaporée aussi rapidement qu'elle l'avait envahie. Elle veut pas me laisser entrer, alors que j'étais pas venue pour faire des histoires, je voulais juste parler d'un truc à Tania. Ça n'a même pas de rapport avec la boutique ou avec… »

Laura s'interrompit. À quoi bon ? Ça ne servait à rien. Elle s'assit sur le bord du trottoir, les genoux remontés jusqu'au menton.

« J'étais pas venue pour faire des histoires », répéta-t-elle.

Le hobbit s'appuya lourdement sur l'épaule de Laura pour prendre place à côté d'elle.

« Vous savez, quand on ne veut pas faire d'histoires, on évite de lancer des bouteilles contre les vitrines des magasins. »

Laura se tourna vers le hobbit et le hobbit lui sourit, révélant deux rangées de dents jaunes et mal alignées.

« Je me souviens plus de votre nom, dit Laura.

— Miriam, répondit la femme avant de tapoter le genou de Laura. J'en déduis donc que vous ne travaillez plus ici ? Je me disais bien que ça faisait quelque temps que je ne vous voyais plus.

— Je me suis fait virer. J'ai loupé deux jours d'affilée, et comme c'était pas la première fois… En plus, j'ai pas pu prévenir Maya, du coup elle a raté l'anniversaire de son petit-fils, franchement ça craint, mais le pire, c'est que je comptais pas rater le boulot. Je voulais pas que ça se passe comme ça. C'est pas ma faute. »

Miriam lui tapota de nouveau le genou.

« Je suis désolée. C'est horrible de perdre son travail. Je sais ce que c'est. Est-ce que ça vous dirait qu'on aille boire un thé quelque part ? Je voudrais vous aider. »

Laura s'écarta légèrement.

« Moi aussi, il m'est arrivé une fois ou deux de devoir compter sur la gentillesse de parfaits inconnus, poursuivit Miriam. Je sais que ça peut paraître déroutant, de prime abord. »

Laura acquiesça.

« Mais je pense que vous allez vite vous rendre compte que nous ne sommes pas si différentes, vous et moi », reprit Miriam avec un sourire bienveillant.

Tu parles qu'on n'est pas différentes ! songea Laura, mais elle se retint de le dire, parce qu'elle voyait bien que cette femme avait l'air sincère.

« Et donc, quatre ans après mon accident, ma mère s'est mariée avec le type qui m'avait renversée. »

Laura marqua une pause, le temps de verser du lait dans le thé qu'elle venait de préparer et de tendre la tasse la moins abîmée à Miriam.

« Ça vous fout en l'air, ce genre de trucs, je vous assure. Physiquement, c'est clair que quand vous vous faites taper par une voiture, vous en ressortez avec tout un tas de douleurs et de cicatrices. »

Elle indiqua sa jambe gauche boiteuse.

« Mais c'est le reste, le pire. Le côté émotionnel, le côté mental. »

Miriam but une gorgée de thé et acquiesça.

« Là-dessus, nous sommes parfaitement d'accord.

— Du coup maintenant, dit Laura en se laissant tomber sur une chaise, je fais des conneries. Des grosses conneries, comme ce matin, par exemple, ou comme… Et j'en ai pas envie ; enfin des fois, si, j'en ai envie, mais c'est comme si un mécanisme se mettait en mouvement et que je pouvais pas l'arrêter. Je peux que réagir, essayer de limiter les dégâts sur moi-même, et le résultat, c'est que des fois c'est les autres qui trinquent, mais je fais pas exprès, en tout cas. »

Le hobbit acquiesça de nouveau.

« Les gens ricanent, vous savez, quand je leur dis que c'est pas ma faute. Les gens comme ma belle-mère, mes profs, la police, Maya… Ils me répondent toujours : "Eh quoi, c'est la mienne, peut-être ?" »

Janine, la mère de Laura, se tenait dans l'allée devant la maison et observait les mangeoires vides accrochées au pommier. Elle n'était pas sûre qu'il lui reste encore des graines, mais elle ne comptait pas aller en acheter tout de suite – il neigeait depuis un bon moment et la circulation s'annonçait infernale. Elle ferma les yeux, prit une profonde inspiration et savoura la bouffée d'air froid dans ses poumons ainsi que la parfaite quiétude qui régnait autour d'elle. C'est alors qu'un long crissement de pneus vint briser cette sérénité. Puis, après ce qui lui parut durer une éternité, un craquement horrible. L'allée faisait deux cents mètres de long et était bordée d'arbres, avec une haie au fond qui marquait la limite de la propriété, de sorte que Janine ne pouvait pas voir ce qui s'était passé sur la route. Mais elle savait. Plus tard, elle expliquerait aux policiers avoir tout de suite compris que quelque chose d'affreux s'était passé.

La voiture avait disparu. Laura était étendue au milieu de la chaussée, les jambes tordues selon un angle qui n'avait rien de naturel. Janine tomba à genoux et vit le petit filet de sang qui s'échappait de sous le casque de sa fille et qui se répandait lentement sur le bitume lisse et humide. Elle plongea aussitôt la main dans sa poche à la recherche de son téléphone, mais il n'y était pas, alors elle se mit à hurler et à hurler, mais personne ne vint, parce que la maison la plus proche se trouvait à huit cents mètres de là.

Lorsque les policiers voulurent savoir ce qu'elle avait vu, ce qu'elle avait entendu, si elle était sûre de ne pas avoir aperçu la voiture (au moins la couleur, peut-être ?), Janine secoua la tête.

« C'est ma faute, répétait-elle. Tout est ma faute.

— Bien sûr que non, madame Kilbride, lui répondit une des agentes de police en lui enserrant les épaules de son bras. C'est uniquement la faute du chauffard qui a percuté Laura. Mais je vous promets que nous allons le retrouver et qu'il va payer pour ce qu'il a fait. Ou pour ce qu'elle a fait, d'ailleurs, si c'est une femme. »

Janine se dégagea et posa sur la policière un regard empli de terreur.

Comme l'avait annoncé l'agente, le chauffard finit par être retrouvé. Une caméra de surveillance située cinq cents mètres plus loin avait filmé deux voitures quelques minutes après l'accident : la première se révéla appartenir à une vieille dame et fut retrouvée en parfait état. La seconde était celle d'un certain Richard Blake, un antiquaire qui habitait Petworth, à quelques kilomètres de là, et qui expliqua aux policiers qui se présentèrent sur son lieu de travail que son véhicule avait été volé la veille au soir, mais qu'il n'avait pas encore eu le temps de porter plainte. Lorsque les agents repartirent, Richard leur demanda d'une voix étranglée :

« Est-ce qu'elle va s'en sortir ? »

À quoi l'agente répondit :

« Qui ça ?

— Mais la petite fille, enfin !

— J'ai parlé d'un enfant, monsieur Blake. Je n'ai pas précisé qu'il s'agissait d'une fille. »

Le moins qu'on puisse dire, c'est que Richard Blake n'avait pas l'âme d'un criminel.

Voilà comment ça s'était passé. Voilà ce que croyait Laura. C'était ce qu'on lui avait dit, alors elle n'avait pas de raison d'avoir des doutes – elle n'avait que dix ans, après tout.

Dans un premier temps, bien sûr, elle ne crut rien du tout, parce qu'elle n'était pas consciente. Douze jours dans le coma. Puis, quand elle se réveilla enfin, son monde avait changé : son corps était brisé de partout, le bassin, le fémur, le crâne… Plus exactement, son monde avait été réinitialisé. Remis à zéro, mode usine. Elle dut réapprendre à parler, à lire, à marcher, à compter jusqu'à dix.

Elle n'avait aucun souvenir de l'accident ni des mois qui l'avaient précédé – la nouvelle école, la nouvelle maison, son nouveau vélo. Tout avait disparu. Elle se rappelait vaguement leur ancienne maison de Londres et le chat de la voisine. Après ça, c'était le flou complet.

Petit à petit, cependant, les choses commencèrent à lui revenir. Quelques semaines avant de quitter l'hôpital, elle dit à son père :

« Notre maison, elle est en bas d'une colline. C'est bien ça ?

— Mais oui, c'est ça ! Bravo, mon poussin. Est-ce que tu te rappelles autre chose ?

— Pavillon, répondit-elle, et il acquiesça. La voiture. Elle est verte. »

Son père secoua la tête avec un sourire triste.

« Je suis désolé, mon poussin, mais elle est rouge. C'est une Volvo rouge.

— Non, pas notre voiture. La voiture qui m'a renversée. Elle était verte. Elle venait de notre allée, de notre maison. »

Le sourire de son père s'effaça.

« Tu ne te souviens pas de l'accident, mon poussin. C'est impossible. »

Quelques jours plus tard, alors que sa mère était venue la voir à l'hôpital (ses parents ne venaient jamais ensemble, ce qu'elle trouvait étrange), Laura lui demanda des précisions sur la fameuse voiture.

« Elle était verte, non ? Je suis certaine qu'elle était verte. »

Sa mère s'empressa de mettre de l'ordre dans les cartes de prompt rétablissement.

« Je ne sais pas, Laura. Je ne l'ai pas vue, tu sais. »

Menteuse.

Janine, la mère de Laura, se tenait dans l'allée devant la maison. Elle avait des bottes Ugg aux pieds et elle tremblait dans son peignoir en soie vert chartreuse. C'était juste après l'amour – sa peau était encore toute rouge. Quelques instants plus tôt, alors qu'ils étaient tout enchevêtrés et qu'ils avaient perdu la notion du temps, elle avait regardé la montre de son mari sur la table de chevet et s'était exclamée :

« Merde ! Laura ne va pas tarder à rentrer ! »

Richard s'était habillé en hâte ; il avait failli tomber à la renverse en enfilant son pantalon, et tous les deux s'étaient esclaffés avant de convenir d'un prochain rendez-vous. Elle l'avait raccompagné à sa voiture, l'avait embrassé, il lui avait dit qu'il l'aimait. Debout dans l'allée, la tête penchée en arrière, elle regardait la neige tomber, la bouche ouverte pour attraper les flocons avec sa langue. Dans sa tête, les mots de Richard résonnaient encore lorsqu'elle entendit le bruit. Elle comprit tout de suite qu'il était arrivé quelque chose d'horrible à Richard.

Elle courut jusqu'à la route. La première chose qu'elle vit fut la voiture, la Mercedes vert foncé garée à un angle étrange au milieu de la chaussée. Et derrière, Richard, accroupi, le dos tourné, les épaules secouées de spasmes. Lorsqu'elle arriva à sa hauteur, elle vit qu'il pleurait et que ses larmes gouttaient sur le corps brisé de sa fille.

« Oh, mon Dieu, non, non, non, non, non, gémissait-il. Elle était au milieu de la route, Janine, elle était au milieu de la route. Oh, mon Dieu, non. »

Janine l'attrapa par le bras et l'aida à se redresser.

« Il faut que tu partes d'ici, lui dit-elle d'un ton très détaché qui la surprit elle-même. Monte dans ta voiture et pars d'ici tout de suite. File, Richard. Je vais m'occuper d'elle. Allez, va-t'en !

— Elle saigne, Janine. C'est grave. Oh, mon Dieu, c'est grave !

— Il faut que tu partes d'ici, répéta-t-elle et, comme il ne bougeait pas, elle se mit à hurler : Maintenant, Richard ! Pars ! Tu n'es jamais venu ici, d'accord ? Tu n'étais pas là. »

Menteuse, menteuse.

Cette version des faits ne tarderait pas à ressortir. Tout le monde avait avisé Laura (tout le monde étant ses parents, son médecin et son thérapeute) de ne pas chercher sur Internet des informations sur l'accident. Ça n'aiderait à rien, ça ne ferait que la perturber, l'effrayer, lui donner des cauchemars. Laura, qui venait de fêter son onzième anniversaire mais qui n'était pas pour autant née de la dernière pluie, comprit tout de suite que cet avertissement était aussi étrange que suspect. Et elle avait raison.

La première chose qu'elle trouva lorsqu'elle tapa son nom sur Google fut un article de presse intitulé « UN HOMME INCARCÉRÉ APRÈS UN DÉLIT DE FUITE », sur lequel figurait une horrible photo d'elle qui faisait la grimace dans son uniforme. Elle se mit à lire :

Hier, la justice a condamné Richard Blake, antiquaire de son état, à quatre mois de prison ferme pour avoir laissé pour morte Laura Kilbride, une jeune écolière de onze ans qu'il avait renversée en voiture.

Laura relut la phrase. Richard ?

Non, c'était impossible. Elle connaissait Richard. C'était le monsieur qui donnait des cours de dessin à sa mère. Richard était attentionné. Il avait un visage chaleureux, il riait tout le temps. Laura aimait bien Richard, il était gentil avec elle, une fois ils avaient joué ensemble au football sur le parking du supermarché en attendant que sa mère termine de faire les courses. Richard n'aurait jamais fait une chose pareille. Il ne serait jamais parti sans appeler une ambulance.

Cette première révélation fut vite oubliée, cependant, supplantée par le choc qui l'attendait au paragraphe suivant.

Il semblerait que M. Blake, quarante-cinq ans, qui a plaidé coupable pour délit de fuite et non-assistance à personne en danger, entretenait une liaison avec Janine Kilbride, la mère de la jeune victime. Mme Kilbride, quarante-trois ans, qui est arrivée sur place peu après l'accident et qui a immédiatement appelé les secours, a été condamnée à une amende de huit cents livres pour avoir menti à la police en affirmant n'avoir pas vu le véhicule qui avait renversé sa fille.

Lorsque Laura repensait à cette période de sa vie, elle voyait la lecture de cet article de journal comme l'événement qui avait marqué le début de la fin. Son corps était déjà meurtri, bien sûr, ses fonctions cérébrales déjà affectées, mais un rétablissement complet restait possible. Alors que là… Savoir que ses parents et tous les gens censés s'occuper d'elle lui avaient menti, c'était le genre de choc dont on ne se relevait pas. Elle avait découvert la vérité et la trahison qui allait avec, et cela l'avait changée à jamais. Désormais, elle était brisée.

Désormais, elle était en colère.

20

Miriam savait reconnaître les gens abîmés par la vie. On avait tendance à parler de regards tourmentés, d'air méfiant, ce genre de choses. Il y avait effectivement souvent de cela mais, selon Miriam, c'était surtout une question de gestuelle, de façon de se mouvoir. Elle ne le voyait pas chez elle-même, bien sûr, mais elle le sentait ; elle avait beau avoir vieilli, être lourde et lente, elle se déplaçait toujours sur la pointe des pieds, toujours sur le qui-vive. Prête à réagir en cas de décharge d'adrénaline.

Miriam tomba sur Laura en plein esclandre devant la laverie et décida de saisir sa chance. Elle ramassa le sac de Laura, s'excusa auprès de la patronne exaspérée et entraîna la jeune fille à l'écart. Elle lui proposa d'aller prendre une tasse de thé sur sa péniche, mais Laura refusa – ce qu'on pouvait comprendre, compte tenu des circonstances. Après tout, la dernière fois qu'elle s'était approchée du canal, elle s'était retrouvée dans un sacré pétrin.

À la place, elles allèrent chez Laura. Un calvaire, pour le dire gentiment. Laura habitait un minuscule appartement au septième étage d'une tour HLM de Spa Fields. L'ascenseur étant hors service, il fallait se résoudre à prendre l'escalier. Trempée de sueur, le souffle court, Miriam dut faire plusieurs pauses. À un moment, elles croisèrent des petits cons qui s'amusèrent de son état en faisant des blagues à Laura :

« Fais gaffe, on dirait que ta mamie se tape un infarctus ! »

Pourtant, lorsqu'elle atteignit enfin le septième, Miriam trouva presque que le résultat valait bien tous ces efforts : une brise soufflait là-haut, un air pur à mille lieues de la puanteur du canal, et la vue, quelle vue ! La flèche de Saint James au premier plan ; derrière, les tours massives du domaine de Barbican et la magnificence sereine de la cathédrale Saint Paul ; plus loin encore, les façades scintillantes de la City. Londres dans toute sa splendeur ! Une splendeur qu'on avait tendance à oublier à force de vivre le nez collé au sol.

Laura ne parut rien remarquer. Elle devait avoir l'habitude. Miriam nota qu'elle semblait souffrir, car elle boitait de plus en plus à chaque étage. Alors qu'elles arrivaient devant la porte de l'appartement, Miriam lui demanda ce qui lui était arrivé – une question polie pour laquelle elle s'attendait à une réponse banale (une cheville foulée, une chute lors d'une soirée trop arrosée). Au lieu de quoi, elle eut droit à un récit si mélodramatique qu'il en était à peine croyable. Des parents ignobles, un terrible accident, une gamine presque abandonnée à son sort. Miriam fut envahie d'une profonde empathie pour elle. Après un tel départ dans la vie, il n'était pas étonnant que Laura soit quelqu'un d'aussi étrange.

L'empathie s'accrut encore quand elle vit l'état du misérable logement dans lequel vivait la jeune fille : des meubles laids et bon marché éparpillés sur une moquette synthétique grise, des murs jaunis par la nicotine. C'était là le foyer d'une petite qui manquait de tout. On n'y trouvait pas de joli plaid ni de coussins multicolores, aucune décoration, aucun trophée, pas de livres sur les étagères, pas de posters aux murs. Absolument rien, à l'exception d'un unique cadre photo représentant une fillette avec ses parents, une bouffée d'air frais dans cette atmosphère morne – jusqu'à ce qu'on s'approche, comme le fit Miriam en enjambant une pile de vêtements sur le sol, pour découvrir, horrifiée, que l'image avait été sauvagement raturée. La fillette avait la bouche ensanglantée et des croix à la place des yeux. Quand Miriam se retourna, Laura l'observait avec un air bizarre qui lui flanqua la chair de poule.

« Eh bien, on le prend, ce thé ? » dit la visiteuse avec un enthousiasme forcé.

(Une fille abîmée par la vie, une fille étrange – oui, qui pouvait dire ce qui se passait réellement derrière de si jolis yeux ?)

Dans la cuisine, une fois le thé fini dans un silence de plomb, Miriam décida de se lancer :

« Je vous ai déjà vue, vous savez. »

Dans sa poche, elle tripotait la clé, celle qu'elle avait ramassée sur le sol de la péniche, celle avec le porte-clés en forme d'oiseau.

Laura la dévisagea, perplexe.

« Évidemment que vous m'avez déjà vue. Je bosse à la laverie. »

Miriam secoua la tête, un petit sourire aux lèvres.

« Pas seulement. Je sais pourquoi vous n'avez pas voulu me suivre jusqu'au canal. »

Elle vit la jeune fille passer de l'ennui à l'appréhension.

« Ne vous en faites pas, s'empressa d'ajouter Miriam. Je suis de votre côté. Je sais que c'est vous que la police a interrogée au sujet de cette affaire. La mort de Daniel Sutherland.

— Comment vous savez ça ? »

Et voilà : le corps de la jeune fille s'était tendu, prêt à bondir. La fuite ou l'attaque.

« C'est moi qui l'ai trouvé, répondit Miriam. Ma péniche est amarrée à quelques mètres de la sienne – la jolie péniche verte avec un liseré rouge, *Lorraine*, vous avez dû la voir. »

Elle sourit à Laura pour lui laisser le temps de digérer l'information.

« C'est moi qui ai trouvé le corps. C'est moi qui ai appelé la police.

— Sérieux ? souffla Laura en ouvrant grand les yeux. Merde, alors ! Ça devait être flippant. Le voir… comme ça… au milieu de tout ce sang…

— Effectivement. »

Miriam repensa à la plaie béante dans le cou de Sutherland, à ses dents blanches. Elle se demanda si, à cet instant précis, Laura convoquait la même image dans son esprit, et si elles étaient ainsi connectées. Elle voulut croiser le regard de Laura, mais celle-ci repoussa sa chaise, se leva et se pencha au-dessus de l'épaule de Miriam pour ramasser sa tasse vide.

« Est-ce que… Est-ce que vous avez parlé à la police, depuis ? demanda la jeune fille d'une voix plus aiguë. Depuis que vous l'avez découvert, je veux dire. Est-ce qu'on vous tient au courant de… des avancées ? Parce que j'arrête pas de guetter les infos et j'ai l'impression qu'il se passe rien du tout, alors que ça fait plus d'une semaine, maintenant, je crois bien, qu'il est… Enfin, qu'il a été retrouvé, alors… »

Elle se tut. À présent, elle se tenait dos à Miriam et déposait la vaisselle dans l'évier. Son invitée ne répondit pas tout de suite – elle attendit que Laura se retourne pour parler.

« Je vous ai vue partir. La veille du jour où je l'ai trouvé. Je vous ai vue quitter sa péniche. »

Laura écarquilla encore les yeux.

« Et alors ? répliqua-t-elle avec défiance. Je suis allée là-bas, c'est pas un secret. D'ailleurs, je l'ai dit à la police. J'ai pas menti.

— Je le sais bien. Pourquoi auriez-vous menti ? Vous n'avez rien fait de mal. »

Laura se détourna à nouveau. Elle ouvrit le robinet et se mit à rincer les tasses sous le filet d'eau avec des gestes brusques. Cette image serra le cœur de Miriam : elle devinait la victime dans chacun de ses tressaillements, dans son corps entier.

« Vous voulez me raconter ce qui s'est passé ? demanda-t-elle doucement. Vous voulez me raconter ce qu'il vous a fait ? »

Elle retint son souffle, le sang battant à ses tempes ; elle pouvait presque toucher du doigt quelque chose d'important : une confidence, une alliance… une amitié ?

« Je suis de votre côté, répéta-t-elle.

— De mon côté ? s'esclaffa Laura avec un mépris cassant. J'ai pas de côté ! »

Mais ce n'est pas une fatalité, aurait voulu dire Miriam. *Tu pourrais avoir une alliée. Nous deux contre tous ceux qui pensent être les seuls à détenir le pouvoir. Nous pourrions leur donner tort. Nous pourrions leur montrer que nous aussi, nous pouvons être puissantes. Toi et moi, entre ta tour miteuse et mon canal nauséabond, nous ne vivons peut-être pas dans des maisons luxueuses, nous n'avons peut-être pas accès aux salons de coiffure hors de prix, aux vacances à l'étranger et aux tableaux de maître accrochés aux murs, mais cela ne signifie pas pour autant que nous ne sommes rien.*

Il y avait tant de choses que Miriam aurait voulu dire, mais elle devait faire attention et prendre des précautions. Elle ne devait pas se précipiter.

Elle changea de tactique pour tâter le terrain.

« Qu'est-ce que vous savez de la famille de Daniel Sutherland ? »

Laura haussa les épaules.

« Sa mère est morte il y a pas très longtemps. Il m'a raconté que c'était une alcoolique. Il a une tante. Je l'ai rencontrée chez Irene.

— Irene ?

— Une amie.

— Qui est-ce ?

— Une amie, c'est tout. Ça vous regarde pas. »

La jeune fille rit.

« Écoutez, c'était sympa de discuter, tout ça, mais je crois…

— Moi, l'interrompit Miriam, je sais pas mal de choses au sujet de sa famille, et je pense que ça pourrait vous intéresser. »

Mais Laura était adossée au plan de travail et se triturait les ongles. Elle ne l'écoutait même pas.

« Parce que, vous voyez, je pense que c'est peut-être elle, continua Miriam, et Laura leva la tête.

— Elle ?

— Sa tante. Je serais pas surprise qu'elle ait quelque chose à voir là-dedans.

— Dans quoi ? s'étonna Laura, perplexe.

— Dans sa mort ! »

Laura éclata d'un rire bref.

« Sa tante ?! »

Miriam se sentit rougir.

« Il n'y a pas de quoi rire ! rétorqua-t-elle d'un ton indigné. Je l'ai vue là-bas, elle aussi. Je l'ai vue aller sur sa péniche, comme je vous ai vue, vous. Et je pense qu'il s'est passé quelque chose entre eux. »

Désormais, Laura l'observait, les sourcils froncés. Miriam poursuivit :

« Je pense… Et c'est ça, le plus important, je pense que son mari… enfin, son ex-mari, je veux dire, Theo Myerson, je pense qu'il essaie d'étouffer tout ça, parce que… »

Miriam continuait de parler, mais elle voyait dans le même temps la jeune fille passer du scepticisme à l'incrédulité, puis à la suspicion, et elle devina qu'elle était en train de perdre sa confiance. Comment cette gamine pouvait-elle être aussi bornée ? Elle aurait au moins pu comprendre qu'il était dans son intérêt de désigner une autre coupable ! Il était pourtant évident que la théorie de Miriam lui rendrait service, non ?

« Ça semble peut-être un peu tiré par les cheveux, dit enfin Miriam, mais si vous réfléchissez à… »

Laura lui sourit, non sans compassion.

« Je commence à piger… Vous faites partie de ces gens qui aiment bien se mêler de tout, c'est ça ? Vous êtes seule, vous vous ennuyez, vous avez pas d'amis, et vous avez envie qu'on s'intéresse à vous. Et vous pensez que je suis comme vous ! Eh bien, vous vous trompez. Désolée, mais j'ai rien à voir avec vous.

— Laura, reprit Miriam en levant la voix, désespérée. Vous ne m'écoutez pas ! Je crois que…

— Je m'en fous, de ce que vous croyez ! Désolée, mais je pense que vous êtes tarée. Qu'est-ce qui me dit que vous me mentez pas depuis le début, d'ailleurs ? Qu'est-ce qui me dit que vous m'avez vraiment vue, sur la péniche ? Ou que c'est vraiment vous qui avez découvert le corps ? Peut-être que c'est pas vrai, peut-être qu'il était encore en pleine forme quand vous êtes entrée ! Peut-être que c'est vous qui l'avez poignardé ! »

Laura s'avança brusquement vers Miriam, sa bouche toute rouge grande ouverte.

« D'ailleurs, je ferais peut-être mieux d'appeler la police ! s'écria-t-elle avant de se mettre à rire et à sautiller autour de la table en mimant un coup de téléphone. Au secours ! Venez vite ! Il y a une foldingue qui s'est introduite chez moi ! Une hobbit psychopathe ! »

Elle jeta la tête en arrière et hurla de rire telle une forcenée, puis se mit à danser, trop près de Miriam, beaucoup trop près. La femme se leva tant bien que mal et chancela en arrière pour lui échapper.

« Mais qu'est-ce qui ne va pas, chez vous ? » cria Miriam.

La fille continua de ricaner comme une maniaque, perdue dans son monde, le regard dément, ses petites dents blanches pointues brillant dans sa bouche rouge.

Miriam sentit les larmes lui piquer les yeux. Il fallait qu'elle s'en aille, qu'elle sorte de là. Le rire affreux de Laura encore dans ses oreilles, elle s'extirpa de l'appartement avec autant de dignité que possible, parcourut la passerelle du septième et descendit péniblement les innombrables marches, les jambes aussi lourdes que son cœur.

Le temps d'arriver chez elle, Miriam était en larmes. Bien sûr, c'était une réaction un peu excessive face à la cruauté d'une inconnue, mais ça n'avait rien d'inhabituel pour elle. Miriam était hypersensible à la méchanceté, elle le savait, et connaître ses faiblesses ne les faisait pas disparaître. Elle avait perdu le don de se faire des amis quand elle était petite. Une fois disparue, c'était une compétence difficile à recouvrer. Son absence était un cercle vicieux : plus on s'efforçait de se faire apprécier des autres, moins on avait de chances que cela fonctionne ; comme avec la solitude, la plupart des gens devinaient presque aussitôt que la personne devant eux avait un problème, et ils gardaient leurs distances.

Le pire n'était pas ce que Laura avait dit à la fin, les railleries, les moqueries sur son apparence, non, le pire, c'était ce qu'elle avait dit juste avant. *Vous êtes seule, vous vous ennuyez... et vous pensez que je suis comme vous.* Et elle avait raison, Miriam pensait que Laura était comme elle. C'était ça, le pire : Laura l'avait vue telle qu'elle était, elle l'avait comprise. Puis elle l'avait rejetée.

Dans la cabine de sa péniche, côté chambre, Miriam gardait un exemplaire de *Celle qui s'est enfuie*, dont elle avait souligné les passages troublants qui trahissaient des similitudes avec ses propres mémoires. Vers la fin du roman, les pages étaient chargées d'encre bleue, là où elle avait griffonné des phrases qu'elle seule aurait été capable de relire, des diatribes contre Myerson et contre la façon dont il avait perverti son histoire, contre tout ce sur quoi il avait tort, et tout ce sur quoi il avait raison.

Certains détails peuvent changer le cours d'une vie. La terrible épreuve qu'avait vécue Miriam, par exemple, avait commencé par un détail : le moment où Lorraine avait dit qu'elle ne se sentait pas capable de supporter l'haleine fétide de M. Picton pendant deux heures, que la biologie, de toute façon, c'était nul, et que c'était les soldes chez Miss Selfridge. Miriam, elle, ne voulait pas sécher les cours, elle avait peur d'avoir des ennuis.

« Arrête de faire ta mauviette ! » lui lança Lorraine.

Miriam n'avait pas envie de se disputer. Les deux filles venaient juste de se réconcilier après leur dernière querelle au sujet d'un garçon, Ian Gladstone. Alors que Miriam avait le béguin pour lui depuis une éternité, Lorraine et lui s'étaient embrassés à une soirée et Miriam avait fini par l'apprendre.

« Désolée, avait répliqué Lorraine, mais il ne s'intéresse pas à toi. Je lui ai demandé si tu lui plaisais et il m'a dit non. Ce n'est pas ma faute s'il m'a choisie. »

Elles ne s'étaient pas adressé la parole pendant une semaine, mais ce n'était pas comme si elles avaient d'autres amies et, de toute façon, Ian Gladstone n'en valait pas la peine.

« Il embrasse comme une machine à laver », s'était moquée Lorraine en riant avant de faire tourner sa langue dans l'air.

Et donc, un détail.

À la ferme, Jez roula un joint. Il s'était installé sur le canapé défoncé dans la pièce principale, les jambes pliées et, comme le meuble reposait directement sur son assise, il avait les genoux qui remontaient au niveau de son oreille. Il lécha l'extrémité du papier à cigarette de sa grosse langue, roula avec précaution le joint entre son pouce et son index, puis l'alluma et prit une bouffée avant de le tendre à Lorraine. Celle-ci était assise à l'autre bout du canapé, mal à l'aise, tandis que Miriam hésitait sur le seuil de la pièce. Lorraine tira une fois, deux fois, puis agita le pétard à l'attention de Miriam, qui secoua la tête. Lorraine écarquilla les yeux pour lui dire *Allez !*, mais Miriam fit de nouveau non de la tête. Jez se leva, reprit le joint et s'éloigna d'un pas lent dans les méandres de la maison, à l'opposé de la porte d'entrée.

« Quelqu'un veut une bière ? demanda-t-il, au loin.

— On s'en va, siffla Miriam à Lorraine. Je veux partir d'ici. »

Lorraine acquiesça. Elle jeta un coup d'œil par la fenêtre sale en direction de la voiture, puis reporta son attention sur Miriam.

« Je peux peut-être lui dire qu'on doit retourner au lycée ? suggéra-t-elle.

— Non, on n'a qu'à… »

Jez revint, trop vite, deux bières à la main.

« Je crois, commença-t-il sans les regarder, que Lorraine et moi, on va passer un petit moment en tête à tête. »

Lorraine rit.

« Nan, c'est bon… En fait, il faut qu'on y aille. »

Sans crier gare, Jez posa les bouteilles par terre, la rejoignit en deux pas et lui envoya un coup de poing dans le cou.

Miriam sentit ses jambes se transformer en gelée – elle n'arrivait plus à les contrôler. Elle tenta de s'enfuir mais elle n'arrêtait pas de trébucher, et Jez la rattrapa avant qu'elle ait pu atteindre l'entrée. Il la saisit par sa queue-de-cheval et tira en arrière si violemment qu'il lui arracha des cheveux. Elle tomba. Jez la ramena vers le fond de la maison, la traînant sur le plancher crasseux jonché de paquets de cigarettes et de crottes de souris. Lorraine était étendue par terre, ses yeux paniqués grands ouverts ; un petit râle s'échappait de ses lèvres à chaque respiration. Miriam l'appela mais Jez la prévint que si elle ouvrait encore une fois la bouche, il allait la buter.

Il emmena Miriam dans une autre pièce, vide, tout au fond de la maison, et la jeta au sol.

« Attends là, ordonna-t-il. Ça ne prendra pas longtemps. »

Puis il referma la porte et la verrouilla.

(Qu'est-ce qui ne prendra pas longtemps ?)

Elle tourna la poignée, tira sur la porte, poussa, se jeta dessus, essayant désespérément de l'enfoncer.

(Qu'est-ce qui ne prendra pas longtemps ?)

Elle n'en était pas sûre, mais il lui semblait entendre Lorraine pleurer.

(Qu'est-ce qui ne prendra pas longtemps ?)

Dans son dos, il y avait une fenêtre à guillotine juste assez large pour elle. Elle était fermée à clé mais la vitre était vieille et abîmée. Du simple vitrage. Miriam retira son tee-shirt pour l'enrouler autour de sa main et tenta de casser le verre ; hélas, ses gestes manquaient de conviction. Elle avait peur de faire du bruit. Peur de se faire mal.

Elle se dit que ce qui l'attendait serait probablement pire qu'une coupure à la main. Qu'elle n'avait pas beaucoup de temps. Juste le temps que cela prendrait avec Lorraine.

Elle frappa une nouvelle fois, plus fort, puis y mit toutes ses forces et son poing transperça la vitre. Un éclat de verre lui déchira l'avant-bras et lui arracha un cri de douleur. Paniquée, elle enfonça son tee-shirt dans sa bouche pour étouffer le bruit et resta parfaitement immobile, aux aguets. Quelque part dans la maison, elle entendit quelqu'un bouger, un pas lourd qui faisait craquer le plancher.

Miriam retint son souffle. Elle écouta, pria. Elle pria pour qu'il ne l'ait pas entendue, elle pria pour qu'il ne revienne pas. Encore et encore, les larmes roulant sur ses joues, l'odeur de son propre sang plein les narines, elle pria pour qu'il ne vienne pas la chercher.

Il faisait encore jour, dehors. Miriam se précipita d'abord à la voiture, mais il n'avait pas laissé la clé sur le contact. Alors elle s'enfuit en courant le long de la route de terre battue, le sang dégoulinant de sa coupure au bras et de celles qu'elle s'était faites au torse en sortant par la fenêtre. Du sang coulait aussi sur son visage à cause de la plaie sur son cuir chevelu, quand il l'avait traînée par les cheveux.

Au bout d'un moment, trop épuisée pour continuer sa course, elle se mit à marcher. Elle semblait encore loin de la route principale, elle ne se souvenait pas qu'ils avaient mis si longtemps à atteindre la ferme – elle se demanda même si elle ne s'était pas trompée de chemin, mais elle ne se rappelait pas avoir croisé la moindre intersection. Il y avait cette route et aucune autre, cette route qui semblait se poursuivre à l'infini, et personne pour venir à son secours.

La nuit était tombée quand elle entendit le grondement du tonnerre. En levant la tête, elle vit le ciel sans nuages et parsemé d'étoiles brillantes, et comprit qu'il ne s'agissait pas du tonnerre, mais d'une voiture. Sous l'effet du soulagement, ses genoux se dérobèrent sous elle. Quelqu'un arrivait ! Il y avait quelqu'un ! Une brume de joie emplit son esprit l'espace d'un bref instant, avant que la bourrasque glacée de la peur ne la dissipe : la voiture venait de derrière elle. Pas de la route principale, mais de la ferme. Miriam quitta la chaussée en courant. Elle escalada une clôture en fil barbelé, se coupa une énième fois, se jeta dans un fossé. La voiture s'approchait et Miriam entendit le grincement de la transmission tandis qu'elle ralentissait. Le faisceau des phares illumina l'espace au-dessus d'elle. Puis s'éloigna.

Miriam resta un long moment allongée dans le fossé, elle n'aurait su dire combien de temps. Enfin, elle se releva et repassa de l'autre côté de la clôture. La chair de ses bras, de ses jambes et de son torse était lacérée, ses sous-vêtements trempés d'urine et sa bouche pâteuse de sang. Elle se mit à courir, tomba, se releva, courut de nouveau. Enfin, elle atteignit une station essence. Un employé appela la police.

Mais c'était trop tard.

Celle qui s'est enfuie

Ça fait un moment qu'elle crie, à présent, la fille. Elle appelle à l'aide et elle tambourine de toutes ses forces contre la porte jusqu'à ce que ses poings saignent. Elle prononce le prénom de son amie. À voix basse, au début, puis de plus en plus fort, jusqu'à ce que le prénom résonne dans toute la maison et réduise les oiseaux au silence.

Soudain, une porte claque, un bruit assourdissant qui fait trembler les murs, comme un bang *supersonique. La fille n'a jamais entendu un son aussi violent de toute sa vie.*

Elle arrête de crier. Des pas précipités qui se rapprochent. Elle recule, tombe, et rampe se réfugier dans un coin de la pièce. Le dos contre le mur, elle se tient en alerte. Mâchoire serrée, prête à mordre.

Les pas ralentissent, s'arrêtent devant la porte. Elle entend la clé qu'il insère dans la serrure, le claquement du verrou qui tourne. Elle sent le sang qui bouillonne dans ses veines, elle est prête. Elle l'entend soupirer.

« Chut, la grosse. Chut, la moche. C'est pas encore ton tour. »

La porte qui se referme, le verrou qui tourne dans l'autre sens, et le bouillonnement qui se calme. Dans le ventre de la fille, ça fait comme une vague qui briserait un barrage. L'urine chaude s'écoule entre ses jambes et forme une petite flaque sur le sol.

En partant, il fredonne, puis, d'une voix remplie de larmes, il se met à chanter.

« Ce que je t'ai pris, je ne te le rendrai pas. »

21

Chez elle, Carla passait de pièce en pièce pour ouvrir et rouvrir les placards, les armoires, vérifier derrière les portes, bref, examiner tous les endroits où elle aurait pu accrocher le sac contenant la médaille de saint Christophe. Étourdie par l'épuisement, elle se mouvait lentement, avec précaution, comme si elle marchait dans la boue. Régulièrement, son téléphone sonnait. Chaque fois, elle regardait l'écran et voyait que c'était Theo ; il arrivait que son doigt hésite au-dessus de l'icône verte mais elle finissait toujours par flancher à la dernière seconde, et soit elle rangeait le portable dans sa poche, soit elle raccrochait.

Que lui aurait-elle dit ? Lui aurait-elle posé la question de but en blanc ? *Qu'est-ce que tu faisais avec ma sœur ? Qu'est-ce que tu faisais chez elle ?* Cependant, ce n'était pas ça, ce qu'elle voulait lui demander. Elle n'avait pas encore formulé la véritable question. Elle ne s'y était pas encore autorisée.

Carla ouvrit le grand placard sur le palier. Pourquoi y aurait-elle rangé le sac en tissu ? Elle n'avait pas ouvert ce placard depuis une éternité. Il était rempli de vêtements qu'elle ne mettait jamais : des robes en soie, des tailleurs sur mesure, des habits qui appartenaient à une femme qu'elle n'était plus depuis des années. Elle regarda à l'intérieur, hébétée, sans vraiment rien voir, puis referma la porte.

Dans sa chambre, elle s'allongea sur son lit et tira une couverture en laine sur ses jambes. Elle aurait tant voulu dormir, mais dès qu'elle fermait les yeux, elle voyait Theo avec Angela, en train de se disputer devant la maison. Puis l'image changeait et ils se trouvaient à l'intérieur, à se hurler dessus. Dans son esprit, ils avaient remonté le temps. Carla les imaginait tels qu'ils étaient le soir de la mort de Ben : Theo, déchaîné, les yeux fous ; Angela recroquevillée, ses mains délicates placées devant son visage, ses poignets pâles comme seule défense. Carla entendit la voix de Theo :

Est-ce qu'elle était jalouse, tu crois ? Des capacités de Ben ? Tu as toujours raconté qu'elle avait mauvais caractère...

Sanguinaire, poursuivit la voix. *Tu disais qu'elle était sanguinaire.*

Non, elle n'avait pas dit ça, quand même ? « Une imagination sanguinaire », peut-être ? C'était à présent l'imagination de Carla qui la ramenait chez Angela, à Hayward's Place. Theo lui apparut avec son physique d'aujourd'hui, sa silhouette imposante et réconfortante écrasant celle d'Angela, si chétive, qui tentait de se rattraper à la rampe de l'escalier. Carla le vit descendre les marches, enjamber le corps désarticulé de sa sœur. Elle le vit sortir dans la rue et allumer une cigarette.

Elle ouvrit les yeux. Qu'est-ce que cela avait bien pu provoquer, chez lui, de revoir Angela après tant de temps ? se demanda-t-elle. À moins que ça n'ait pas fait « tant de temps », en réalité ? Peut-être s'étaient-ils déjà revus sans qu'elle en ait rien su ? Cela lui faisait du mal de penser à ces deux-là, ensemble, en cachette. Elle était incapable de comprendre pourquoi. Entre tout ça et cette histoire avec Daniel, c'était trop. Carla devenait apathique, le cerveau embrumé par le chagrin.

Elle s'obligea à se relever. La médaille de saint Christophe que son fils n'avait jamais portée, elle devait la retrouver. Elle était forcément quelque part chez elle, puisqu'elle ne se trouvait pas chez Angela. Carla reprit ses recherches de pièce en pièce, ignorant les points noirs qui dansaient devant ses yeux, le bourdonnement sourd dans ses oreilles, ses jambes flageolantes tandis qu'elle descendait d'un pas lourd au rez-de-chaussée pour remonter ensuite, revenir devant le grand placard du palier et regarder à nouveau les robes de soie et les tailleurs bien coupés. Sur la dernière étagère en bas du placard étaient alignées toute une collection de boîtes à chaussures bleu clair. Carla les ouvrit une par une : des bottes en cuir suédé gris, des escarpins à semelles rouges, des sandales vert pomme à talons noirs. Dans la dernière, pas de chaussures, mais un sac plastique rempli de cendres. Carla s'assit par terre et un soupir fébrile quitta ses poumons.

« Te voilà… », songea-t-elle.

Elle n'avait pas réussi à savoir quoi faire d'elle. Quoi faire d'Angela.

Après les obsèques, Daniel et elle étaient revenus ici, chez Carla. Ils s'étaient assis côte à côte sur le canapé et avaient bu un thé dans un silence quasi complet, le sac plastique posé devant eux sur la table basse. Dans la maison, l'air était lourd, l'atmosphère chargée de honte. Daniel, pâle, maigre et émacié, disparaissait presque dans un costume sombre qui sentait la cigarette.

« Où était-elle le plus heureuse ? » avait demandé Carla en examinant le sac. Elle aurait voulu qu'on disperse ses cendres à un endroit où elle était heureuse.

À côté d'elle, elle avait senti Daniel hausser les épaules.

« Je ne me souviens pas l'avoir jamais vue heureuse, avait-il dit.

— Ce n'est pas vrai. »

Il avait reniflé.

« Non, tu as raison. Je me souviens l'avoir vue heureuse à Lonsdale Square. Mais je me vois mal aller disperser ses cendres là-bas, hein. »

Il avait baissé la tête, la bouche entrouverte, le dos voûté.

« Elle est restée seule des jours entiers, avait-il soufflé. En bas, dans cet escalier…

— Daniel… »

Carla lui avait posé une main sur la nuque et s'était penchée vers lui, les lèvres presque contre sa joue.

« … tu ne pouvais pas la surveiller en permanence. »

Elle le pensait vraiment, mais elle pensait aussi : *Je ne pouvais pas la surveiller en permanence.*

« Tu dois vivre ta vie, Daniel, à présent. Il le faut. Il y a déjà eu trop de gens détruits, dans cette famille. »

Il s'était alors tourné vers elle et avait enfoui le visage dans son cou.

« Toi, tu n'es pas détruite », avait-il murmuré.

Carla se baissa et sortit le sac de cendres de la boîte pour le soupeser.

« Maintenant, si. »

22

En triant son courrier, Theo tomba sur une nouvelle lettre de son fan, M. Carter, et, au ton irrité de la missive mais aussi à la façon dont le stylo avait presque transpercé le papier, l'écrivain devina que le lecteur n'était pas content de ne pas avoir reçu de réponse.

Je vous ai laisser mon adresse e-mail justement parce que je pensais que vous me répondriez plus vite comme ça.

J'imagine que vous devez être quelqu'un de très occupé.

Dans ma dernière lettre, je parlais du fait que les gens ont dit que c'était sexiste d'avoir mis en avant le point de vue de l'homme et de ce que vous auriez à répondre à ça, mais moi, je pense que ce qui est sexiste, c'est de n'avoir que le point de vue féminin. Aujourd'hui il y a plein de bouquins écrit par des bonnes femmes alors souvent on n'a que leur point de vue à elles. J'ai lu dans plein d'avis sur Amazon que votre roman « culpabilise la victime » mais il me semble que l'idée, c'est justement qu'« il » a lui aussi été maltraiter par beaucoup de personnes dans sa vie, y compris par « l'amie » et « la fille », non ? Alors dans un sens, lui aussi c'est une victime, et il ne peut donc pas être responsable à cent pour cent. Par contre, je pense que vous l'avez rendu trop faible à la fin de l'histoire. Est-ce que vous regrettez de ne pas avoir écrit ça d'une autre manière ?

Pourrez-vous répondre à mes question par e-mail ?

Merci, cordialement,

Henry Carter

Theo posa la lettre sur sa pile de courriers à traiter ; l'espace d'un instant, il réfléchit à une manière polie d'expliquer à M. Carter que, s'il pensait comme lui que de nombreuses critiques sur Amazon témoignaient d'une incompréhension de ses intentions littéraires, il lui semblait que M. Carter aussi était complètement à côté de la plaque. Il y réfléchit, puis oublia. Après tout, comme l'avait fait remarquer M. Carter, Theo était quelqu'un de très occupé.

Pas à cause de son travail, non, il n'avait rien écrit depuis des jours, trop pris qu'il était par ses inquiétudes. Cela faisait onze jours que Daniel était mort et cinq jours que Theo n'avait pas parlé à Carla. Elle n'était pas en garde à vue – il avait eu l'inspecteur Barker au téléphone, et celui-ci lui avait dit que la police « n'éliminait encore aucune piste » (de nouveau cette formule), mais qu'elle n'avait pas non plus convoqué d'autres suspects potentiels, pas depuis qu'on avait interrogé et relâché la fille, et qu'il n'y avait pas eu d'arrestation.

Theo en avait été à la fois soulagé et déçu. Et la fille ? aurait-il voulu demander. La fille couverte de sang ?

Cependant, il avait été rassuré d'entendre que Carla n'était pas soupçonnée de quoi que ce soit.

Il savait aussi qu'elle n'avait rien car, quand il était venu frapper pour la énième fois à sa porte ce matin-là, il avait ensuite fait un pas en arrière pour scruter les fenêtres, et l'avait entraperçue qui disparaissait derrière un rideau à l'étage. Cela l'avait rendu furieux. Il aurait voulu hurler, tambouriner à la porte, mais il n'en avait rien fait, évidemment. Il y avait déjà eu un incident, l'année précédente, les voisins s'étaient plaints du tapage qu'il avait provoqué. Carla et lui s'étaient disputés, il ne se souvenait plus à quel sujet.

Il se moquait bien des voisins et se fichait de les déranger, mais il savait qu'on vivait une époque où il fallait se montrer prudent : Theo était plus ou moins connu, il pouvait y avoir des conséquences. Tout pouvait se retrouver enregistré, diffusé et disponible à jamais sur Internet ; avec cette « cancel culture », au moindre faux pas, on était pris pour cible par le Web, mis au pilori sur Twitter, sans retour en arrière possible. Un tribunal populaire féroce, mais il ne fallait surtout pas le dire. Ça aussi, ça faisait de vous une cible.

À présent, Theo était certain que la vieille voisine fouineuse avait parlé à Carla. Elle avait dû lui dire que Theo était venu voir Angela. Carla était donc en colère qu'il le lui ait caché. Une réaction attendue, mais qui avait le don de l'agacer. Car combien de fois Carla lui avait-elle menti au fil des années ? Theo n'était pas idiot, il savait qu'elle avait revu sa sœur à plusieurs reprises. Il ne savait pas qu'elle revoyait Daniel, en revanche, et cela lui avait fait un choc – surtout compte tenu de la nature de cette révélation. Mais il ne s'était pas mis à l'ignorer, lui. Il n'avait jamais ignoré ses appels ou refusé de lui ouvrir sa porte. Non, il l'avait soutenue. Et il avait trouvé un autre exutoire pour sa colère.

La dernière fois qu'il avait vu Angela, la toute dernière, Theo avait levé la main. Il n'avait jamais frappé une femme de sa vie, mais avec elle, l'espace d'une seconde ou deux, il y avait pensé. Puis le moment était passé et, au lieu de la frapper, il lui avait craché ce qu'il pensait d'elle, et ç'avait été pire.

Elle l'avait appelé et lui avait laissé un message : elle avait quelque chose à lui dire et aurait préféré le faire en face à face. Pas de larmes, ce jour-là – du moins, pas au début. Elle l'invita à entrer et cette fois, il accepta. Lui aussi avait des choses à dire, et il ne voulait pas le faire dans la rue.

La fois précédente, il avait été déconcerté par son apparence ; cette fois-là, ce fut l'intérieur de la maison qui le prit de court : la moquette tachée, les vitres crasseuses, l'épaisse couche de poussière sur chaque surface… Un sentiment omniprésent de défection accentué par les peintures accrochées au mur dans leurs jolis cadres – on devinait qu'à une époque, Angela avait dû avoir envie de mettre en valeur sa maison.

« J'adore la déco », commenta Theo.

Angela rit, un grondement rauque qui déchira le cœur de son beau-frère. Il se détourna et parcourut du regard les livres alignés sur la bibliothèque à côté de la cheminée. Il s'arrêta sur *Celle qui s'est enfuie*.

« Il paraît qu'il est pas mal, celui-là », dit-il en l'attrapant pour l'agiter devant les yeux de son hôtesse.

Elle rit encore, un peu à contrecœur. Theo lâcha le roman sur la table basse et se laissa tomber lourdement dans un fauteuil en cuir sombre avant de sortir ses cigarettes.

« J'imagine que ça ne te dérange pas ? demanda-t-il sans la regarder.

— Non.

— Tu en veux une ? »

Elle secoua la tête.

« J'essaie d'arrêter. »

Puis elle sourit. Il n'était que 11 h 30 du matin et elle avait déjà les yeux vitreux.

« Tu veux un café ?

— C'est ce que tu bois ? » répliqua-t-il, et à nouveau elle secoua la tête.

Elle finit par s'asseoir sur une chaise en face de lui.

« Ce n'est pas facile, pour moi, tu sais », dit-elle.

Theo eut un bref rire sans joie. Angela se passa une main sur le visage ; son sourire s'était figé et elle avait les traits tirés. Elle se retenait de pleurer.

« J'ai parlé à Daniel, reprit-elle après une minute. J'ai réussi à l'avoir au téléphone. La plupart du temps, il ignore mes appels. »

Theo ne répondit pas.

« Je lui ai dit de te laisser tranquille, et que tu ne lui donnerais plus d'argent.

— C'était quand ? l'interrompit Theo en se penchant pour tapoter sa cendre dans le cendrier, mais il avait mal calculé la distance et manqua sa cible.

— Il y a quelques jours. Il n'a pas vraiment réagi, mais il m'a écoutée, et je crois qu'il… »

Lentement, Theo se leva. Il prit une enveloppe dans la poche intérieure de sa veste et la donna à Angela, qui l'ouvrit pour en sortir une feuille de papier. Elle pâlit, ferma les yeux, puis replia le papier et le remit dans l'enveloppe. Elle la tendit à Theo.

« Non, c'est bon, dit-il froidement. Tu peux la garder. »

Il ne voulait plus revoir ce dessin au crayon de son épouse, ce dessin si délicat qui saisissait avec talent l'expression bizarrement extatique qu'elle arborait dans son sommeil. Daniel l'avait représentée allongée sur le côté, les couvertures repoussées, le corps nu.

« J'ai reçu ça ce matin, poursuivit Theo. Je ne suis donc pas convaincu que votre petite discussion ait eu le moindre effet sur lui. »

Angela se plia en deux, la tête entre les mains ; elle marmonna quelque chose dans sa barbe.

« Qu'est-ce que tu dis ? s'énerva Theo. Je n'ai pas entendu.

— C'est monstrueux, souffla-t-elle en se redressant pour le regarder de ses yeux emplis de larmes. J'ai dit : c'est monstrueux. »

Elle se mordit la lèvre et se détourna.

« Est-ce que tu penses…, commença-t-elle d'une voix hachée. Est-ce que tu penses vraiment qu'ils ont…

— Ils n'ont rien fait du tout ! éclata Theo, qui écrasa brutalement son mégot dans le cendrier. Il n'est pas question d'eux, ici, il est simplement question de lui. Ça ne concerne que lui et son petit fantasme pervers. Et tu sais quoi ? »

Il se tenait au-dessus d'elle à présent, et elle lui parut si menue, si fragile, un petit enfant à ses pieds.

« Je n'arrive même pas à lui en vouloir ! C'est impossible : regarde la vie qu'il a vécue, la maison dans laquelle il a grandi ! Regarde dans quel état est sa propre mère !

— Theo, je t'en prie… »

Elle le dévisageait, les yeux grands ouverts, elle le suppliait, et il leva la main pour la gifler, pour qu'elle cesse de s'apitoyer sur son sort. Il la vit se recroqueviller, terrifiée, et il recula, horrifié par ce qu'Angela était parvenue à provoquer chez lui.

« J'ai de la peine pour lui, conclut Theo. Vraiment. Avec la vie que tu lui as offerte ? Il ne comprend même pas ce qu'est l'amour, il n'a aucune idée de ce que doit être l'amour d'une mère. Comment le pourrait-il ?

— J'ai essayé, sanglota Angela. J'ai essayé…

— Tu as essayé ? rugit-il. Ta fainéantise et ta négligence ont coûté la vie à mon fils. Et comme si ça ne suffisait pas, il a aussi fallu que tu négliges ton propre enfant. Tu l'as expédié à l'autre bout du pays parce qu'il t'empêchait de boire tout ton soûl. Après ça, pas étonnant que ce soit devenu un sociopathe !

— Ce n'est pas un…

— Mais si, Angela, c'est exactement ce qu'il est. Il est cupide, calculateur et manipulateur. Et c'est ta faute. »

Elle garda le silence un instant puis se leva tant bien que mal. Les mains tremblantes, elle prit le livre de Theo et y glissa l'enveloppe qu'il refusait de récupérer avant de le ranger à sa place, dans la bibliothèque. Quand elle se retourna enfin vers lui, elle prit une grande inspiration, comme si elle rassemblait toute son énergie pour une tâche qui allait lui coûter.

« J'ai besoin de…, commença-t-elle en se tordant les mains. Je veux te dire quelque chose. »

Theo leva les paumes au ciel, sourcils levés.

« Je t'écoute. »

Angela déglutit. Elle semblait aux prises avec un dilemme intérieur.

« Et donc ? insista Theo, qui n'avait aucune patience pour ces petits effets d'annonce.

— Je pense qu'il vaut mieux que tu le voies toi-même, dit-elle doucement. Est-ce que… Est-ce que tu veux bien me suivre à l'étage ? »

23

Laura avait tendance à faire une fixation sur les fautes qu'elle avait commises, mais pas nécessairement sur les plus évidentes. Ainsi, elle ne se réveillait pas en sueur au milieu de la nuit en pensant à Daniel Sutherland gisant dans un bain de sang sur son bateau, et elle n'était pas du tout obsédée par le type à qui elle avait planté une fourchette dans la main. Non, la chose qui n'arrêtait pas de lui revenir, la chose qui la faisait rougir de honte et lui causait des nœuds inextricables à l'estomac, c'était l'incident dans le bus, la fois où elle avait pris cette pauvre femme à partie et l'avait traitée de grosse vache. Elle n'arrêtait pas de revoir son expression humiliée, blessée ; dès qu'elle y repensait, les larmes lui montaient aux yeux.

Laura avait même envisagé de refaire le trajet dans l'espoir de tomber à nouveau sur elle. Elle se serait excusée, lui aurait expliqué qu'elle avait une sorte de maladie qui faisait que lorsqu'elle était stressée, fatiguée ou en colère, il lui arrivait de dire des choses qu'elle ne pensait pas (ce qui était faux, évidemment – toutes ces horreurs, elle les pensait vraiment –, mais cette malheureuse passagère n'avait pas besoin de le savoir). Hélas, elle ne se souvenait plus de quel bus il s'agissait.

Une chose en entraînant une autre, penser à cette femme l'avait amenée à se remémorer le choc et la peine sur le visage de Miriam lorsqu'elle s'était moquée d'elle. Miriam était une femme étrange et rebutante, et Laura n'éprouvait pas la même culpabilité vis-à-vis d'elle que vis-à-vis de sa voisine du bus, en tout cas elle n'avait pas les larmes aux yeux en repensant à elle, mais quand même. Sa réaction avait été assez déplacée, d'une cruauté injustifiée. Bien sûr, ça n'avait pas été son intention. Encore une fois elle s'était simplement laissé emporter. Mais bref, à défaut de pouvoir présenter ses excuses à la passagère, elle pouvait toujours s'excuser auprès de Miriam. Au moins, elle, elle savait où elle habitait.

Elle trouva le *Lorraine* à l'emplacement exact qu'avait indiqué Miriam, à quelques mètres à peine de l'endroit où avait été amarrée la péniche de Daniel. Celle-ci avait disparu, à présent, remplacée par un autre bateau beaucoup plus chic et beaucoup plus propre, sur le toit duquel était attaché un vélo flambant neuf. C'était étrange, de se retrouver là – c'était comme si toute trace de Daniel avait été effacée. Étrange, mais dans le bon sens du terme : on aurait dit que rien ne s'était passé, que tout ça n'avait été qu'un rêve. Regardez ! La vilaine péniche bleue n'est plus là ! Et cette chose que vous pensiez avoir vécue ? En fait, c'était un cauchemar. Vous pouvez vous réveiller, maintenant.

Le *Lorraine* n'avait rien à voir avec l'épave sur laquelle avait vécu Daniel. C'était une jolie péniche verte avec des finitions rouges, il y avait des plantes en pot bien entretenues sur le toit, des panneaux solaires d'un côté. L'ensemble semblait propre, bien rangé, entretenu. Une vraie maison, un lieu de vie.

Laura resta plantée devant quelques instants, sans oser quitter le chemin de halage, se demandant sur quoi il fallait frapper pour attirer l'attention de quelqu'un vivant sur un bateau (un carreau ? Ça semblait un peu intrusif), lorsque Miriam apparut soudain sur le pont arrière. Ses cheveux frisés détachés lui tombaient sur les épaules, rappelant un peu la forme évasée de la robe en lin qu'elle portait. Laura remarqua que ses jambes et ses pieds nus aux longs ongles jaunissants étaient très pâles, comme s'ils n'avaient pas vu le soleil depuis une éternité. Un peu rebutée, elle fit un pas en arrière, un mouvement qui attira l'attention de Miriam.

« Qu'est-ce que vous me voulez ? » aboya celle-ci.

Laura ne trouva rien d'autre à répondre que :

« Vous avez vraiment un très joli bateau. »

Miriam croisa les bras sur sa poitrine et toisa l'arrivante. Celle-ci, mal à l'aise, commença à se ronger les ongles.

« Je suis venue parce que je voulais m'excuser pour mon attitude l'autre jour, reprit Laura. Je voudrais vous expliquer pourquoi…

— Ça ne m'intéresse pas, la coupa Miriam, mais elle ne fit aucun mouvement pour retourner dans la cabine et continua à regarder fixement Laura.

— Je dis des trucs idiots. Je le fais tout le temps, c'est pas… Enfin, si, c'est ma faute, mais c'est pas quelque chose que je contrôle toujours. »

Miriam hocha la tête. Elle écoutait.

« C'est une espèce de maladie, en fait, poursuivit Laura. Ça s'appelle la désinhibition. C'est à cause de l'accident. Je vous en ai parlé, non, de cet accident que j'ai eu quand j'étais petite ? »

Elle fit un pas en direction du bateau.

« Écoutez, je voulais juste m'excuser. Je vous ai dit des horreurs alors que vous vouliez simplement m'aider. Je le vois bien, maintenant. Je suis désolée. »

Miriam continua à la défier du regard quelques secondes de plus, puis elle fit mine de rentrer dans la cabine, pour se retourner au dernier moment et lancer à Laura d'un ton bourru :

« Maintenant que vous êtes là, vous n'avez qu'à entrer. »

« C'est vraiment chouette, ici, commenta Laura en arpentant la cabine de long en large. C'est... douillet. Je savais pas qu'une péniche pouvait être aussi accueillante. »

Miriam acquiesça. Elle avait les lèvres pincées, mais ses joues avaient retrouvé de la couleur, et Laura lut dans ses yeux qu'elle appréciait le compliment. Miriam proposa de faire du thé, mit la bouilloire sur le feu et prit des tasses dans un placard. Pendant ce temps, Laura continuait d'observer son nouvel environnement, passant les doigts sur le dos des livres, jusqu'à ce qu'elle tombe sur un cadre photo où on voyait Miriam entourée de ses parents.

« Mais c'est vous ! s'exclama-t-elle. Ça se voit tout de suite ! Vous avez pas beaucoup changé. »

Vous étiez déjà moche comme un pou, pensa-t-elle, mais elle se contenta d'ajouter :

« Votre mère et votre père ont l'air très gentils.

— Ils l'étaient, répondit Miriam en prenant place sur la banquette située à l'opposé de l'endroit où se tenait Laura.

— Oh ! fit Laura. Ils sont morts ? Je suis désolée. Mes parents à moi, c'est la misère. Mais je vous l'ai déjà dit, non ? Mon père fait ce qu'il peut, mais ma mère, c'est une vraie saleté, et le pire, c'est que malgré toutes les crasses qu'elle me fait, je finis toujours par lui pardonner. Je sais pas pourquoi. C'est plus fort que moi. »

La bouilloire siffla et Miriam la retira de la cuisinière. Une fois de plus, elle croisa les bras et observa Laura, l'air songeur.

« Parce que vous êtes abîmée par la vie, lâcha-t-elle. Ce n'est pas une critique, seulement une observation. Quand vous étiez plus jeune, vous avez subi des choses qui vous ont marquée. Des choses qui vous ont laissé des cicatrices, visibles ou non. »

Laura acquiesça et recula jusqu'à avoir le dos collé à la bibliothèque.

« Quand je suis venue chez vous et que vous vous êtes moquée de moi – non, non, ne dites rien, écoutez-moi jusqu'au bout –, je vous ai expliqué que nous n'étions pas si différentes, toutes les deux, et vous avez répondu que si. Mais vous aviez tort. Si je vois que vous êtes abîmée, c'est parce que je le suis aussi. Moi aussi, il m'est arrivé quelque chose quand j'étais petite. Quelque chose qui m'a marquée pour toujours. »

Laura se faufila vers le fond de la cabine jusqu'à la banquette qui courait sur tout un côté, s'assit et croisa les jambes.

« Comment ça ? demanda-t-elle, curieuse. Qu'est-ce qui s'est passé ? »

Miriam souleva la bouilloire, puis la reposa presque aussitôt sur la cuisinière et se tourna vers Laura.

« Quand j'avais quinze ans, murmura-t-elle, l'air grave, j'ai été enlevée. »

Laura ne s'attendait tellement pas à une révélation pareille qu'elle faillit éclater de rire. Heureusement, elle parvint à se plaquer une main sur la bouche juste à temps.

« Vous… Vous avez été enlevée ? Sérieux ?

— J'étais avec une amie. On avait décidé de sécher les cours et on faisait du stop. Un homme s'est arrêté et il… il nous a emmenées dans une maison. Une ferme isolée. Il m'a enfermée dans une pièce. »

Miriam détourna le regard et Laura vit ses petits doigts boudinés s'agripper au bord du plan de travail.

« Il a verrouillé la porte, mais j'ai réussi à casser un carreau et à m'échapper.

— La vache ! C'est… incroyable. »

Laura avait dit cela au sens premier du terme – elle ne savait pas si elle devait croire ce que lui racontait Miriam.

« Mais c'est horrible ! ajouta-t-elle. Vous avez été blessée ? »

Miriam fit oui de la tête.

« Merde. Je suis désolée, c'est… Franchement, c'est flippant. Et votre amie, elle aussi, elle a été blessée ? »

Miriam ne répondit rien. Elle resta immobile, mais Laura vit ses phalanges blanchir à force de serrer le plan de travail.

« Miriam ?

— Je n'ai pas pu l'aider, murmura Miriam. Je me suis enfuie.

— Oh non. Oh, mon Dieu. »

Pour une fois, Laura ne savait pas quoi dire. Elle secoua la tête, la main sur la bouche, et deux grosses larmes se mirent à rouler sur ses joues.

« Vous voulez dire que… ? »

Miriam eut un petit hochement de tête affirmatif.

« Oh, mon Dieu ! répéta Laura. Et c'était quand, ça ? Je veux dire, vous aviez quinze ans, donc c'était quoi, les années 1970 ?

— Les années 1980.

— Et… qu'est-ce qui s'est passé, ensuite ? La vache… J'arrive même pas à imaginer à quel point ça a dû être difficile pour vous. »

Pendant un long moment, Miriam resta plantée là sans rien dire, à la regarder, puis elle tourna les talons et se glissa par une petite porte qui devait mener à l'espace nuit situé à l'extrémité de la péniche. Quand elle reparut dans la cabine, elle tenait à la main une épaisse liasse de documents.

« Si ça vous intéresse vraiment, dit-elle, vous n'avez qu'à lire ça. C'est un livre que j'ai écrit sur le sujet. Ce qui s'est passé, comment ça m'a affectée. »

Miriam offrit le manuscrit à Laura en rougissant, le regard brillant.

« Si vous voulez, je vous le prête. »

Sans réfléchir, Laura secoua la tête.

« Je ne suis pas une grande lectrice », dit-elle, et elle vit Miriam serrer brusquement les pages contre sa poitrine.

Toute chaleur avait disparu de ses yeux et ses lèvres se figèrent en un rictus amer.

« Mais je… je serais ravie de le lire », balbutia Laura en tendant la main.

Comme Miriam reculait, elle ajouta :

« C'est juste que ça risque de me prendre un certain temps parce que je suis, genre, archi-lente. Pas lente dans la tête, hein, même si c'est ce que doivent penser plein de gens, pourtant quand j'étais petite j'étais très douée et on m'a raconté que je lisais tout le temps, mais après l'accident, j'arrivais plus à me concentrer sur rien, alors j'ai perdu l'habitude, vous comprenez ? »

Elle se mordit la lèvre.

« J'aimerais beaucoup le lire. Ça a l'air… »

De quoi ça avait l'air, au juste ? Horrible. Bouleversant.

« Ça a l'air tellement intéressant. »

Miriam lui tendit le manuscrit d'un geste prudent.

« Je ne suis pas pressée. Mais s'il vous plaît, prenez-en soin.

— Je le quitterai pas des yeux », promit Laura en hochant vigoureusement la tête avant de ranger les documents dans son sac à dos.

Après ça, il y eut un long silence gêné, durant lequel Laura n'arrêtait pas de jeter des regards pleins d'espoir en direction de la bouilloire.

« Est-ce que la police a repris contact avec vous ? » demanda Miriam.

Laura secoua la tête.

« C'est plutôt une bonne nouvelle, non ?

— J'imagine. Je sais pas, en fait. J'arrête pas de vérifier si l'enquête a… progressé, mais faut croire que non.

— C'est ce que j'ai cru comprendre aussi. »

Le silence gêné reprit de plus belle.

« Il n'était pas question d'un thé ? demanda Laura.

— Ah, mais oui, bien sûr ! » s'exclama Miriam, visiblement soulagée à l'idée d'avoir quelque chose à faire.

Elle reprit là où elle s'était arrêtée, mais se rendit compte au bout de quelques instants qu'elle n'avait pas de sucre (or, Laura en prenait deux cuillerées et demie) et annonça qu'elle sortait en emprunter au café situé un peu plus haut sur le chemin de halage.

Une fois seule, Laura se leva de la banquette et se mit à inspecter les lieux. La cabine était beaucoup plus charmante que ce à quoi elle s'était attendue. En même temps, à quoi s'était-elle attendue ? Une péniche sale et triste, comme celle de Daniel ? Peut-être. En attendant, ce bateau était beaucoup plus agréable que son propre appartement. Il y avait des plantes, des photos, des livres de cuisine. Et des couvertures, certes vieilles et élimées, mais pleines de couleurs et bien pliées dans un coin. Et puis ça sentait bon ! Une odeur de feu de bois et de citron. Quant aux différentes surfaces, elles étaient d'une propreté immaculée.

Sur la bibliothèque qui se trouvait à côté du poêle à bois, Laura avisa une petite pendule d'officier dorée. Elle la prit, la soupesa. Au-dessus de la bibliothèque, il y avait une étagère sur laquelle se trouvait une boîte en bois. Laura fut surprise de découvrir qu'elle n'était pas fermée à clé. Elle attrapa la boîte et la posa sur la banquette. À l'intérieur, elle découvrit une paire de boucles d'oreilles en or – des créoles qui ne correspondaient pas du tout au style de Miriam. Elle les glissa dans sa poche et continua sa fouille. Une croix en argent avec un petit Jésus dessus, la plaque d'un collier de chien, un galet gris, une lettre adressée à Miriam, une clé et son porte-clés.

Laura fut si surprise de la voir qu'elle ne la reconnut pas tout de suite. Ce n'était pas n'importe quelle clé ! C'était la sienne, celle de son appartement, avec son porte-clés en bois en forme d'oiseau. Elle la prit et la tint quelques instants à la lumière. C'est alors qu'elle entendit un craquement derrière elle. Un mouvement, une ombre, puis une voix tonnante.

« Non mais, vous vous croyez où, là ? »

Laura se retourna si vite qu'elle faillit tomber de la banquette. Miriam se tenait dans l'encadrement de la porte, un bocal de sucre à la main, le visage rouge de colère.

« Qu'est-ce qui vous prend de fouiller dans mes affaires ?

— Vos affaires ? s'emporta Laura, prête à contre-attaquer. Et les miennes, d'affaires, on en parle ? Je peux savoir ce que vous foutez avec la clé de chez moi ? »

Miriam entra dans la cabine et posa le bocal de sucre sur le plan de travail.

« Je l'ai trouvée, répondit-elle sèchement, comme si elle était offusquée que Laura ose douter de sa bonne foi. Je comptais vous la rendre, mais j'ai oublié. Je…

— Vous avez oublié ? Vous étiez dans mon appartement l'autre jour, et il vous est pas venu à l'idée de me dire que vous aviez ma clé ? Où est-ce que vous l'avez trouvée, d'abord ? Où… ? Mais… c'est du sang, ça ? »

Laura fit tourner la clé entre ses doigts.

« Putain, mais elle est couverte de sang ! »

Elle lâcha l'objet comme s'il lui brûlait les mains et s'essuya sur son jean.

« Pourquoi vous l'avez prise ? insista-t-elle, les yeux écarquillés. Vous m'avez dit que vous étiez entrée chez Daniel après mon départ, mais je comprends pas pourquoi… Pourquoi vous avez pris ma clé ? »

Laura commençait à avoir un mauvais pressentiment. Un très mauvais pressentiment. Et le fait que Miriam se tenait entre elle et la sortie n'aidait pas. Une grosse masse de chair qui lui bloquait le passage, les bras croisés, et qui secouait la tête sans rien dire, comme si elle réfléchissait, comme si elle cherchait une excuse. Laura sentit son estomac se nouer. Quelques jours plus tôt, lorsqu'elles étaient toutes les deux dans son appartement, Laura avait blagué en disant que c'était peut-être Miriam qui avait tué Daniel, mais, maintenant, elle commençait à se demander si ce n'était pas la vérité, elle commençait à se demander toutes sortes de choses. Cette femme était dérangée, cette femme était une victime, cette femme était complètement cinglée.

« Je l'ai vue, dit enfin Miriam, le visage dépourvu d'expression et la voix neutre, sans plus aucune trace de colère. J'ai vu la clé par terre, à côté de lui. Il était tout pâle, et il avait l'air… Oh ! »

Elle soupira. Un long soupir, comme si son corps se vidait de tout son air.

« Son corps était dans un tel état…, ajouta-t-elle en secouant la tête, les yeux fermés. Mais bref, j'ai vu la clé, et je l'ai prise. »

Tout en parlant, elle mima partiellement l'action de se baisser et de ramasser un objet.

« Je l'ai fait pour vous protéger, Laura. Je vous protège depuis le début. J'ai mes raisons… »

Complètement cinglée.

« Je ne veux pas de votre protection ! s'écria Laura, et elle sentit la panique la gagner en entendant la peur dans sa propre voix. Je ne veux rien de vous ! Je veux juste sortir… »

Elle attrapa son sac à dos, essaya d'écarter la lourde masse de Miriam de l'étroit passage devant la porte de la cabine.

« Laissez-moi sortir, s'il vous plaît… »

Miriam refusa de bouger. Pire, elle la poussa, et Laura perdit l'équilibre.

« Ne me touche pas ! s'écria Laura. Ne me touche pas ! »

Il fallait absolument qu'elle sorte, qu'elle descende au plus vite de ce bateau. Elle avait l'impression d'étouffer. Mais surtout, elle avait l'impression d'avoir été replongée dans son cauchemar, celui où elle se trouvait sur la vilaine péniche de Daniel et où il se moquait d'elle. Elle avait le goût de sa chair dans la bouche, et elle crachait en criant :

« Laisse-moi laisse-moi laisse-moi. »

Elle luttait avec quelqu'un, empoignait des mèches de cheveux gras, poussait de toutes ses forces pour se dégager.

« Laisse-moi laisse-moi. »

Elle sentait une odeur de sueur, de mauvaise haleine, et elle montrait les dents, prête à mordre.

« Ne me touche pas, cria-t-elle, et Miriam criait aussi. Ne me touche pas ne me touche pas ne me touche pas. »

Celle qui s'est enfuie

Bras dessus, bras dessous, la fille et son amie marchent sur le bord de la route, le pas légèrement titubant. Elles rentrent chez elles après avoir passé la fin d'après-midi devant le pub minable du centre-ville. La fille se sent heureuse, le gin l'a rendue joyeuse, et elle aime sentir la peau chaude du bras de son amie contre le bourrelet qui dépasse de son tee-shirt.

Une voiture approche, son amie lève le pouce sans trop y croire. Une vieille Golf jaune cabossée, dont les autocollants de tuning se décollent, les dépasse. Ralentit. La fille et son amie se regardent et éclatent de rire. Elles courent vers la voiture et, lorsque la portière s'ouvre, la fille entend une mélodie, quelqu'un qui chante, une voix d'homme, grave et rocailleuse. Elle aperçoit le cou du conducteur, tout éraflé et rouge.

« Non, dit-elle à son amie. Arrête. »

Mais son amie a déjà pris place sur le siège passager et lance au conducteur :

« Alors, tu nous emmènes où comme ça ? »

24

Il y avait des pissenlits et des pâquerettes autour de sa pierre tombale, des taches jaune d'or et crème sur l'herbe ; celle-ci n'était pas tondue, mais le résultat ne faisait pas négligé pour autant, cela donnait plutôt une impression de végétation luxuriante. Carla aurait voulu s'allonger à même cette herbe, elle aurait voulu s'allonger, s'endormir et ne plus se réveiller. Elle avait apporté une couverture en cachemire rouge qu'elle étala par terre puis, au lieu de s'étendre, elle se mit à genoux et se pencha en avant, comme pour prier. Les doigts posés sur le sommet de la stèle en granit noir qui détonait encore par sa nouveauté parmi les tombes plus grises et envahies de mousse, elle souffla :

« Joyeux anniversaire, mon chéri. »

Elle se redressa et s'autorisa à pleurer quelques minutes, de brefs sanglots entrecoupés de hoquets. Puis elle s'essuya les yeux, se moucha et s'assit en tailleur, le dos droit, pour attendre. Bientôt, elle vit Theo qui s'avançait sur le chemin, comme elle l'avait prédit. Il leva une main pour la saluer. Carla sentit son cœur battre faiblement dans le creux de sa gorge.

Theo s'arrêta à quelques pas d'elle.

« J'étais inquiet, tu sais », dit-il, mais elle sut au ton de sa voix et à son expression qu'il n'était pas fâché.

Il avait l'air penaud, le même air que le jour où elle avait découvert l'aventure avec l'attachée de presse. Donc, il savait. Il savait qu'elle savait pour Angela ; du moins, qu'il y avait quelque chose à savoir au sujet d'Angela.

« J'ai perdu la médaille de saint Christophe de Ben », dit-elle en se décalant pour lui faire une place sur la couverture.

Theo s'assit lourdement et se pencha pour l'embrasser mais elle se déroba.

« Non.

— Où l'as-tu perdue ? demanda-t-il, les sourcils froncés. Qu'est-ce que tu faisais avec ?

— Je… Je ne sais pas. Si je savais où je l'avais perdue, elle ne serait pas perdue ! Je l'avais sortie pour… pour la regarder, c'est tout. Je l'ai cherchée partout. »

Il acquiesça et prit le temps de l'examiner tout entière.

« Tu as une sale tête, Carla.

— Super, merci. Les deux dernières semaines n'ont pas été évidentes. »

Puis elle se mit à rire. Un petit gloussement, d'abord, qui se transforma rapidement en un véritable fou rire. Elle rit jusqu'à ce que les larmes roulent sur ses joues, jusqu'à ce que Theo tende la main pour les essuyer, et elle recula une nouvelle fois.

« Ne me touche pas. Pas tant que tu ne m'auras pas dit la vérité. Je refuse que tu me touches tant que tu ne m'auras pas dit ce que tu as fait. »

Une partie d'elle aurait voulu fuir, l'autre désirait ardemment l'entendre tout nier.

Theo se frotta le front du bout de l'index et colla le menton à la poitrine.

« Je suis allé voir Angela. Daniel m'avait contacté pour me demander de l'argent et je lui en avais donné, mais après cela, il en voulait toujours plus. Voilà. Tu sais tout. »

Carla enfonça les doigts dans l'herbe, arracha une motte de terre et la remit à sa place.

« Pourquoi tu ne m'en as pas parlé, Theo ? Pourquoi tu ne m'as pas dit que Daniel t'avait contacté ? Il t'a contacté, toi ! »

Theo haussa les épaules.

« Je ne sais pas. Je ne sais pas ! Je ne savais pas ce qui se passait et, en toute franchise… »

Il la regarda droit dans les yeux.

« … je n'étais pas sûr de vouloir le savoir. »

Carla sentit sa peau rosir depuis son cou jusqu'à ses pommettes.

« Alors tu es allée la voir… une fois ? Juste cette fois-là, Theo ?

— Deux fois, répondit-il à voix basse. La deuxième fois, c'est elle qui m'a demandé de passer, et j'y suis allé. Je ne pouvais pas t'en parler, Carla, c'était… »

Il expira longuement.

« C'était juste avant sa mort. Je suis allé chez elle et, environ une semaine après, on l'a retrouvée en bas de l'escalier. Ça aurait pu donner de fausses idées.

— De fausses idées, répéta Carla doucement. Est-ce qu'elles auraient vraiment été si fausses que cela ?

— Carla… »

Il lui prit la main, elle le laissa faire.

« Je ne veux pas discuter de ça ici, d'accord ? C'est l'anniversaire de Ben. Ses dix-huit ans. Je ne veux surtout pas penser à elle aujourd'hui.

— Pourquoi t'a-t-elle demandé d'aller la voir ? » insista Carla.

Theo ne répondit pas. Il se pencha vers elle, l'embrassa sur la bouche, et elle se laissa faire.

« Tu m'as manqué, dit-il. Je n'aime pas quand tu disparais. »

Ils restèrent ainsi un moment en silence, main dans la main. Theo avait apporté une flasque de cognac qu'ils se firent passer à plusieurs reprises, prenant chacun leur tour une gorgée.

Une fois que l'alcool lui eut réchauffé la poitrine, Carla demanda :

« Qu'est-ce que tu changerais, si tu pouvais revenir en arrière ? Est-ce que tu m'épouserais tout de même, sachant la suite ?

— Évidemment que je t'épouserais. Je…

— Moi, je ne pense pas que je t'épouserais », le coupa-t-elle, et Theo tressaillit.

Elle lui serra la main et la relâcha.

« Je ne dis pas ça pour te faire de la peine, mais si j'avais su, je ne pense pas que j'aurais pu t'épouser. Alors qu'au bout du compte, ça serait peut-être arrivé quand même avec quelqu'un d'autre.

— Qu'est-ce que tu veux dire ? »

Il lui attrapa le poignet – celui-ci était si fin qu'il pouvait en faire le tour avec le pouce et l'index. De l'autre main, il lui effleura le visage. Il essaya de faire pivoter son menton pour qu'elle le regarde, mais elle se dégagea.

« Le poison. Il vient de moi. De ma famille.

— Tu n'es pas ta sœur », affirma Theo.

Enfin, elle accepta de le regarder en face.

« Tu devrais lui pardonner, Theo. »

Theo voulait que Carla rentre avec lui. Comme elle insistait pour rester plus longtemps, il lui proposa d'attendre avec elle, mais elle finit par le convaincre de partir – non sans qu'il réussisse à lui fourrer dans la main une clé USB contenant le premier jet de son nouveau roman afin qu'elle le lise.

« Theo, tu es sérieux ? J'ai beaucoup de choses en tête, en ce moment, tu sais ? Je n'ai toujours pas…, continua-t-elle avant de laisser s'éteindre sa voix. Je n'ai toujours pas prévu quoi que ce soit pour les obsèques de Daniel. Je dois d'abord attendre que le médecin légiste ait rendu son rapport, et seulement ensuite je…

— Je vais m'en occuper, répondit Theo en lui remettant la clé entre les mains. Je peux me charger de l'organisation, et j'appellerai la police pour savoir où en est le rapport du légiste mais… Carla, tu as toujours été ma première lectrice. Tu ne peux pas arrêter comme ça, c'est impossible. »

Carla le regarda naviguer entre les pierres tombales d'un pas chancelant (la faute au cognac), baigné d'un rayon de soleil qui le suivit jusqu'à la route. Elle patienta un instant afin de s'assurer qu'il était bien parti, qu'il ne revenait pas, qu'il ne s'attardait pas pour la surveiller de loin, puis elle sortit de sa poche une poignée de cendres qu'elle répartit sur l'herbe autour de la tombe de Ben.

Elle s'efforça de retrouver dans ses souvenirs l'intonation traînante de sa sœur, son rire rauque.

« Tu te souviens de cette maison, à Vaugines ? » lui avait un jour demandé Angela, des années plus tôt.

Elles étaient installées sur le canapé dans le salon chez Angela, à Hayward's Place, dans un soleil pâlot qui traversait les rideaux à moitié tirés, baignant la pièce d'une lumière jaune sale. Angela était assise les pieds sous les fesses et fumait en se triturant les ongles. Ses mains ne tremblaient pas – elle avait donc déjà bu au moins un verre.

« Tu sais, le mas dans l'oliveraie, avec toutes ces sculptures de têtes d'animaux accrochées aux murs ? Daniel et moi dormions dans la dépendance près de la piscine. Ben était encore un tout petit bébé. »

Entre ses deux mains, elle indiqua la taille de l'enfant.

« Tout chaud, tout parfait, une vraie petite miche de pain.

— Évidemment que je m'en souviens, répondit Carla. C'était les premières vacances de Ben. Theo et moi avons passé tout notre temps à dormir sur les grandes chaises longues à l'ombre des arbres, allongés avec lui bien calé entre nous deux. »

Elle ferma les yeux.

« Qu'est-ce que c'était, comme arbres ? Des chênes, tu penses ? Des platanes ?

— Et ces couchers de soleil, poursuivit Angela. Extraordinaires, tu te souviens ? Et la quantité de rosé que nous avons bue !

— Tous les soirs, c'était la guerre pour faire sortir Daniel de la piscine ! Tu te rappelles la fois où il a piqué une colère parce qu'il voulait absolument apprendre à nager à Ben, et qu'on n'arrêtait pas de lui répéter que son cousin était beaucoup trop petit ?

— Ah bon ? Il a fait ça ? s'étonna Angela, avant de se pencher pour écraser sa cigarette dans le cendrier posé sur la moquette. Ça paraît impossible à croire, non ? Quand on y pense aujourd'hui, dans un tel endroit… »

D'un geste, elle désigna la pièce laide dans laquelle elles se trouvaient.

« … Ça semble inimaginable qu'on ait pu être aussi heureux, tous. Un tel bonheur, anéanti. »

Les mains de Carla se mirent à trembler, ses bras, ses jambes, tout son corps se mit à trembler et elle se leva pour dévisager d'un regard dur sa sœur qui pleurait sur sa joie perdue.

« Inimaginable, avait croassé Carla. C'est vrai, ça. Un moment d'inattention, une ou deux heures de négligence, de distraction, une porte qu'on laisse ouverte. Et voilà où nous en sommes. »

Elle se souvint de la façon dont sa sœur l'avait fixée alors, les yeux vitreux, la bouche entrouverte sans émettre aucun son.

Carla prit une autre poignée de cendres qu'elle porta à ses lèvres, puis elle la posa dans l'herbe et l'enfonça dans le sol du bout des doigts.

Celle qui s'est enfuie

Elles ont décidé de sécher les cours et sortent du lycée sans se faire voir. Il y a un bus qui permet de rejoindre le centre-ville. Un par heure, qui passe à la demie.

« Dépêche-toi ! » lui lance son amie en relevant légèrement sa jupe avant de se mettre à courir en gesticulant pour attirer l'attention du chauffeur.

La fille suit comme elle peut, son sac à dos sur l'épaule, ses gros seins ballottant à chaque foulée. Elles montent dans le véhicule et se dirigent vers le fond, loin du chauffeur au sourire narquois et des passagers maussades.

Dès l'instant où elle descend du bus, la fille regrette d'être venue. Il fait une chaleur épouvantable et les trottoirs grouillent de monde. Il n'y a rien à faire ici, nulle part où aller. Alors la fille et son amie passent de boutique en boutique et regardent des vêtements qu'elles n'ont pas les moyens de se payer. Elles s'arrêtent au tabac, achètent les cigarettes les moins chères, celles au goût âcre qui vous raclent la gorge, et elles fument sans s'arrêter jusqu'à avoir la nausée.

Après quoi elles se rendent au pub, mais le barman refuse de les servir. Alors elles s'assoient à une table à l'extérieur, remontent leur jupe pour se faire bronzer les jambes. Les vieux pervers à la table d'à côté leur lancent des regards lubriques. Un homme plus jeune approche, les observe, ou plutôt observe l'amie, et il sourit. Il est laid, ses yeux sont trop rapprochés et il a le cou rougi par l'acné. L'amie lève les yeux au ciel.

« Dans ses rêves », dit-elle à la fille, et elle éclate de rire.

Quelque part, de la musique retentit. Un autoradio, peut-être, ou un juke-box. La fille a déjà entendu cette chanson, une mélodie lente à la guitare acoustique, et au-dessus une voix d'homme douce et rocailleuse. Sous le soleil écrasant, la peau de la fille est glacée. Elle a l'impression qu'on l'a aspergée d'essence et pourtant, il y a un point à l'arrière de son crâne, à l'endroit de sa queue-de-cheval, où la chaleur lui paraît intenable.

Quelque chose de terrible est sur le point d'arriver, elle le sent.

25

Le lavabo était presque plein. Les mains plongées jusqu'aux poignets dans l'eau tiède et savonneuse, Miriam fit soudain l'expérience d'un flash-back si vif et net qu'elle sursauta. Ce n'était pas une vision mais une sensation : la chaleur surprenante du sang jaillissant d'une artère sectionnée et bouillonnant entre ses doigts et, juste après, le choc de la déception. Du chagrin. Impossible de revenir en arrière, à présent. Elle resta debout devant son lavabo dans sa minuscule salle de bains, les bras dans l'eau, incapable de remuer pendant une minute, peut-être même deux. Dans la main droite, elle tenait une brosse à ongles et, dans la gauche, une paire de ciseaux qu'elle serrait, presque tétanisée.

L'effet passa, ses doigts se détendirent et elle reprit ses esprits. Elle retira le bouchon et regarda le liquide disparaître dans la bonde, puis elle reposa la brosse et les ciseaux sur l'étagère fixée sous le miroir. Avec précaution, elle versa de la lotion antiseptique sur un morceau de coton et tapota les égratignures sur son cou et ses bras. Enfin, elle attrapa les pansements qu'elle avait découpés dans un rouleau et les appliqua sur les plaies les plus larges, sur le côté de l'avant-bras gauche.

Après cela, Miriam retourna dans la pièce principale de sa cabine et commença à remettre de l'ordre. Elle ramassa les livres tombés de l'étagère, reposa la boîte à sa place ; armée d'une pelle et d'une balayette, elle nettoya les morceaux de céramique et la terre renversée – un des pots sur le rebord de la fenêtre avait basculé, et le plant d'estragon qu'il contenait ne s'en remettrait pas. À quatre pattes, le dos ankylosé, les genoux en feu, Miriam s'affairait à faire disparaître la moindre trace de sa confrontation avec cette affreuse garce. Elle était en colère, mais une colère frémissante, qu'elle parvint à maîtriser jusqu'à ce qu'elle découvre, sous la table, une des créoles dorées de Lorraine, un peu tordue. Là, elle se mit à sangloter.

Pourquoi les gens s'emparaient-ils toujours de ce qui ne leur appartenait pas ? Pourquoi détruisaient-ils toujours ce qu'elle possédait ?

Ce qui avait le plus marqué Miriam au cours des jours qui avaient suivi son enlèvement, ce n'était pas l'hôpital. Ni sa mère, qui pleurait si fort quand elle était entrée dans sa chambre la première fois que son père devait la soutenir pour qu'elle avance. Ni même les longues heures d'interrogatoire avec la police, la foule de gens postés devant chez eux à leur retour, les journalistes et les caméras de la télévision.

Non, ce dont elle se souvenait le plus clairement, c'était l'intolérable gentillesse dont avaient fait preuve les parents de Lorraine.

Quand il vint la voir à l'hôpital, le père de Lorraine lui prit la main et murmura :

« Dieu merci. Dieu merci, toi, tu n'as rien. »

Mais enfin, songea Miriam, il ne peut tout de même pas sincèrement penser cela ? Il doit forcément se dire : *Pourquoi pas toi ? Pourquoi ma fille et pas toi ?*

Après l'enterrement de Lorraine, ses parents organisèrent une veillée chez eux. Miriam demanda si elle pouvait monter passer un peu de temps dans la chambre de Lorraine et la mère de son amie, cette femme menue et brisée, avait réussi à lui sourire.

« Bien sûr, vas-y. Tu seras toujours la bienvenue, ici. Viens nous voir quand tu veux. »

À l'étage, assise à la coiffeuse de Lorraine, Miriam examina ses chouchous aux couleurs vives, ses rouges à lèvres écarlates et rose foncé, sa palette de fards à paupières violets, bleus et blancs. Il y avait une boîte à bijoux devant le miroir qui jouait *Greensleeves* quand on l'ouvrait. Depuis qu'elles étaient petites, Miriam l'avait toujours admirée. À l'intérieur se trouvaient des colliers, des bracelets, une bague trop petite pour les doigts de Miriam et des boucles d'oreilles, les créoles en or, qu'elle glissa dans la poche de sa veste.

Elle partit sans dire au revoir.

Trois jours plus tard, on retrouva la voiture de Jeremy sur un parking au sommet d'une falaise, à un point de vue, un de ces endroits magnifiques où se rendent ceux qui n'ont plus nulle part où aller. Trois jours après ça, en raison d'une météo épouvantable, les gardes-côtes abandonnèrent les recherches. Et encore trois semaines après ça, deux enfants qui jouaient sur une plage près de Hastings trouvèrent dans le sable un pied humain. La taille correspondait, la couleur de la peau correspondait, le groupe sanguin correspondait. Qu'il ait été fracassé contre les rochers ou avalé par l'hélice d'un bateau, Jeremy avait bien disparu. Ne restait plus de lui qu'un bout de papier qu'il avait laissé dans la boîte à gants de son véhicule abandonné, des excuses, un simple mot : *désolé*.

Désolé.

Au lycée, tout le monde était désolé pour Miriam. Tout le monde était désolé et personne ne voulait s'approcher d'elle. Tout le monde l'observait à la dérobée mais personne ne voulait croiser son regard. Son nom était sur toutes les lèvres mais personne ne lui adressait la parole à la récréation ou au déjeuner. Quand elle marchait dans les couloirs, on lui souriait gentiment, même les professeurs, tout en fixant un point situé devant elle, dans le vague. Elle était devenue comme contagieuse. Ses parents, sa psychologue, la police, tous lui répétaient que ce qui était arrivé à Lorraine n'était pas sa faute.

« Personne ne peut te reprocher d'avoir agi comme tu l'as fait. »

Mais le fait qu'ils éprouvent tous le besoin de le lui dire était une condamnation en soi. Cela démontrait qu'ils y avaient pensé, qu'ils avaient songé : *Tu aurais pu agir différemment. Personne ne peut te reprocher d'avoir agi comme tu l'as fait, mais tu aurais pu faire autrement.*

Personne ne l'avait jamais formulé devant elle. Personne avant Theo Myerson.

Celle qui s'est enfuie

Lorsqu'il la rattrape, elle sait ce qu'il va lui faire. La fille sait que la boucle est bouclée. Allongée dans la boue, elle se revoit telle qu'elle était le matin même, devant sa coiffeuse, quand elle s'est brossé les cheveux avant de les attacher en queue-de-cheval avec un élastique bien serré.

Tellement innocente, à cet instant.

Elle songe qu'elle aurait pu tout empêcher. Quand son amie lui a proposé de sécher le lycée, elle aurait pu simplement secouer la tête et se rendre en cours de maths. Quand elles étaient en ville, elle aurait pu refuser l'idée du pub et suggérer d'aller se promener au parc. Elle aurait pu dire : Hors de question que je monte dans cette voiture. À la place, elle a dit :

« Non, arrête. »

Elle aurait pu le dire plus fort.

Même après, elle aurait pu faire quelque chose.

Rien ne l'obligeait à s'enfuir.

À la place, elle aurait pu ramasser sur l'herbe jaunissante un des morceaux de verre du carreau qu'elle avait brisé, le glisser dans la poche de son jean et rentrer sans faire de bruit dans la maison. Là, elle aurait pu suivre les gémissements de son amie, se glisser dans la pièce où il l'avait enfermée et où il la maintenait plaquée au sol. Elle aurait pu retenir sa respiration et s'approcher de lui discrètement, pieds nus. Elle aurait pu l'attraper par les cheveux, tirer sa tête en arrière et planter le morceau de verre dans sa gorge.

Maintenant, c'est trop tard.

26

Irene était assoupie dans son fauteuil à côté de la fenêtre, un exemplaire de *Blow Your House Down* de Pat Barker ouvert sur les genoux, lorsqu'elle fut réveillée par la pluie – une averse soudaine et violente qui donnait l'impression que c'étaient des grêlons qui s'abattaient sur les dalles de l'allée. Le fracas était si assourdissant qu'elle faillit ne pas entendre les sanglots étouffés.

Au début, elle crut qu'elle avait rêvé, puis elle se leva et songea, le cœur serré, que c'était peut-être Carla – cette pauvre Carla, si désespérée la dernière fois qu'elle l'avait vue –, revenue errer dans la maison voisine. Mais soudain, quelqu'un frappa à la porte – un coup très léger, presque timide. Puis une petite voix :

« Irene ? Vous êtes là ? »

Laura se tenait sur le pas de la porte, trempée jusqu'aux os, dans un état lamentable : sa veste était déchirée et elle avait un bleu de la taille d'une balle de tennis qui s'étalait sur tout le côté gauche du visage. Elle tremblait et sanglotait comme une petite fille.

« Laura ! Mon Dieu, entre vite ! s'exclama Irene en tendant les bras vers la jeune femme, qui fit aussitôt un pas en arrière.

— Arrêtez, hoqueta Laura. Vous ne devriez pas. Vous ne devriez pas être gentille avec moi.

— Mais qu'est-ce que tu racontes, enfin ? Laura, bon sang ! Ne reste pas sous la pluie ! » insista Irene en l'attrapant par sa manche trempée.

Dans le vestibule, une fois la porte refermée, Laura s'ébroua comme un chien.

« Vous devriez me renvoyer chez moi. Vous devriez me dire d'aller me faire foutre – mais je sais que vous le ferez jamais, vous êtes beaucoup trop polie et beaucoup trop gentille.

— Effectivement, répondit Irene d'un ton brusque. Arrête un peu tes bêtises, tu veux ? Retire ton manteau et pose-le sur le radiateur. Il fait froid, je vais aller mettre le chauffage. Allez, va au salon, ne reste pas là à goutter sur le parquet. Je mets le chauffage et je nous prépare un thé. Tu vas tout me raconter, en commençant par le début. »

Quand Irene reparut avec le thé, Laura était assise en tailleur au milieu du salon, la tête dans les mains. Irene lui tendit une tasse fumante.

« Allez, je t'écoute. Qu'est-ce qui s'est passé ? »

Irene prit place dans son fauteuil et Laura se lança. Elle lui avoua d'abord qu'elle lui avait volé de l'argent dans son porte-monnaie, ce qu'Irene savait très bien – elle était distraite, pas idiote. Laura lui dit ensuite qu'elle avait également volé quelque chose dans la maison voisine, qu'elle avait vu que la porte était entrouverte et qu'elle s'était emparée d'un sac qui traînait près de l'entrée. Cela, Irene l'ignorait.

« Tu as toujours ce que tu as pris ? demanda-t-elle sévèrement, et Laura acquiesça. Alors tu vas le rendre. L'argent, c'est une chose, Laura, je comprends bien que tu traverses une période délicate. Mais tu ne peux pas voler des choses qui ont une valeur sentimentale. Tu imagines comment je me sentirais si quelqu'un me volait la montre de William ? Qu'est-ce que tu penserais de cette personne ? »

Laura grimaça, honteuse. Puis, la tête basse, elle renversa le contenu de son sac à dos sur le sol du salon et récupéra les deux petits écrins en cuir, qu'elle tendit à Irene.

« C'est pas le pire », poursuivit-elle, la voix à peine plus audible qu'un murmure.

Irene tressaillit. Elle était terrifiée à l'idée de ce que Laura était sur le point de lui annoncer, car qu'est-ce qui pouvait être pire que voler une femme endeuillée ?

« Qu'as-tu fait, Laura ? Tu… tu n'as fait de mal à personne, rassure-moi ? »

Laura releva la tête, les yeux brillant de larmes.

« Je ne crois pas. Sauf si on compte le type avec la fourchette, mais j'imagine que c'est pas à lui que vous pensiez, hein ? »

Irene secoua la tête, perplexe.

« Daniel, lâcha Laura – et Irene se plaqua une main sur la bouche.

— Oh non, Laura ! »

La vieille femme crut que son cœur allait s'arrêter.

« Je l'ai pas tué ! s'empressa d'ajouter Laura, désormais à genoux aux pieds d'Irene. C'est pas moi, je vous le jure ! Mais j'étais là… juste avant que ça arrive. J'étais avec lui. Je vous en ai pas parlé, parce que vous m'aviez dit qu'il était perturbant…

— Je n'ai pas dit qu'il était perturbant, Laura, mais qu'il était perturbé. Il me semble que je t'ai aussi recommandé de faire attention, parce que c'était un garçon perturbé qui avait eu une vie de famille compliquée. Et malgré ça…

— Je vous ai pas écoutée. Je l'ai retrouvé, et on a passé la nuit ensemble… »

Laura laissa sa phrase en suspens. Dehors, la pluie s'était calmée, mais le ciel s'obscurcissait à vue d'œil, comme s'il se préparait à un deuxième assaut.

« Vous avez passé la nuit ensemble ? répéta Irene, et Laura baissa la tête. Dis donc, ne t'imagine pas que tu vas me choquer, je suis une vieille dame, pas une gamine ! »

Laura acquiesça, mais continua à regarder ses pieds.

« Donc tu as passé la nuit avec lui, et j'imagine que tu n'es pas restée pour le petit déjeuner. Quand tu es partie, il allait bien ? »

Laura acquiesça de nouveau.

« Tu n'as pas la moindre idée de ce qui s'est passé ensuite ? »

Laura fit non de la tête.

« Laura… Et après ça, tu t'es dit que c'était une bonne idée de voler le sac de sa pauvre tante ? Bon Dieu… Imagine ce que les gens penseraient si quelqu'un l'apprenait, si…

— Quelqu'un l'a appris, murmura Laura. Vous. »

Irene leva les yeux au ciel. Elle était furieuse.

« Oh, arrête ton char, tu te doutes bien que je ne vais pas appeler la police, quand même ! Et puis, ça n'explique pas comment tu t'es retrouvée dans un tel état, ajouta-t-elle en désignant le visage de la jeune femme.

— Ah, ça... »

Laura se redressa et poursuivit :

« Bon, donc il y a une femme qui habite sur une des péniches du canal, je la connais un peu parce qu'elle vient régulièrement à la laverie, elle s'appelle Miriam et elle est un peu bizarre, enfin elle a surtout l'air bizarre, vous savez, comme si elle portait toujours trop de couches de vêtements, vous voyez ce que je veux dire ? Bref, c'est elle qui a découvert Daniel – enfin, le corps de Daniel – et qui a appelé la police, et l'autre jour elle est passée devant la laverie et j'étais un peu en crise, rien de grave, mais... vous comprenez, quoi. »

Irene ne comprenait pas. D'ailleurs, elle ne comprenait rien à ce que lui racontait Laura.

« Donc bon, en fin de compte, je suis allée la voir sur sa péniche pour m'excuser – c'est vraiment une longue histoire pas très intéressante, mais tout ça pour dire, quand je me suis retrouvée sur le bateau, j'ai découvert qu'elle avait la clé de mon appartement.

— Elle avait ta clé ?

— Oui ! Vous vous souvenez, je vous ai dit que je l'avais perdue ? Eh ben, c'était elle qui l'avait.

— Et elle te l'a rendue ? demanda Irene, qui ne voyait toujours pas où voulait en venir Laura.

— Non, non, elle me l'a pas rendue du tout, elle l'avait cachée. Je l'ai trouvée en fouillant sa cabine.

— Tu cherchais quelque chose à voler !

— Oui, bon, j'avoue, mais on s'en fiche, de ça ! Le plus important, c'est que c'est elle qui avait ma clé. Et donc ensuite on a eu comme une… comment dire…

— Une altercation ?

— Voilà.

— Et elle t'a frappée ? C'est elle qui t'a fait ce gros bleu ? »

Laura secoua la tête.

« On s'est un peu poussées, j'essayais de sortir, et j'ai trébuché. Je suis tombée.

— Tu ne penses pas qu'il faudrait prévenir la police, Laura ? Je veux dire, si cette femme a ta clé, alors…

— Oh non, c'est bon, je l'ai récupérée. »

Laura plongea la main dans la poche de son jean et en sortit la fameuse clé, ainsi qu'une boucle d'oreille dorée qu'elle s'empressa de rempocher.

« J'ai la clé, et j'ai aussi ça ! annonça-t-elle en ramassant sur le tas d'affaires qu'elle avait déversées au milieu du salon un manuscrit. Elle m'a donné ce truc. Avant qu'on ait notre – comment vous avez dit, déjà ? –, notre altercation, elle m'a donné ça. Ses "mémoires", précisa-t-elle en mimant les guillemets. Elle m'a proposé de les lire. Évidemment, je l'ouvrirai jamais, mais je me suis dit que ça pourrait vous plaire. Il y a un crime, dedans ! Apparemment, elle a été kidnappée par un fou quand elle était jeune. Ou un truc dans le genre.

— Eh bien ! s'exclama Irene en lui prenant la liasse des mains. Quelle histoire ! »

Soudain, il y eut un éclair aveuglant accompagné d'un violent coup de tonnerre, et toutes les deux rentrèrent instinctivement la tête dans les épaules.

« Putain ! jura Laura.

— Comme tu dis, opina Irene. Tu sais ce que tu devrais faire ? Tu vas monter à l'étage, retirer tes vêtements mouillés, les accrocher sur l'étendoir et te faire couler un bon bain bien chaud. Tu n'as rien d'autre de prévu cet après-midi, si ? »

Laura sourit, secoua la tête et ferma les yeux pour ne pas pleurer.

« Ça me plairait beaucoup. »

Sous le fracas de la seconde averse, Irene entendit Laura chanter et se fit la réflexion qu'elle avait une voix plus douce et mélodieuse qu'elle ne l'aurait imaginé. Laura n'était visiblement pas pressée car elle ne redescendit qu'une heure plus tard, enveloppée dans une vieille robe de chambre rose qui n'avait pas quitté le placard de la salle de bains depuis une décennie. En voyant ce petit bout de femme vêtue de son vieux peignoir, Irene se sentit envahie par une émotion nouvelle. Un sentiment presque maternel, si c'était bien de cela qu'il s'agissait.

Elle n'en fit pas part à Laura, de peur de la mettre dans l'embarras. Au lieu de quoi, elle brandit le manuscrit que lui avait prêté la jeune femme.

« Tu veux que je te dise, il est très étrange, ce livre. Je l'ai parcouru rapidement et…

— Vous l'avez pas déjà lu, quand même, si ? demanda Laura, avant de s'étendre sur le canapé et de disposer les coussins sous sa tête.

— Non, non, je l'ai seulement parcouru. Ce n'est pas mal écrit, d'ailleurs – un peu tarabiscoté par moments, peut-être. Mais ce que j'ai trouvé étrange, c'est que certains passages m'ont semblé très familiers, même si, je le reconnais, l'idée de quelqu'un qui cherche à échapper à un tueur en série n'est pas des plus originales. Sauf que… »

Elle ne termina pas sa phrase et tourna la tête en direction de la bibliothèque.

« Il y a quelque chose qui me chiffonne et je n'arrive pas à mettre le doigt dessus. »

Laura ferma les yeux, se mit en boule et tira la robe de chambre d'Irene au-dessus de ses genoux.

« Oh, c'est vraiment le paradis, murmura-t-elle. Je suis tellement crevée… Je pourrais passer tout le reste de ma vie ici.

— Si tu veux rester un peu, ça ne me pose aucun problème. Tu peux même dormir ici cette nuit, si tu veux. Je vais te préparer le lit dans la chambre d'amis. »

Un sourire apparut sur les lèvres de Laura et, plutôt que de répondre à la proposition d'Irene, elle reprit :

« Je me sens toujours en sécurité quand je suis chez vous, vous savez ? Comme si, ici, rien ne pouvait m'arriver.

— Mais il ne va rien t'arriver, Laura. Pourquoi penses-tu une chose pareille ?

— Il finit toujours par m'arriver quelque chose », répondit Laura en remontant le col du peignoir au-dessus de son menton.

Irene profita de ce que Laura dormait pour lire. Il y avait décidément beaucoup de scènes qui lui semblaient familières, dans ce manuscrit – deux filles qui faisaient du stop par une belle journée ensoleillée, une rencontre fortuite, un basculement dans la violence dans une ferme isolée, une des filles qui se coupait en brisant un carreau. En même temps, ne voyait-on pas ce genre de clichés dans tous les films d'horreur ? Mais surtout, il y avait la chanson. Ce refrain qui passait à la radio et que chantait un des personnages (s'il s'agissait de mémoires, pouvait-on vraiment parler de personnages ?) lui disait vraiment quelque chose.

Laura remua sur le canapé. Elle se retourna pour se retrouver dos à Irene et bientôt elle se mit à ronfler doucement. Une fois de plus, Irene ressentit la bouffée d'affection qu'elle avait éprouvée quelques minutes plus tôt, un pincement à l'estomac qui lui semblait maternel, même si, n'ayant jamais été mère, elle ne pouvait pas en être sûre. Ce dont elle était certaine, en revanche, c'était qu'elle avait besoin de protéger cette fille, tout comme elle avait cherché à protéger cette pauvre Angela.

Elle jeta un œil sur les piles de livres qui avaient appartenu à son amie et qu'elle n'avait toujours pas fini de trier. Pourtant, cela faisait plusieurs semaines qu'ils encombraient son salon. Peut-être pourrait-elle demander à Laura d'en déposer quelques-uns à la boutique solidaire qui se trouvait sur Upper Street ?

C'est alors qu'elle le vit. Au sommet de la pile à donner : *Celle qui s'est enfuie*, de Caroline MacFarlane. Le roman policier de Theo Myerson ! Il était là depuis le début, à la narguer ! Elle se leva de son fauteuil, ramassa le livre, un grand format en parfait état. Puis elle le retourna pour lire les quelques phrases inscrites en lettres rouges au verso :

En revenant de l'école, une fille et son amie se font kidnapper.

La fille parvient à s'en tirer. Pas son amie.

Cette fille est une victime.

Cette fille est en deuil.
Cette fille est détruite.
Cette fille a soif de vengeance.
Mais serait-elle aussi coupable ?
Cette fille, c'est celle qui s'est enfuie.

Irene leva les yeux au ciel – elle avait lu le roman lorsqu'il était sorti et l'avait trouvé particulièrement mauvais ; son avis n'avait pas changé. De retour dans son fauteuil, elle ouvrit le livre, tourna les pages en quête du passage dont elle était sûre de se souvenir : une histoire de chanson, des bribes de paroles… C'était là, quelque part, mais tellement difficile à trouver dans ce roman qui sautait sans cesse du coq à l'âne, où on changeait de point de vue à tout bout de champ pour passer de celui de la victime à celui du criminel, sans aucune attention pour la chronologie. Très déroutant et, de l'avis d'Irene, très agaçant. Elle se souvenait de la fois où elle avait entendu à la radio Myerson (dont l'identité avait fini par être dévoilée) défendre son roman en expliquant qu'il avait voulu explorer les notions de culpabilité et de responsabilité, se jouer des préjugés des lecteurs, ce genre d'inepties. Expérimenter pour expérimenter, à quoi cela rimait-il ? De l'avis d'Irene, rien ne valait les romans policiers traditionnels, où le bien triomphait du mal. Et tant pis si dans la réalité les choses se passaient rarement ainsi !

Irene fut interrompue dans sa lecture par un étrange vrombissement. Elle leva la tête et vit une lumière clignoter sur le téléphone de Laura. L'appareil se tut puis, quelques instants plus tard, se remit à vibrer. Sur le canapé, Laura remua.

« Oh, c'est le mien », grogna-t-elle.

Elle voulut se retourner, mais le canapé était étroit et elle tomba par terre.

« Et merde ! grommela-t-elle en rampant sur la moquette pour attraper son portable. J'étais complètement endormie ! »

Elle plissa les yeux pour regarder l'écran.

« Allô ?… Qui ça ?… Ah, ouais, désolée… Comment ? Non, je suis pas chez moi, là, je suis chez une amie. Je peux… mais je… Mais… Quoi ? »

Elle ferma les paupières, l'espace d'une seconde.

« Je suis vraiment obligée ? »

Elle raccrocha et poussa un profond soupir avant de se tourner vers Irene, le visage encore ensommeillé.

« Je vous avais prévenue, souffla-t-elle en esquissant un sourire qui ne parvint pas à masquer sa voix étranglée. Je vous avais bien dit qu'il finissait toujours par m'arriver quelque chose. »

Elle se leva péniblement.

« C'était la police, annonça-t-elle. Il faut que j'y aille. »

Laura se prépara en balayant les inquiétudes d'Irene.

« Vous en faites pas pour moi », déclara-t-elle en montant les marches quatre à quatre pour récupérer ses vêtements.

« Vous en faites pas pour moi », répéta-t-elle lorsqu'elle fut redescendue.

— C'est au sujet de Daniel ? demanda Irene, et Laura grimaça.

— Évidemment ! Parmi les types avec qui j'ai couché, il y en a pas cinquante qui se sont fait assassiner. Mais je suis un témoin, c'est tout. La dernière personne à l'avoir vu vivant, vous comprenez ? Vous en faites pas pour moi. »

Irene accompagna Laura jusqu'à la porte, l'aida à remettre son manteau trempé et lui demanda si elle avait un avocat. Laura éclata de rire et s'éloigna d'un pas un peu plus claudicant que d'habitude, avant de se retourner. Elle arborait un grand sourire et toute trace de larmes avait disparu de son visage.

« À votre avis ? »

Alors qu'elle glissait deux tranches de pain dans le grille-pain, Irene songea que William aurait beaucoup apprécié Laura. Il l'aurait trouvée drôle. Il avait eu plus de mal avec Angela – il ne s'était jamais montré désagréable pour autant, mais il se méfiait.

« Elle est au bord du précipice, cette femme, disait-il. Et le jour où elle tombera, j'espère que tu ne seras pas à côté d'elle, parce qu'elle s'accrochera à toi et t'entraînera dans sa chute. »

William n'avait jamais vraiment eu l'occasion de connaître Angela, de se rendre compte qu'elle était profondément gentille.

Une fois ses tranches de pain beurrées, Irene s'assit à la table de la cuisine avec le manuscrit ouvert d'un côté et le roman de Theo de l'autre, afin de les comparer.

« Alors, cette chanson, marmonna-t-elle en feuilletant le livre. Cette chan… Tiens ! »

À la toute fin du roman, coincée dans le rabat de la couverture, elle découvrit une enveloppe adressée à Theo Myerson. Étrange, étant donné que ce livre avait appartenu à Angela. Dans l'enveloppe, il y avait une feuille A4 visiblement arrachée à un carnet de croquis, sur laquelle figurait un dessin d'une femme endormie sur un lit, les couvertures écartées afin de révéler sa poitrine dénudée. En bas de la page, une inscription en pattes de mouche : *Salut toi, j'ai fait quelques croquis ces derniers temps et je me suis dit que ça pourrait te plaire.* Le mot n'était pas signé, mais le dessin ressemblait beaucoup au style de Daniel. Quant à l'identité du modèle, elle ne faisait aucun doute. C'était Carla Myerson.

27

La valise de Carla reposait sur le lit, à moitié pleine. L'armoire aussi était ouverte et divers vêtements avaient été jetés sur le couvre-lit. Carla avait du mal à se décider : elle ne savait pas pour combien de temps elle partait, ni ce dont elle aurait besoin. Une vague de froid s'était abattue sur Londres, mais plus au sud, il ferait meilleur, non ? Elle attrapa quelques affaires au hasard sur les étagères – des tee-shirts, des pulls, une robe qu'elle n'avait pas portée depuis des années. Quelque part dans la maison, son portable sonnait ; il sonnait toujours. Il ne s'arrêtait jamais.

Il faudrait bien qu'elle parle à Theo, elle le savait, pour lui demander de lui transférer son courrier là où elle choisirait d'aller et de gérer le notaire et la vente de la maison d'Angela.

Ils se disputeraient, bien sûr, c'était pour cela qu'elle hésitait à opter pour la lâcheté et lui téléphoner une fois arrivée à l'étranger. Mais elle ne pensait pas être capable de lui faire une chose pareille, partir sans plus jamais le revoir. Elle ne pensait pas être capable de se faire une chose pareille à elle-même.

Elle avait aussi besoin de lui dire qu'elle avait jeté un coup d'œil à son manuscrit et que cela ne lui avait pas plu, tous ces allers et retours, ces sauts intempestifs dans la chronologie. Comme le dernier, cet affreux roman policier. Ce n'était tout de même pas compliqué de commencer par le début, bon sang ! Pourquoi personne ne semblait plus en mesure de raconter clairement une histoire, du début à la fin ?

Un mois avant la mort d'Angela, Daniel était venu frapper chez Carla un dimanche soir, vers 8 heures. Il semblait contrarié, agité, il avait une égratignure sur la joue et une coupure sur la lèvre. Il lui avait raconté une histoire incohérente de dispute avec sa copine suivie d'une agression en pleine rue ; Carla avait eu du mal à suivre le fil, mais pas la conclusion : il n'avait nulle part où aller. Il ne voulait pas appeler la police et il était hors de question qu'il aille voir sa mère.

« Elle ne voudra pas de moi chez elle, dit-il à sa tante. Elle n'a jamais voulu de moi. »

Carla répondit qu'il pouvait rester. Elle ouvrit une bouteille de vin qu'ils vidèrent un peu trop rapidement, puis une seconde. Ce fut arrivée à la moitié de celle-là que Carla sut qu'elle ferait mieux de s'arrêter.

Elle monta à l'étage, se doucha et, enroulée dans sa serviette, tituba de la salle de bains à son lit. Plus tard, elle se réveilla en sursaut, comme cela lui arrivait souvent quand elle avait bu. Elle resta immobile, le cœur tambourinant dans la poitrine, et il lui fallut un moment pour se rendre compte qu'elle avait repoussé les couvertures et s'était débarrassée de sa serviette ; il lui fallut un moment de plus pour que ses yeux s'habituent à la pénombre et qu'elle constate qu'elle n'était pas seule.

Il était assis par terre, près de la porte, son carnet de croquis sur les genoux, et il la regardait.

« Daniel, murmura-t-elle en remontant vivement la couverture. Tu m'as fait peur ! »

Dans l'obscurité, elle ne distinguait pas son expression, uniquement le blanc de ses dents.

« Je n'ai pas pu m'en empêcher », répondit-il.

Au matin, elle le trouva assis dans la cuisine en train de boire un café.

« Bonjour ! » l'accueillit-il sans une trace de gêne.

Elle choisit de s'affairer, de remplir la bouilloire, de mettre les verres de la veille dans le lave-vaisselle.

« Dis, reprit Daniel, je me demandais si tu pourrais m'héberger quelques jours ? »

Carla se tourna vers lui. Il lui souriait, si candide, si beau.

« Je suis désolée, Daniel, marmonna-t-elle, et le sourire de son neveu vacilla une brève seconde. Je voudrais bien, mais… Theo. Il n'aimerait pas que… »

Elle esquiva son regard.

« D'accord, dit son neveu. Je comprends, ce n'est pas grave. »

Un mois plus tard, quand il la rejoignit chez Angela pour récupérer ses affaires, il lui parut fatigué et malheureux. Il refusa d'abord d'entrer dans la maison – une dispute faillit éclater entre eux.

« Il faut que tu voies ce qu'il y a, Daniel. Je ne peux pas tout trier à ta place, je ne peux pas choisir pour toi.

— Tout ce que je veux, c'est mes affaires. Mes carnets, ce genre de choses. Je ne veux rien qui lui ait appartenu, à elle. »

Enfin, il accepta d'entrer et grimpa aussitôt à l'étage, dans sa chambre. Il prit le carton dans lequel Carla avait rangé tous ses cahiers et ses carnets.

« Tu ne les as pas regardés, hein ? Parce que…, ajouta-t-il avec une grimace, ce n'est pas terrible, tu sais.

— Non, non, l'assura Carla. Tu as toujours dit que personne ne devait voir tes dessins. »

Il sourit.

« Merci, tatie Carla. »

Chaque fois qu'il l'appelait comme ça, cela lui faisait un pincement au cœur – cela lui rappelait quand il était petit garçon, farouche et vulnérable à la fois, avec ses yeux immenses qui lui mangeaient le visage. Un pauvre petit sauvage. Elle s'avança pour l'embrasser sur la joue mais au dernier moment, il tourna la tête et lui effleura les lèvres.

« J'ai loué une péniche, annonça-t-il avant de repartir. Elle est sur le canal, pas loin de Whitmore Bridge et, comme elle appartient à un ami d'ami, il me fait un prix. C'est un trou à rats, mais c'est tout ce que je peux me permettre en ce moment. Tu viendras me rendre visite, hein ? »

Carla le suivit des yeux tandis qu'il quittait la pièce, chargé du carton, et que sa basket s'accrochait à un fil de la moquette, en haut des marches.

Il se retourna et lui sourit.

« Prends soin de toi, d'accord ? »

Un jour ou deux plus tard, peut-être trois, Carla était chez Angela pour faire un dernier tour et vérifier qu'elle n'avait rien oublié avant l'arrivée des déménageurs, quand elle découvrit une pile de lettres au fond de l'armoire de Daniel. Trois d'entre elles avaient été envoyées par Angela à Marcus, le père de Daniel, et les enveloppes étaient marquées du tampon *Retour à l'expéditeur*. Les courriers eux-mêmes semblaient avoir été manipulés de nombreuses fois, lus et relus. Ce pouvait bien sûr être le fait d'Angela, mais Carla devina que c'était plutôt Daniel qui les avait étudiés avec autant d'attention.

Et quand elle pensa à Daniel en pleine lecture, ce fut le petit garçon qu'elle imagina, penché dos à elle, sa coiffure proprette, les bleus sur son cou. C'était ce Daniel qu'elle vit lire les mots de sa mère, pas cet homme étrange qu'il était devenu, et cette image lui serra le cœur.

Cela lui serra le cœur de penser à cet enfant découvrant les paroles blessantes que sa propre mère avait écrites à son sujet à l'attention du père qui l'avait rejeté. Cela lui serra le cœur de voir Angela appeler à l'aide pour son fils, ce garçon qu'elle ne présentait que comme un problème, quelque chose à résoudre, à régler. *Je perds la tête*, avait-elle écrit. *Sa présence m'est insupportable. Il faut que tu m'aides, Marcus, je n'ai personne d'autre à qui demander.*

Sur le chemin du canal, elle acheta une bouteille de vin. Elle ne voulait pas lui parler sans un verre à la main et elle s'efforçait de ne pas s'attarder sur la raison de ce besoin. Elle s'efforçait aussi de ne pas penser à cette soirée chez Angela, quand il avait accroché la moquette avec sa basket, ce qui n'avait aucune importance, d'ailleurs, si ? Elle descendit les marches jusqu'au canal et, près de Whitmore Bridge, elle aperçut deux péniches, l'une très belle avec sa peinture vert foncé et son liseré rouge sombre, et la seconde complètement décatie, un tas de rouille bleu et blanc. Elle toqua à un carreau, grimpa sur le pont arrière et frappa à nouveau à la porte de la cabine, qui s'ouvrit.

« Daniel ? Daniel, tu es là ? »

Il était absent, mais au moins, elle était au bon endroit : le carton qu'il avait récupéré chez Angela était posé sur le comptoir, plusieurs carnets étalés sur le banc, de l'autre côté de la petite pièce. La péniche elle-même était dans un état déplorable : l'évier et la cuisinière étaient dégoûtants, la cabine sentait le bois pourri, et la chambrette au fond du bateau empestait la sueur et le sperme. À l'évidence, Daniel avait reçu de la visite et, à cette idée, Carla sentit son estomac se nouer, et une vague de honte l'assaillit aussitôt. Daniel était un adulte, un jeune homme de vingt-trois ans, elle n'avait aucune raison de ressentir le moindre malaise en découvrant qu'il fréquentait quelqu'un. D'ailleurs, elle n'avait aucune raison de ressentir quoi que ce soit.

Carla sortit de la chambre et ramassa un des carnets sur le banc, qu'elle feuilleta avec un pincement de culpabilité. Il s'agissait de croquis au crayon : des visages anonymes, des membres désincarnés. Elle le reposa et en prit un deuxième. Celui-là était recouvert de dessins à l'encre, plus détaillés, plus sophistiqués – un véritable roman graphique, apparemment, dont Daniel lui-même était le protagoniste. Sur la première page, elle remarqua un titre, *Les Origines d'Arès*, et sa vision se brouilla de larmes. Arès le belliqueux, la plus haïe de toutes les divinités, celui que même ses parents ne pouvaient supporter.

Oh, Daniel.

Au fil des pages, Carla sentit de nouveau son ventre réagir lorsqu'elle se reconnut, plus jeune, plus séduisante, plus belle et surtout plus pulpeuse qu'elle ne l'avait jamais été dans la réalité. Les joues brûlantes de gêne, elle referma le carnet, le remit en place sur le banc et, presque sans réfléchir, le reprit.

Elle l'avait toujours à la main lorsqu'elle était remontée sur le pont et, l'espace d'une seconde, avait croisé le regard d'une femme qui l'observait intensément de la belle péniche vert et rouge amarrée quelques mètres plus loin.

Carla tira la fermeture Éclair de sa valise, la descendit au rez-de-chaussée et la posa dans l'entrée. Dans le salon, elle écouta ses messages : l'un de l'inspecteur Barker, lui demandant de le rappeler au plus vite, et l'autre de Theo, qui l'invitait à dîner.

« Ton plat préféré, des côtes d'agneau. Je ne sais pas si on t'a prévenue, mais il y a une bonne nouvelle, Carla. Enfin ! »

28

Theo se tenait debout devant l'évier de sa cuisine, la main gauche sous le filet d'eau chaude, à regarder le liquide passer du rouge au rose. Il s'était coupé un ou deux millimètres de peau à l'extrémité de l'index gauche, et la plaie saignait plus qu'il ne l'aurait imaginé. Le coupable, son couteau Santoku fraîchement aiguisé, était posé sur le plan de travail, ensanglanté, à côté d'une tête d'ail tachetée de rose. Le Santoku n'était pas vraiment l'outil adéquat pour émincer de l'ail, mais le petit couteau d'office dont Theo se servait d'habitude n'était pas à sa place sur la barre aimantée fixée au mur – il devait avoir disparu dans l'immense tiroir à couverts, d'où il ne ressortirait probablement jamais.

Mais tout cela n'avait aucune importance. Il y avait une bonne nouvelle. Une bonne nouvelle, enfin !

Ce matin-là, en dépit du froid mordant qui s'était abattu sur la capitale, Theo était allé se promener. Par le plus grand des hasards, il avait croisé le jeune policier boutonneux faisant la queue devant le café du chemin de halage. Theo avait tenté de l'esquiver, en vain : l'agent l'avait alpagué, le visage soucieux.

« Monsieur Myerson, avait-il dit à voix basse, j'espérais bien tomber sur vous. J'ai une bonne nouvelle.

— Ah oui ?

— Rien d'officiel encore, mais je pense que ça le sera bientôt… »

Le policier prit une grande inspiration, savourant l'effet de son annonce.

« Il y a eu une arrestation. »

Theo étouffa un cri théâtral.

« Oh ! s'exclama-t-il, une poussée d'adrénaline dans les veines. Effectivement, c'est une bonne nouvelle ! Et qui… Enfin, pouvez-vous me dire qui est la personne qui a été arrêtée ?

— Laura Kilbride. La jeune femme que vous avez aperçue, celle dont je vous ai parlé. Vous savez, celle qui a… »

Il se pencha et compléta sa phrase du coin des lèvres :

« … des antécédents de violence.

— Et est-ce qu'elle a été inculpée ? parvint à demander Theo.

— Pas encore, mais ce n'est qu'une question de temps. Ils ont retrouvé le couteau.

— Ils ont… quoi ? Vous voulez dire l'arme du crime ? »

Le cœur de Theo battait si fort dans sa poitrine qu'il crut qu'il allait s'évanouir. Devant lui, le policier souriait jusqu'aux oreilles.

« Ils la tiennent, monsieur Myerson. Ils la tiennent pour de bon, cette fois. »

Sur le court chemin du retour, Theo eut l'impression qu'il venait de gravir un sommet : ses jambes flageolantes le soutenaient à peine et il faillit tomber deux fois en tentant d'éviter des joggeurs. Pourtant, il avait aussi envie de se mettre à danser ! C'était terminé. La police la tenait, c'était bel et bien terminé. Et ce qui lui donnait des ailes, c'était qu'il n'y avait pas que cette terrible histoire avec Daniel qui était terminée, mais tout le reste aussi. Daniel avait disparu, Angela aussi. Carla allait souffrir, oui, elle devrait faire son deuil, ressentir ce qu'elle avait encore à ressentir mais, après cela, elle pourrait commencer à aller mieux sans plus personne pour la tirer vers le bas. Le cauchemar des Sutherland s'était achevé, ce poison qu'ils avaient injecté dans la famille de Theo et dans son couple allait enfin pouvoir disparaître.

Bien sûr, Theo savait que tout ne pourrait pas redevenir comme avant entre Carla et lui mais, pour la première fois, il entrevoyait un avenir. Il entrevoyait une nouvelle vie à construire à deux, une forme de paix, et ils pouvaient désormais s'y atteler ensemble, sans plus rien ni personne pour les diviser.

Quand le sang cessa de couler, Theo se mit un pansement, lava le couteau, jeta la tête d'ail souillée à la poubelle et retourna à sa recette. Après avoir mis les côtes d'agneau à mariner dans l'huile, l'ail et la menthe, il enfila son manteau et sortit sur la terrasse du jardin pour fumer une cigarette. Alors qu'il portait le filtre à ses lèvres, il s'aperçut qu'il avait encore du sang à la naissance de l'ongle. Soudain, il repensa au matin où il avait vu la fille dehors – Laura, celle qui venait d'être arrêtée. Il l'avait vue, puis il était allé se recoucher dans son lit vide et il s'était rendormi. À son réveil,

Carla était sous la douche et, quand elle en était sortie, il l'avait appelée, avait tendu la main pour l'attraper et la ramener au lit, mais elle avait résisté. Il lui avait embrassé les doigts ; la peau autour de ses ongles était toute rose, fraîchement récurée.

Theo retourna à la cuisine. Il se servait un verre de vin rouge quand la sonnette retentit. Carla avait dû oublier ses clés. Il ramassa la pile de courrier sur le paillasson devant la porte d'entrée, la posa sur la console et ouvrit avec un grand sourire aux lèvres et des papillons dans le ventre, comme au bon vieux temps.

« Oh, dit-il, déçu. C'est vous. »

29

Certaines choses étaient identiques, d'autres étaient différentes. Laura se retrouvait de nouveau assise, la tête enfoncée entre ses bras croisés. La dernière fois c'était tard le soir, cette fois, tôt le matin, mais qui aurait pu faire la différence dans cette pièce sans éclairage naturel ? La pièce, d'ailleurs, n'était pas la même, bien qu'elle lui ressemblât pratiquement en tout point, des néons aveuglants à l'agencement du mobilier bas de gamme. Unique différence : il régnait dans l'ancienne salle d'interrogatoire une chaleur étouffante alors qu'ici il faisait très froid. La vilaine moquette grise lui rappelait celle qui habillait son entrée. (*Ne pense pas à la maison, ne pense pas à la maison sinon tu vas pleurer.*) Comme la dernière fois, Crâne d'Œuf et Monosourcil étaient assis en face d'elle, l'air grave. Plus grave que la fois précédente, songea-t-elle. Un autre détail lui faisait très peur : dès qu'elle croisait le regard de Crâne d'Œuf, celui-ci détournait les yeux.

Laura était exténuée. Elle avait l'impression que des jours, voire des semaines s'étaient écoulés depuis qu'elle avait reçu le coup de téléphone chez Irene, la veille. Conformément aux ordres des policiers, elle les avait retrouvés sur le parking devant chez elle, où ils l'avaient informée de ses droits sous les yeux des voisins curieux. Puis ils l'avaient escortée jusqu'à son étage, au septième. Devant la porte, il y avait déjà des gens qui attendaient, vêtus de combinaisons de protection blanches comme on peut voir à la télé.

« Qu'est-ce qui se passe ? avait demandé Laura. Vous êtes déjà venus, non ? Vous avez déjà fait votre perquisition, alors pourquoi vous recommencez ? »

Quelqu'un lui avait répondu que de nouveaux éléments avaient été découverts et qu'il fallait effectuer une fouille plus poussée. Après une longue attente, ils l'avaient amenée ici, au poste. Comme il se faisait tard, ils l'avaient enfermée dans une cellule pour la nuit en lui suggérant de se reposer. Elle n'avait pas fermé l'œil.

« Laura ? l'interpella Monosourcil en posant un verre d'eau devant elle. Votre avocat commis d'office ne va pas tarder à arriver, d'accord ? On va bientôt pouvoir commencer.

— Ça marche, répondit Laura, puis elle leva son verre. Santé ! »

Ça aussi, c'était la même chose – l'attitude polie et faussement amicale qu'ils adoptaient. À chaque occasion où elle avait eu affaire à la police, ça s'était passé comme ça. Elle s'était dit que là, peut-être, ce serait différent, vu que cette fois la situation l'était aussi. Car il n'était plus question de violation de propriété ou de trouble à l'ordre public, d'ébriété sur la voie publique ou de vol à l'étalage. Mais de meurtre.

De meurtre ! Laura sentit un petit ricanement monter dans sa poitrine. Elle se redressa sur sa chaise et se mordit la lèvre, mais malgré tous ses efforts, rien n'y fit : le gloussement s'échappa. Crâne d'Œuf releva la tête, surpris. Laura rit de plus belle.

C'est pas drôle putain c'est pas drôle, songea-t-elle.

Le gloussement s'amplifia jusqu'à se transformer en un fou rire incontrôlable qui lui fit monter les larmes aux yeux.

« Tout va bien, Laura ? » s'inquiéta Crâne d'Œuf.

Laura se pencha en avant, appuya le front sur la table et se mordit l'intérieur de la joue.

Arrête de rire arrête de rire arrête de rire putain arrête de rire.

La porte s'ouvrit et Laura arrêta de rire. Elle leva la tête. Un petit gringalet aux cheveux roux et à la peau très pâle lui tendit une main molle. L'avocat commis d'office, pas le même que la dernière fois. Il lui donna son nom, qu'elle oublia aussitôt, et la gratifia d'un rapide sourire nerveux. Pourquoi était-il nerveux ? Ça n'était pas bon signe.

Crâne d'Œuf dit quelque chose – il faisait les présentations pour le compte rendu d'interrogatoire. Laura écouta les noms de chacun et, encore une fois, elle les oublia tous : Crâne d'Œuf, Monosourcil, Le Nerveux. Et Laura Kilbride. Les deux policiers commencèrent à poser leurs questions, les mêmes qu'à l'interrogatoire précédent. Où avait-elle rencontré Daniel ? Quand ? À quelle heure étaient-ils montés sur le bateau ? Qu'avaient-ils fait à ce moment-là ? Exactement les mêmes qu'ils lui avaient déjà posées une première fois à l'appartement, puis une deuxième au poste de police.

« Putain, mais vous voulez pas changer de disque ? finit par lâcher Laura. On l'a déjà eue, cette discussion, merde ! Vous répétez un sketch, ou quoi ? »

Elle se tourna vers Le Nerveux.

« Et vous, vous avez un rôle, là-dedans ? Parce que, franchement, on vous entend pas beaucoup. Allez-y, dites une blague, pour voir ? »

Crâne d'Œuf pinça les lèvres, visiblement peiné.

« Est-ce que vous trouvez ça drôle, Laura ? demanda Monosourcil. Est-ce que vous pensez que tout cela n'est qu'une vaste blague ?

— Mais j'espère bien que c'est une blague ! Je vous ai déjà parlé de Daniel Sutherland ! Je vous ai raconté qu'on s'est disputés, qu'on s'est un peu bousculés, et puis c'est tout. Je l'ai pas poignardé. On a fait le tour de la question et vous avez aucune preuve de rien du tout. Que dalle ! Et comme vous avez rien trouvé, vous me faites revenir ici pour me harceler. »

Elle se tourna vers Le Nerveux.

« Ils peuvent pas m'arrêter s'ils ont rien, si ? » demanda-t-elle.

L'avocat baissa les yeux vers le carnet sur lequel il n'avait rien noté. Vachement compétent, le mec.

« À un moment, faut vous décider, lança-t-elle aux deux inspecteurs. Soit vous m'arrêtez, soit vous me laissez partir. »

Crâne d'Œuf se pencha en arrière sur sa chaise, la regarda droit dans les yeux et expliqua qu'en plus d'un témoin qui l'avait vue quitter la scène de crime couverte de sang à l'heure estimée du décès de Daniel Sutherland, ils avaient retrouvé l'ADN de Laura sur le cadavre et celui de Daniel sur elle. Il y avait aussi le fait qu'elle lui avait volé une montre. Et, dernier clou dans son cercueil, l'analyse des fibres du tee-shirt qu'elle portait ce jour-là avait confirmé que si la plus grande partie du sang présent sur le tissu était le sien, il y en avait aussi qui appartenait à Daniel Sutherland.

« Est-ce que vous pourriez éclairer ma lanterne, Laura ? demanda Crâne d'Œuf. Si, comme vous dites, Daniel était toujours vivant lorsque vous êtes partie, comment expliquez-vous la présence de son sang sur vos vêtements ? »

Finalement, c'est pas trop mon truc de baiser une boiteuse, lui avait lancé Daniel au petit matin, juste après avoir joui pour la deuxième fois.

L'insulte était venue de nulle part et avait pris Laura totalement au dépourvu. Jamais elle n'aurait cru Daniel capable d'une telle cruauté. Elle savait bien que ce n'était pas un gentil – elle n'aurait pas couché avec lui si ça avait été le cas, parce qu'elle n'aimait pas les gentils, les gentils se révélaient souvent les pires ordures, mais là… Elle ne s'était pas du tout attendue à ça. Elle ne s'était pas attendue à ce qu'il la pousse, à ce qu'il s'esclaffe en la voyant tomber ; et ce n'était pas un rire forcé, mais un vrai éclat de rire, comme s'il trouvait sincèrement la situation hilarante. Elle s'était relevée, aveuglée par la rage, et avait bondi sur lui avec une telle rapidité qu'il avait pris peur. Elle l'avait vu dans ses yeux, l'espace d'une fraction de seconde.

« Laura ? »

Cette fois, c'était Monosourcil qui s'adressait à elle.

« Alors ? Est-ce que vous pouvez expliquer la présence du sang de Daniel Sutherland sur votre tee-shirt ?

— Je l'ai mordu.

— Vous l'avez mordu ? » répéta Monosourcil, l'air grave, et Laura eut beau essayer d'imiter le sérieux de son interlocutrice, elle ne put s'empêcher d'éclater à nouveau de rire.

C'était plus fort qu'elle. La situation était grave, gravissime même, et pourtant elle regardait les inspecteurs assis en face d'elle, et elle riait, elle riait... Crâne d'Œuf, de son côté, avait l'air profondément triste, tandis que Monosourcil arborait un petit sourire satisfait.

À côté d'elle, elle sentit Le Nerveux frémir. Il leva les mains, écarta les doigts et la regarda comme s'il s'apprêtait à dire : *Mais qu'est-ce qui vous prend, putain ?*

« Je l'ai mordu fort, juste là, précisa Laura en indiquant un point dans son cou au-dessus de la clavicule. Jusqu'au sang ; j'ai senti le goût dans ma bouche et sur mes lèvres. Je me suis essuyée, c'est comme ça que j'ai dû en mettre sur mon tee-shirt. »

Monosourcil secoua la tête sans se départir de son petit sourire satisfait.

« Alors c'est ça, votre explication ? C'est tout ?

— Oui. Vous avez qu'à demander au médecin légiste. Demandez-lui si Daniel avait une morsure dans le cou.

— Étant donné l'emplacement des coups de couteau, indiqua Crâne d'Œuf, une telle marque pourrait bien être impossible à repérer.

— Ha ! s'exclama Laura avec un sourire victorieux.

— Mais je pense qu'il est peu probable qu'une simple morsure soit responsable de tout le sang que nous avons retrouvé sur vos vêtements, à moins que celle-ci n'ait été très profonde. Est-ce que c'était le cas ? » demanda Crâne d'Œuf.

Laura déglutit.

« Euh… non. Je suis pas un vampire, non plus ! Comme je vous disais, on s'est un peu bousculés, et quelque chose s'est cassé – une assiette, peut-être, ou un verre, je sais plus. Si, c'était un verre. Vous avez dû retrouver des éclats par terre, non ? Et Daniel avait du sang sur… Sur la main, je crois, et il m'a poussée. Il m'a mis la main sur le visage et il m'a poussée, je m'en souviens parce que j'ai dû me débarbouiller en rentrant à la maison. Peut-être qu'il m'a aussi poussée au niveau de la poitrine quand il m'a écartée pour sortir du bateau. »

À côté d'elle, Le Nerveux griffonnait comme un fou sur son carnet.

« Vous n'avez jamais mentionné cela, Laura, dit Crâne d'Œuf. Pourquoi n'en parler que maintenant ?

— Parce que ça n'avait pas d'importance.

— Bien sûr que si. Vous avez menti à la police, Laura, ajouta Crâne d'Œuf d'une voix lasse. Pourquoi vous ne nous l'avez pas dit ? Pourquoi mentir au sujet d'un élément aussi important ?

— Et pourquoi pas ? aboya Laura. J'étais déjà dans la merde, je suis toujours dans la merde, et je voulais pas aggraver les choses. Alors j'ai menti, d'accord ? »

Elle hurlait, à présent.

« J'ai menti, mais là, je dis la vérité. »

De nulle part – ou peut-être de sous la table –, Monosourcil sortit alors un petit sac en plastique transparent qu'elle posa entre Laura et elle.

« Qu'est-ce que vous pouvez nous dire là-dessus, Laura ? » demanda Monosourcil.

Laura ouvrit la bouche et la referma.

« Qu'est-ce que je peux vous… »

Le fou rire menaçait de nouveau, mais elle parvint à le réprimer en se mordant la lèvre.

« Qu'est-ce que je peux vous dire là-dessus ? Eh ben, c'est un couteau, on dirait. Un petit… Un couteau pas très grand. Avec un manche noir. En bois, j'imagine. Il y a quelque chose sur la lame. Je ne sais pas ce que c'est, mais si je devais deviner, je dirais…

— N'essayez pas de deviner, intervint Le Nerveux, qui semblait enfin s'être réveillé.

— Ouais, vous avez raison. Qu'est-ce que je peux vous dire là-dessus ? Je peux vous dire que ça ressemble à un couteau que je n'ai jamais vu avant.

— Très bien, dit Crâne d'Œuf. Dans ce cas, seriez-vous surprise d'apprendre que nous avons trouvé ce couteau dans votre appartement ? »

Laura secoua la tête.

« Non… Enfin, oui ! Bien sûr que je serais surprise, je viens de vous dire que je l'avais jamais vu ! Il est pas à moi ! »

Elle se leva.

« Je vous jure qu'il est pas à moi !

— Asseyez-vous, s'il vous plaît, demanda Crâne d'Œuf d'une voix douce, et Laura s'exécuta.

— Pourquoi j'aurais… ? commença-t-elle. Non, bon, disons, de façon purement hypothétique…

— Mademoiselle Kilbride, je…, intervint Le Nerveux.

— Non, non, c'est bon. Donc, disons de façon purement hypothétique que ce couteau était dans mon appartement. Pourquoi je l'aurais laissé là ? Je suis pas folle. Ni complètement demeurée. Alors pourquoi je l'aurais gardé ?

— Vous aviez bien gardé la montre de Daniel, fit remarquer Monosourcil.

— Mais putain, on tue pas les gens avec une montre, quand même !

— Mais on les tue avec un couteau ? »

Laura leva les yeux au ciel.

« Vous voyez ? dit-elle en se tournant vers son avocat. Vous voyez ? Toujours à essayer de me faire dire ce que j'ai pas dit, à essayer de me piéger. C'est bien les flics, ça. Ce couteau est pas à moi. Je sais pas d'où il vient, mais il est pas à moi.

— Et donc, quoi ? fit Monosourcil. Où voulez-vous en venir ? Je ne veux pas vous faire dire ce que vous n'avez pas dit, alors racontez-moi ce qui s'est passé, selon vous. »

Une fois de plus, Laura ouvrit la bouche et la referma, comme un poisson. Puis elle leva les bras en signe d'agacement.

« Mais j'en sais rien, moi ! Quelqu'un l'a mis là. Un collègue à vous qui a voulu me mettre ça sur le dos, peut-être. De toute façon, je sais bien que vous êtes à cran, ça fait deux semaines que Daniel est mort et vous avez rien.

— Quelqu'un l'a mis là, répéta lentement Monosourcil. Vous pensez que quelqu'un a mis ce couteau chez vous ? Qui d'autre que vous a accès à votre appartement ? Est-ce que quelqu'un a un double ?

— Vous voulez dire, à part mon majordome ? railla Laura. Et ma bonne, mon coach perso et… Ah si, attendez ! Miriam ! Miriam avait ma clé ! »

Ça lui était revenu comme ça. Les deux inspecteurs échangèrent un regard.

« Elle a dû…, reprit Laura. Écoutez, je blaguais pour le majordome, mais il y a vraiment une femme, elle s'appelle Miriam et elle habite sur la… Mais je suis bête, vous la connaissez ! Vous lui avez parlé, puisque c'est elle qui a retrouvé Daniel. Eh bien, Miriam avait ma clé. »

Les inspecteurs échangèrent un second regard, puis Monosourcil prit la parole.

« Vous êtes en train de nous dire que Miriam Lewis avait la clé de votre appartement ?

— Je connais pas son nom de famille, mais c'est la femme qui habite sur une péniche et qui a retrouvé le corps. Des Miriam, il y en a pas cinquante, si ?

— Il n'y en a qu'une seule, effectivement, et c'est bien Miriam Lewis, répondit Crâne d'Œuf, qui semblait sincèrement abasourdi par cette révélation. Qu'est-ce qui vous fait croire que Miriam Lewis aurait pu mettre ce couteau chez vous ? »

Laura avait la respiration saccadée. Elle voyait des choses qu'elle n'avait pas vues jusque-là, une lueur au loin, et elle éprouvait – quelle était cette étrange sensation ? – de l'espoir.

« Ma clé. Vous vous souvenez, je vous ai dit que je l'avais perdue ? Que je m'étais ouvert le poignet en cassant le carreau ? »

Crâne d'Œuf acquiesça.

« Eh ben, finalement, c'est elle qui l'avait. Elle m'a dit qu'elle l'avait ramassée sur la péniche de Daniel, mais elle a pas précisé pourquoi… Bref, ça veut dire que depuis sa mort, elle a pu venir dans mon appartement n'importe quand ! En plus, elle… »

Tout devenait plus clair, à présent.

« En plus, reprit-elle, elle en veut aux Myerson. Vous le saviez, ça ? Elle les déteste, elle pense que c'est des ordures, des gens malveillants. Je sais pas trop pourquoi. En tout cas, elle m'a dit qu'elle pensait que c'était Carla – la tante de Daniel, vous voyez qui c'est ? –, elle m'a dit qu'elle pensait que c'était elle qui avait tué Daniel, moi, ça m'a paru bizarre sur le moment, mais maintenant je me dis qu'elle essayait juste de rejeter la faute sur quelqu'un d'autre. Après tout, si c'est elle qui a trouvé le corps, c'est peut-être parce qu'elle savait qu'il y avait un corps à trouver, non ? Y a pas un truc comme quoi le coupable est souvent la personne qui découvre le corps ? Je sais que ça peut paraître tiré par les cheveux, vu que c'est une vieille, mais…

— Elle a cinquante-trois ans, fit remarquer Crâne d'Œuf.

— Voilà, oui. Mais c'est pas parce qu'elle est vieille qu'elle a pas pu le tuer. Elle est quand même sérieusement dérangée, vous savez ? Je sais… Je sais ce que vous pensez, vous me regardez et vous vous dites "C'est l'hôpital qui se fout de la charité", mais justement, je sais de quoi je parle. Vous étiez au courant qu'elle a été kidnappée par un tueur en série quand elle était jeune ? Et qu'elle a écrit un bouquin sur cette histoire ? Elle est complètement tarée », conclut Laura en pointant son index vers sa tempe tout en décrivant de petits cercles dans le vide.

Les deux inspecteurs étaient tous les deux enfoncés dans leur chaise, bras croisés. Visiblement, Laura les avait réduits au silence, au moins pour quelque temps. Monosourcil fut la première à réagir.

« Cette clé que Miriam possède, est-ce que…

— Qu'elle possédait. Je l'ai récupérée.

— Vous l'avez récupérée ? Hier, c'est bien ça ? Quand vous êtes allée chez elle et que vous l'avez agressée ?

— Pardon ? Je l'ai pas agressée, j'ai…

— Mlle Lewis a porté plainte contre vous, Laura, annonça Monosourcil. Elle…

— Mais c'est des conneries ! Je l'ai pas agressée, c'est elle qui m'a poussée ! Regardez ! »

Laura indiqua le bleu qui lui couvrait tout un côté du visage.

« Elle m'a poussée, je suis tombée, mais… Mais en plus ça n'a aucun rapport ! »

Elle se tourna vers Le Nerveux.

« Vous devriez pas intervenir, vous ? Dire un truc, peut-être ? »

Elle indiqua le sac plastique contenant le couteau.

« Est-ce que vous avez retrouvé mes empreintes digitales dessus ? Bien sûr que non, pas vrai ?

— Nous continuons à effectuer des analyses.

— Des analyses ? Pour des empreintes ? s'esclaffa-t-elle, moqueuse. Vous avez rien trouvé du tout, ouais. Bon, écoutez, est-ce que vous comptez me mettre en examen ou pas ? Parce que sinon, moi, je…

— Nous allons vous mettre en examen, Laura. »

L'espoir s'envola.

« Mais… et la clé ? C'est quand même un élément important, non ?

— Vous avez un mobile, vous étiez sur le lieu du crime, vous nous avez menti sur la gravité de votre altercation avec Daniel, énuméra Monosourcil en comptant sur ses doigts. Nous avons découvert son sang sur vos vêtements. Et l'arme du crime a été retrouvée en votre possession.

— Elle n'était pas en ma possession, protesta Laura, les larmes aux yeux. La clé, c'est forcément… Je vous en prie. »

Elle se tourna vers Crâne d'Œuf, qui semblait lui aussi sur le point de se mettre à pleurer. Refusant de croiser son regard, celui-ci baissa les yeux avant de s'adresser au Nerveux.

« Nous allons l'emmener pour lui signifier sa mise en examen, à présent, dit-il.

— Non, je vous en prie », répéta Laura.

Elle tendit les mains vers Crâne d'Œuf, elle voulait le supplier, se jeter à ses pieds, s'offrir à lui, mais d'autres personnes étaient entrées dans la pièce, des policiers en uniforme, et quelqu'un l'aida à se lever. Avec douceur, ce qui rendait les choses encore pires. Laura repoussa l'agent et commença à se débattre.

« Laura. »

Elle entendit la voix de Crâne d'Œuf, inquiète et implorante.

« Laura, s'il vous plaît, ne faites pas ça… »

Mais elle voulait faire ça. Elle voulait se débattre. Elle voulait qu'ils l'attrapent, qu'ils la jettent au sol, qu'ils l'assomment. Elle voulait que tout s'arrête.

30

Carla s'était changée deux fois, elle avait commencé et abandonné trois fois la lettre qu'elle écrivait à Theo, pour conclure que le quatrième essai était le bon. Au lieu de s'enfuir en secret, elle avait finalement décidé d'aller dîner chez lui. Elle y passerait la nuit, comme à son habitude, et au matin elle s'éclipserait en laissant la missive sur son bureau.

Elle avait réservé un taxi pour aller à la gare de King's Cross à 11 h 30 du matin, ce qui lui laisserait largement le temps de faire un saut à Hayward's Place afin de récupérer les objets qu'elle avait bêtement laissés là-bas : la laisse du chien, les lettres et le carnet. Des objets que Theo ne devait pas découvrir. Elle refusait qu'il soit ainsi confronté à la réalité comme elle l'avait été, il n'était pas aussi fort qu'elle. D'ailleurs, il suffisait de regarder ce que cela lui avait fait, à elle.

Quel dommage que Daniel n'exploite pas plus ses talents d'artiste ! Voilà ce que Carla s'était dit le jour où elle avait pris le carnet sur le bateau, lorsqu'elle l'avait feuilleté plus attentivement une fois rentrée chez elle, sur son canapé. Il était vraiment doué : il rendait les expressions avec un réalisme saisissant, il représentait chaque mouvement, chaque nuance, et il faisait preuve entre ces pages d'une empathie dont il ne semblait pas capable dans la vraie vie.

Elle se sentit coupable de penser cela, et surtout de lire son carnet. Daniel n'avait jamais manqué de rappeler que personne ne devait regarder ses créations, que c'était pour lui-même qu'il dessinait. Un manque de confiance en lui, avait toujours conclu Carla, mais à présent, elle n'en était plus si sûre. Plus elle examinait les pages sur lesquelles sa propre image apparaissait, plus son malaise grandissait, car elle était désormais certaine d'un problème qu'elle n'avait fait que soupçonner jusque-là : il y avait quelque chose d'anormal dans la manière dont l'aimait Daniel. Pire encore, elle craignait qu'il n'y ait quelque chose d'anormal dans la manière dont elle l'aimait, elle aussi. Pourtant, en dépit de ces sentiments – la culpabilité, le malaise et la peur –, elle ne pouvait s'empêcher de poursuivre sa lecture, car les dessins de Daniel étaient splendides.

Dans ce récit, tout était idéalisé : la maison dans laquelle Angela et elle avaient grandi et dans laquelle Daniel avait vécu sa petite enfance, à Lonsdale Square, ressemblait plus à un château qu'à un pavillon victorien, et le terrain plus à un parc qu'à un jardin de ville. Daniel, lorsqu'il se dessinait en jeune homme, était plus large d'épaules, plus musclé ; et quand Carla vit Ben, elle en eut le souffle coupé. Un parfait chérubin, avec de petites fossettes et de longs cils. Daniel avait esquissé à la perfection la générosité de son sourire enfantin, les boucles soyeuses qui lui tombaient sur la nuque. Elle crut que son cœur allait s'arrêter et reposa le carnet.

Elle finit par le reprendre, recommença à le feuilleter, et elle échouait encore à comprendre où cette histoire voulait en venir lorsqu'elle se rendit compte qu'en réalité, tout dans ces pages n'était pas idéalisé. Angela, par exemple, écopait d'un portrait cruel : ivrogne titubante et maigrichonne, constamment en petite tenue. Plus surprenant, Daniel n'apparaissait pas sous un meilleur jour. En effet, si « Arès » jouissait d'un physique avantageux, c'était en contrepartie un personnage pourri jusqu'à la moelle : malveillant, il persécutait les plus jeunes à l'école, ce qui pouvait lui valoir quelques raclées bien méritées ; il séduisait puis abandonnait sans remords des jeunes filles qui n'étaient représentées que comme naïves ou idiotes ; il harcelait et humiliait sa propre mère. Tout cela était décidément bizarre. Carla trouvait cela troublant mais surtout triste, de voir Daniel dépeint comme un monstre, en sachant que c'était son œuvre à lui. Pourquoi avait-il fait de son personnage le méchant de l'histoire, plutôt que le héros ? Cette question lui faisait de la peine. Puis, tandis qu'elle tournait les pages, ce terrible bloc de chagrin sous son sternum se mit peu à peu à se dissoudre pour laisser place à une effroyable appréhension, la certitude qu'elle devait poser ce carnet, le refermer et ne plus jamais l'ouvrir. Mais alors qu'elle atteignait le milieu du récit, elle tomba une nouvelle fois sur un dessin d'elle-même, arrivant à Lonsdale Square un après-midi ensoleillé avec Ben dans les bras. Elle sut aussitôt de quel jour il s'agissait et ne put détourner le regard.

Dans le récit de Daniel, Carla porte une robe et ses longs cheveux ondulés caressent ses épaules nues ; Ben, superbe ange blond, est perché sur sa hanche, il rit et sourit. Du balcon, Daniel voit Carla confier Ben à Angela, son visage maigre à moitié dissimulé dans l'ombre. Il se penche vers le soleil pour appeler sa tante, il agite la main, mais elle a déjà tourné les talons sans même le voir. Le petit Daniel se rembrunit.

La nuit est tombée sur la page. Daniel regarde la télévision dans le salon, tout seul. Il se lève et monte au second pour souhaiter bonne nuit à sa mère, mais elle n'est pas dans sa chambre. Il redescend dans sa propre chambre et, là, il découvre que son cousin s'est réveillé, a quitté le matelas sur lequel il dormait à même le sol, et s'est allongé au milieu de la pièce. Le garçonnet dessine maladroitement dans un livre, d'autres ouvrages éparpillés autour de lui, eux aussi recouverts d'infâmes gribouillis. La douleur de Daniel transparaît sur son visage : Ben a détruit ses précieux carnets, les bandes dessinées qu'il crée avec tant de soin ! Bouleversé, il appelle sa mère, en vain. Il part à sa recherche, de pièce en pièce, et atteint enfin le bureau. La porte est fermée, mais il entend des bruits à l'intérieur. Avec précaution, il pousse le battant – elle est là. À califourchon sur un homme, un inconnu, quelqu'un que Daniel n'a jamais vu de sa vie, la tête renversée en arrière, sa bouche écarlate grande ouverte. Soudain, elle se retourne et aperçoit son enfant horrifié, et elle éclate de rire.

Daniel part en courant.

Dans la scène suivante, Daniel est allongé sur son lit, où il imagine dans un nuage dessiné au-dessus de son personnage diverses scènes : dans l'une, il se voit frapper l'amant de sa mère sur le crâne avec une bouteille de champagne ; dans une autre, il gifle son ivrogne de mère. Puis les nuages se dissipent. Daniel prend appui sur un coude et examine le petit garçon désormais endormi par terre, ses longs cils reposant sur ses joues, un halo de boucles autour de la tête.

Au matin, Daniel monte dans la chambre de sa mère. Elle est plongée dans le sommeil, seule. Il s'éclipse en refermant la porte derrière lui et redescend réveiller le blondinet. Ravi de retrouver son cousin, celui-ci lui adresse un grand sourire endormi. Daniel l'aide à se lever, le prend par la main et le fait entrer dans le bureau. Tous deux traversent la pièce en se frayant un chemin parmi les vestiges de la soirée de débauche de la veille – des vêtements éparpillés partout, un cendrier plein à ras bord, une bouteille de champagne vide renversée. Daniel entraîne l'enfant vers la porte-fenêtre, l'ouvre et, une fois sur le balcon, il fait apparaître de derrière son dos un jouet : un camion rouge vif. Il le tend à son cousin qui rit de bonheur. Alors que celui-ci s'apprête à l'attraper, Daniel pose le camion par terre et le pousse doucement vers le bord, vers la rambarde rouillée. Puis il regarde le tout-petit avancer d'un pas hésitant à sa suite.

Dans la dernière case, Daniel est de nouveau seul, assis sur le rebord du balcon, les pieds dans le vide, un sourire aux lèvres.

31

Irene était assise sur une chaise particulièrement inconfortable dans le salon de Theo Myerson. Elle avait deviné avant même de s'installer que la chaise serait dure, mais elle s'était assise quand même, en songeant qu'en cas d'urgence elle pourrait se lever rapidement, ce qui n'aurait pas forcément été le cas dans un fauteuil. Elle ne voulait surtout pas se retrouver à la merci de Myerson. Une main agrippée au rebord de la chaise et l'autre à son sac à main posé sur ses genoux, elle parvint, non sans mal, à se rapprocher de quelques centimètres du poêle à bois installé dans l'ancienne cheminée. L'hiver n'avait visiblement pas dit son dernier mot, et il faisait un froid de canard. À la radio, on avait même évoqué de possibles chutes de neige.

Myerson était allé lui chercher un sherry à la cuisine. Elle n'en avait aucune envie – elle n'avait jamais été très portée sur la boisson –, mais comme Theo l'avait clairement invitée à entrer à contrecœur, elle avait jugé qu'il valait mieux accepter le verre qu'il lui proposait. Lui était déjà servi. Il buvait du vin, seul, en plein milieu de l'après-midi.

La vieille dame profita de l'absence temporaire de son hôte pour admirer sa bibliothèque. Car on pouvait dire ce qu'on voulait sur Theo Myerson, il avait une bibliothèque magnifique. Un beau meuble en chêne, sur mesure, qui couvrait tout le mur de part et d'autre de la cheminée, et sur lequel coulissait une jolie échelle permettant d'accéder aux étagères les plus élevées. De là où elle était assise, elle n'arrivait pas à lire les titres sur le dos des ouvrages, ce qui la frustrait au plus haut point. Irene était de ces gens qui adorent fouiner dans les bibliothèques des autres, même si là, ce n'était pas vraiment le moment.

« Carla devrait arriver d'une minute à l'autre, annonça Theo lorsqu'il reparut dans la pièce. Elle dîne ici, ce soir. »

Irene accepta le petit verre en cristal qu'il lui tendait et le remercia d'un hochement de tête.

« Je ne savais pas où elle habitait, dit-elle, vaguement consciente de s'être déjà justifiée. Mais dans un livre, j'ai trouvé une enveloppe sur laquelle figurait votre adresse… »

Theo s'assit dans un fauteuil à l'autre bout du salon, avala une belle lampée de vin et posa sur elle un regard mauvais.

« Vous m'avez dit que vous aviez besoin de la voir de toute urgence. Vous pouvez m'expliquer pourquoi ?

— Je pense qu'il vaut mieux attendre Carla », répondit Irene en sirotant son sherry.

Theo leva les yeux au ciel, puis la fixa de nouveau du même regard noir. On ne pouvait pas dire que c'était un homme d'une grande subtilité. Ils restèrent ainsi quelque temps, jusqu'à ce que le silence finisse par faire craquer Irene.

« J'ai besoin de lui parler de quelque chose que j'ai trouvé dans la maison d'Angela, dit-elle, et elle prit une gorgée de sherry pour se donner du courage. Un carnet qui appartenait à Daniel. »

Elle le sortit de son sac à main et le brandit devant elle avant de se raviser et de le remettre à sa place.

« C'est ça qui est urgent ? demanda Myerson d'un ton détaché.

— Eh bien, je… Vous n'aviez jamais vu ce carnet, monsieur Myerson ? »

Theo secoua la tête – Dieu merci, il ne semblait pas du tout intéressé par le sujet. À sa manière de remuer dans son fauteuil, Irene devina même qu'il était de plus en plus agacé et sur le point de lui demander de partir. Elle but une autre gorgée.

« Il s'agit de ce qu'on appellerait aujourd'hui un roman graphique, précisa-t-elle. Il y en avait un récemment en lice pour le Booker Prize, non ? Drôle d'idée, si vous voulez mon avis. Comment peut-on comparer une bande dessinée à un véritable roman ? »

Theo haussa les sourcils et vida la moitié de son verre de vin. Il commençait à mettre Irene vraiment mal à l'aise.

« Chacun ses goûts », lâcha-t-il.

Irene resta silencieuse un instant.

« J'ai trouvé ceci dans un de vos livres, finit-elle par annoncer en sortant de son sac l'enveloppe avec l'adresse de Theo. C'était dans votre roman policier. »

Dans le long silence tendu qui suivit, Irene hésita à parler du manuscrit qu'elle avait lu, celui que Laura lui avait donné, mais elle décida que ce n'était peut-être pas le meilleur moment pour accuser Myerson de plagiat. Elle était venue ici dans un but bien précis, elle ne voulait pas risquer d'en dévier. Encore une fois, elle porta le petit verre en cristal à ses lèvres et fut surprise de découvrir qu'il n'y restait qu'une goutte de sherry.

« Ce carnet, dit Theo, les sourcils froncés. Vous dites que vous l'avez trouvé dans la maison d'Angela. Je peux savoir ce que vous faisiez là-bas ?

— Eh bien, c'est-à-dire que… »

Irene ne termina pas sa phrase pour la simple et bonne raison qu'il n'y avait pas de réponse valable à la question de Theo. La version courte était qu'elle était allée fouiner chez la voisine. La version longue, que lorsqu'elle avait entendu à la radio que Laura avait été mise en examen pour le meurtre de Daniel, elle avait tout de suite compris qu'une erreur avait été commise et qu'elle devait parler à Carla au plus vite. Et comme elle n'avait pas les coordonnées de cette dernière, elle avait dû se résoudre à aller voir chez Angela si elle ne pouvait pas dénicher un papier avec le numéro ou l'adresse de sa sœur. Hélas, elle avait vite compris en découvrant les lieux totalement vides que sa quête était vaine. Par acquit de conscience, elle avait tout de même fait le tour de la maison, notant au passage son état lamentable : les papiers peints décollés, les traces d'humidité autour de la fenêtre de la cuisine, et les encadrements de portes rongés par la moisissure. Dans une chambre à l'étage, au fond d'une armoire – un des seuls meubles qui n'avaient pas encore été déménagés –, Irene avait découvert une petite pile de documents. Trois ou quatre lettres, toutes adressées à Angela, ainsi qu'un carnet.

Irene avait rapporté le tout chez elle. Elle n'avait pas trouvé l'adresse de Carla, mais le carnet avait autre chose à offrir. Pas une réponse à proprement parler – elle doutait que cela fût possible –, mais un aperçu de comment tout cela avait commencé. Un aperçu de la graine destructrice qui avait été plantée.

Theo se pencha en avant sur son fauteuil.

« Alors ? Pourquoi étiez-vous chez Angela ? insista-t-il d'une voix à présent menaçante. Pour autant que je sache, vous n'aviez rien à y faire. Cette maison est la propriété de Carla.

— Vraiment ? La maison appartient à Carla ? »

Myerson se leva d'un bond.

« Mais bon sang, ça ne vous regarde pas, qui possède cette maison ! Carla traverse une période très difficile, la dernière chose dont elle a besoin, c'est qu'une vieille chouette vienne se mêler de ses affaires ! »

Il traversa le salon et se planta devant elle.

« Donnez-moi ce carnet, exigea-t-il, la main tendue. Je me chargerai de le remettre à Carla. Si ensuite elle veut en discuter avec vous, elle vous contactera. Mais à votre place, je ne compterais pas trop dessus. »

Irene pressa son sac à main contre sa poitrine.

« Si cela ne vous dérange pas, je préfère le lui donner en main propre, dit-elle d'un ton pincé, dans l'espoir de masquer la crainte qu'elle ressentait de voir cet homme imposant penché au-dessus d'elle, et la crainte de ce qu'il pourrait faire s'il découvrait ce que Daniel avait dessiné.

— Ça me dérange, répliqua Theo. Donnez-moi ce carnet, je vais vous appeler un taxi. »

Ignorant la main à quelques centimètres de son visage, Irene serra les mâchoires et secoua la tête.

« Je vous demande de ne pas le lire. Je ne veux pas que…

— Donc Carla peut le lire, mais pas moi ? Pourquoi ?

— Parce que je suis sûre qu'elle a déjà vu ce carnet. Elle ne sera pas choquée par ce qu'il contient.

— Et moi si ? »

Irene ne répondit pas, et Theo leva les yeux au ciel.

« C'est bon, j'ai compris. Il s'agit de dessins de Carla, c'est ça ? Il était obsédé par elle, vous savez ? C'était très malsain. Un garçon très perturbé, Daniel… »

Irene se contenta de baisser les yeux vers ses genoux.

« Quoi, c'est encore autre chose ? demanda Myerson. Il s'est amusé à me dessiner ? À me faire passer pour le débile de service ?

— À vrai dire… », commença Irene.

Elle fut interrompue par un geste violent auquel elle ne s'attendait pas. La main de Theo s'avança et arracha le sac posé sur ses genoux.

« Non ! cria-t-elle. Attendez, je vous en prie !

— Ça suffit, maintenant ! gronda Theo. Assez tourné autour du pot ! »

Il récupéra le carnet et jeta le sac à main par terre. Tout son contenu se déversa sur la moquette : les lunettes de rechange d'Irene, son poudrier, son porte-monnaie. Irene se pencha prudemment pour rassembler ses affaires, pendant que Myerson ouvrait le carnet et commençait à lire.

« *Les Origines d'Arès* ! s'esclaffa-t-il. Il ne se prenait certainement pas pour n'importe qui ! Le dieu de la guerre, rien que ça… Ce petit merdeux… »

Il feuilleta rapidement les pages, et soudain, il s'interrompit, le souffle coupé, le visage figé. Myerson pâlissait à vue d'œil, tandis que ses doigts se refermaient sur les pages du carnet.

« Monsieur Myerson, dit Irene, paniquée. Vous ne devriez pas… »

Elle se leva.

« Il ne faut pas que vous regardiez ce qu'il a dessiné, poursuivit-elle, même s'il était visiblement trop tard. Je sais que c'est très perturbant, et… »

Soudain, sa tête se mit à tourner, la moquette sous ses pieds tangua comme un bateau, et tout autour d'elle se troubla – le poêle à bois, la magnifique bibliothèque en chêne.

« Oh, je ne me sens pas très bien », souffla-t-elle en tendant la main vers l'endroit où elle pensait trouver la chaise.

Sauf que celle-ci n'y était pas. Irene tituba, parvint à retrouver l'équilibre et cligna très fort des yeux avant de les rouvrir. C'était le sherry – le sherry et la chaleur du poêle. Elle se sentait très mal, et Myerson la regardait, la bouche ouverte, le visage à présent cramoisi, les poings serrés. Oh, mon Dieu. Elle fit un pas en arrière, chercha à tâtons quelque chose à quoi se raccrocher mais ne trouva rien. Quelle imbécile elle avait été, de venir avec le carnet ! Elle qui pensait faire preuve de courage, elle s'était comportée comme une idiote. Une vieille idiote, conforme à l'image que les gens se faisaient d'elle.

32

Theo avait tué de nombreuses fois d'un coup de stylo. Au fil de milliers de pages de fiction, il avait poignardé, éviscéré, exécuté d'une balle dans la nuque, il avait pendu à des potences improvisées, il avait battu à mort à l'aide d'un caillou tranchant au cœur d'une petite main. Et il avait imaginé pire (oh oui, bien pire !), chaque fois qu'il avait réfléchi à ce dont on (lui, n'importe qui) pouvait se révéler capable dans une situation dramatique.

Le carnet était déjà dévoré par les flammes. La vieille dame s'était relevée mais elle était toute rouge et effrayée ; elle ne s'était pas attendue à ce qu'il réagisse aussi vite, et aussi violemment. En l'examinant, il songea qu'il ne faudrait pas grand-chose, au fond : à cet âge, ils étaient si fragiles. D'ailleurs, elle tenait à peine sur ses jambes – elle avait bu ce verre de sherry un peu trop vite. Voilà qu'elle vacillait devant lui, les yeux emplis de larmes. Elle se tenait tout près d'un tapis qui s'était froncé quand elle avait tenté de se redresser, presque à mi-chemin entre le coin saillant de la cheminée en pierre et le rebord aigu de la table basse en verre et en bronze.

S'il s'était agi d'une scène d'un de ses romans, il n'aurait eu que l'embarras du choix.

Celle qui s'est enfuie

Il ne voit plus que du rouge.

Quand il s'est réveillé, ce matin, il ne se doutait pas qu'il serait le héros de l'histoire. Le chasseur, à la rigueur.

Quand il s'est réveillé, ce matin, il ne pouvait imaginer comment ça se passerait, comment elle serait – différente de ce qu'il voulait, pas du tout comme il l'espérait. Il ne pouvait imaginer qu'elle lui mentirait comme ça, qu'elle lui tendrait un piège.

Quand il s'est réveillé, ce matin, il ne lui est pas venu à l'esprit que ce serait lui, la proie.

L'injustice de la situation, l'amertume dans sa bouche, un liquide qui coule dans sa gorge tandis qu'elle le tue, celle qui s'est enfuie, la fille moche, sa main rouge qui brandit un caillou, ses yeux vengeurs. Il ne voit qu'elle, et ensuite il ne voit plus rien.

Celle qui s'est enfuie

Elle sait, avant de le voir, qu'il l'a retrouvée. Elle sait, avant de le voir, que ce sera son visage derrière le volant. Elle s'immobilise. L'espace d'une seconde, elle hésite, puis quitte la chaussée et se met à courir le plus vite possible, franchissant un fossé, enjambant une clôture en bois. À présent qu'elle est dans le champ voisin, elle court dans le noir, tombe, se relève. Sans bruit. À quoi bon crier ?

Quand il la rattrape, il lui arrache des poignées de cheveux et la plaque au sol. Elle sent son haleine. Elle sait ce qu'il va lui faire. Elle sait ce qui va se passer parce qu'elle l'a déjà vu à l'œuvre. Elle a vu ce qu'il a fait à son amie, avec quelle sauvagerie il lui a enfoncé le visage dans la terre, comment il l'a tripotée.

Elle a vu son amie se défendre vaillamment.

Et elle l'a vue perdre.

Alors elle ne se débat pas, elle se laisse faire. Elle reste allongée dans la boue, un poids mort. Tandis qu'il entreprend de la toucher par-dessus ses vêtements, elle le regarde droit dans les yeux.

Ce n'est pas ce qu'il veut.

« Ferme les yeux, lui dit-il. Ferme les yeux. »

Mais elle les garde ouverts.

Il lui donne une gifle, elle ne réagit pas. Elle ne dit rien. Elle a l'impression que ses bras et ses jambes sont si lourds qu'elle s'enfonce tout entière dans la boue. Et il s'enfonce avec elle.

Ce n'est pas ce qu'il veut.

Il s'écarte d'elle, martèle le sol de coups de poing. Il a le visage et la bouche pleins de sang. Il est flasque, il est vaincu.

Ce n'est pas ce qu'il veut.

Il se met à pleurer.

Elle en profite pour se redresser. Sans un mot.

« Va-t'en, lui dit-il. Va-t'en. Cours. »

Mais la fille n'a pas envie de courir. Elle a déjà assez couru. Elle ramasse un caillou au bord tranchant. Pas un énorme caillou, juste assez gros pour tenir dans sa main.

Elle le voit écarquiller les yeux lorsqu'elle abat le caillou sur son crâne. En sentant la tempe de l'homme se briser sous le coup, elle ressent une joie immense. Alors elle frappe une deuxième fois, puis une autre, et encore une autre, jusqu'à ce qu'elle soit trempée de sueur et de sang. À un moment, elle croit entendre l'homme la supplier d'arrêter, mais elle n'en est pas sûre. Peut-être qu'elle l'a simplement imaginé.

Quand les policiers arriveront, la fille leur expliquera qu'elle s'est défendue, que l'homme voulait la tuer, et ils la croiront.

33

Miriam contempla un par un ses souvenirs, les objets qu'elle avait rassemblés chaque fois qu'elle avait frôlé une autre vie – la vie d'un autre, ou une autre vie qu'elle aurait pu vivre. Avec une certaine tristesse, elle constata que sa collection s'était réduite : la clé ramassée sur la péniche avait disparu, ainsi qu'une des boucles d'oreilles de Lorraine, ce qui lui fit beaucoup de peine.

Les babioles qu'elle choisissait de conserver représentaient des moments importants pour elle et, quand elle repensait à ces événements – ces quelques instants seule avec Daniel sur le bateau, sa fuite de la ferme abandonnée –, elle aimait avoir entre les mains des choses à y associer, afin de se rappeler avec précision ce qui s'était passé et ce qu'elle avait ressenti. À présent, elle tenait entre ses doigts la petite croix en argent que son père lui avait offerte pour sa confirmation et ferma fort les paupières pour s'imaginer à quatorze ans, avant le cauchemar de la ferme, quand elle était encore une jeune fille innocente.

Miriam avait bien conscience que cette habitude de collectionner des souvenirs pour la ramener à des épisodes cruciaux de sa vie était un trait qu'elle partageait avec les psychopathes et les tueurs en série et cela la contrariait, même si elle estimait qu'au fond, chacun avait sa part d'ombre, et que ces objets l'aidaient à rester fidèle à elle-même, au monstre qu'elle avait fait naître.

Parfois, quand elle broyait du noir, elle éprouvait soudain un besoin presque irrésistible de se confesser. Mais si elle avait un confesseur, par où commencerait-elle ? Par sa plus récente transgression, ou par la toute première ? Non, il faudrait que ce soit la première, celle qui l'avait définie, celle qui l'avait mise sur sa voie.

Il faudrait donc commencer par le soir où elle s'était échappée de la ferme, quand elle s'était tenue devant la vitre cassée pour prier et prier encore. Quand elle était sortie par la fenêtre, quand elle avait couru sur le chemin de terre. Quand elle avait entendu le tonnerre qui n'en était pas, le bruit de la voiture qui arrivait derrière elle, depuis la ferme. Quand elle avait compris qu'il était à sa poursuite et qu'elle s'était remise à courir, qu'elle avait escaladé la clôture et s'était jetée dans le fossé avant de ramper à plat ventre jusqu'à être en partie dissimulée sous un arbre. Là, elle était restée allongée, à écouter le grincement de la transmission lorsque le véhicule avait ralenti, à regarder le faisceau des phares passer sur la branche juste au-dessus d'elle. Puis la voiture s'était éloignée.

Après cela, elle était restée dans le fossé, mais elle n'aurait pas su dire combien de temps. Elle ne le saurait jamais. Miriam se souvenait de tonnes de détails sur cette journée et la nuit qui avait suivi, l'odeur de la bâtisse, le bleu pâle du ciel le soir, la chanson à la radio pendant le trajet et le son affreux qu'avait émis Lorraine après qu'il l'avait frappée. Pourtant, rien à faire : Miriam était incapable de savoir combien de temps elle était restée dans ce fossé, pétrifiée, l'esprit agité par cette simple phrase : *Ce n'est pas ma faute si c'est toi qu'il a choisie.*

Elle ne se souvenait pas non plus combien de temps elle avait attendu, enfermée dans la pièce de la ferme, paralysée de terreur devant la vitre cassée, elle ne savait pas combien de temps elle avait mis avant de décider que le mieux à faire n'était pas d'essayer de se défendre, mais de s'enfuir pour alerter les secours. Elle ne savait pas combien de temps elle était restée plantée là à prier, prier pour qu'il ne redescende pas les marches, prier pour qu'il ne vienne pas la chercher. Prier pour qu'il prenne tout son temps avec Lorraine.

Son esprit était passé à autre chose, et ça n'avait été que lorsqu'elle s'était assise à la coiffeuse de Lorraine dans sa chambre, quand elle avait empoché les boucles d'oreilles en songeant qu'elle n'était pas quelqu'un de bien, que ces odieuses pensées lui étaient revenues, ainsi que le temps qu'elle avait gaspillé à les formuler.

Miriam avait affronté une épreuve morale et elle avait échoué ; ce jour-là, elle avait découvert qu'elle n'était pas quelqu'un de bien, que la bonté, la véritable bonté, lui faisait défaut.

Miriam n'était pas quelqu'un de bien, et cela n'avait pas changé avec le temps.

Au fond de la boîte en bois, sous la lettre de l'avocat, était posée la plaque du collier du chien.

Miriam n'aimait pas repenser à ce qui s'était passé avec le chien. C'était une perte de sang-froid à un moment douloureux de sa vie et elle n'en était pas fière. Elle avait gardé la plaque pour se rappeler que transférer sa colère sur un autre être ne fonctionnait pas. Ça ne servait à rien. Elle repensait souvent à Jeremy, à combien elle aurait aimé lui plonger un couteau dans la gorge. Parfois, elle pensait aussi à Myerson, à lui éclater le crâne avec un marteau, le pousser dans le canal et le regarder disparaître dans l'eau boueuse.

Elle y pensait, mais elle n'avait pas le courage d'agir. Jusqu'au jour où cela s'était fait tout seul : un client désagréable à la librairie, une collision évitée de peu avec un cycliste qui l'avait traitée de grosse connasse et, alors qu'elle arrivait chez elle, le souffle court et la vision trouble, au bord de la crise de panique, elle avait trouvé le chien sur son pont arrière, en train de fourrager dans les sacs-poubelle qu'elle avait sortis ce matin-là et oublié de jeter à la benne.

Presque sans réfléchir, elle avait attrapé l'animal, l'avait emmené dans la cabine pour le poser dans l'évier et, avec un couteau bien aiguisé, elle lui avait tranché la gorge.

Le chien n'avait pas souffert – c'était un geste propre. Pas au sens premier du terme, bien sûr : cela avait été au contraire très salissant, du sang partout sur ses mains, ses habits et sur le sol, beaucoup plus qu'on ne pourrait se l'imaginer. Il lui avait fallu une éternité pour tout nettoyer. Parfois, elle avait encore l'impression de sentir l'odeur.

Plus tard ce soir-là, elle avait mis le cadavre dans un sac et avait remonté le chemin de halage pour vider son contenu dans l'eau devant chez Theo. Elle pensait qu'on retrouverait vite le petit corps mais il avait dû dériver dans un tunnel ou se prendre dans l'hélice d'une péniche, et Theo n'avait jamais eu l'occasion de se demander qui avait bien pu faire une chose pareille. D'un certain côté, Miriam trouvait ça plus satisfaisant, de le voir régulièrement arpenter le canal et les rues alentour en appelant l'animal, ou accrocher ses pitoyables affichettes.

Miriam glissa la plaque du chien dans sa poche et quitta sa péniche pour se diriger vers l'ouest, vers la maison de Myerson. Si elle devait confesser quelque chose, ce serait ça, cet indigne incident avec le chien, et si elle devait se confesser à quelqu'un, autant que ce soit à Myerson. Bien sûr, il risquait de la dénoncer à la police, mais son petit doigt lui soufflait qu'il n'en ferait rien. Il préférerait ne pas raconter comment toute cette histoire avait commencé, il ne voudrait pas rentrer dans les détails. Cela heurterait sa fierté.

Elle s'était convaincue de tout cela, elle s'était rassurée ; à présent, elle était certaine que tout avouer au sujet du chien était une bonne idée. Elle ferait d'une pierre deux coups : elle allait punir Myerson tout en apaisant sa conscience. Alors, les poings bien serrés le long du corps et le visage déterminé, elle gravit les marches du chemin de halage et s'engagea sur Noel Road, où elle s'arrêta brusquement.

Myerson était là, sur son perron, jetant des coups d'œil furtifs de tous côtés, visiblement très nerveux. Il croisa son regard et leva les sourcils de stupeur puis, flanqué de deux policiers, il descendit l'allée et rejoignit une voiture garée devant chez lui.

La voiture s'en alla. Le cœur battant à tout rompre dans sa poitrine, Miriam en croyait à peine ses yeux. Est-ce qu'elle avait gagné ? Justice avait-elle enfin été rendue ?

Elle resta plantée là un moment, si estomaquée par la scène à laquelle elle venait d'assister qu'elle faillit oublier de s'en réjouir. Enfin, sa perplexité s'estompa pour laisser place à la joie. Un sourire s'étala sur son visage, elle porta les mains à ses lèvres et elle se mit à rire, rire et encore rire, un son presque étranger à ses oreilles.

Quand elle se calma, elle remarqua qu'on la regardait depuis l'autre côté du trottoir, un peu plus loin dans la rue. Un homme plus âgé dans un fauteuil roulant, avec une crinière de cheveux blancs. Il descendit sur la chaussée et regarda à droite et à gauche comme s'il s'apprêtait à traverser. Alors que Miriam pensait qu'il allait venir lui parler, un énorme taxi se gara devant l'homme. Le chauffeur en sortit et aida l'homme à s'installer à l'arrière, puis il redémarra et effectua un large demi-tour sur la route.

Lorsque le véhicule passa devant elle, Miriam croisa le regard de l'homme aux cheveux blancs assis sur la banquette, et tous les petits cheveux de sa nuque se redressèrent.

34

Tout peut être source d'inspiration. Avec le temps, toute tragédie finit par devenir une comédie. C'est ce qu'on dit sur l'écriture, non ? Assis en face de deux inspecteurs dans une pièce étouffante, Theo se demanda avec amertume combien de temps il faudrait avant que les drames de sa vie (la mort de son enfant et la désintégration de son couple) lui semblent drôles. Après tout, cela faisait quinze ans que son fils était mort. Il devrait commencer à trouver ça un peu marrant, non ?

Tu parles…

Quant à ces histoires d'inspiration, il avait du mal à enregistrer quoi que ce soit de pertinent au sujet de ce qui l'entourait. Chaque observation se révélait banale : la salle était petite avec des murs gris, et il y flottait une odeur d'entreprise (mélange de mauvais café et de plastique neuf). Il n'entendait qu'un bourdonnement insidieux, en dehors de la respiration sifflante de l'inspectrice Chalmers, installée en face.

Devant lui, sur la table située entre lui, Chalmers et l'inspecteur Barker, se trouvait un petit couteau dans un sachet transparent, avec un manche en bois noir et une tache sombre sur la lame. Un petit couteau d'office. Son petit couteau d'office, qui n'avait visiblement pas disparu dans le tiroir à couverts.

Quand les policiers avaient posé l'ustensile devant lui un instant plus tôt, Theo avait arrêté de respirer en comprenant que cet épisode ne lui servirait pas de « source d'inspiration ». Il ne s'agissait pas d'une anecdote qu'il raconterait plus tard en plaisantant à ses amis. D'ailleurs, il faudrait beaucoup, beaucoup de temps avant que tout cela finisse par devenir une comédie.

« Est-ce que vous reconnaissez cet objet, monsieur Myerson ? » demanda l'inspectrice Chalmers.

Theo examina le couteau. Une multitude d'idées lui vinrent à l'esprit, toutes plus stupides les unes que les autres. Il s'entendit émettre un petit bruit, « Humm… », ce qui n'était pas moins stupide. Personne ne regardait un objet en faisant « Humm… ». Normalement, on disait soit « Oui, je le reconnais », soit « Non, je ne le reconnais pas » – sauf que dans son cas, la seconde option n'était pas envisageable. Il avait bien compris que si les enquêteurs lui avaient mis le couteau sous les yeux, c'est qu'ils savaient qu'il serait en mesure de le reconnaître.

Réfléchis, réfléchis, réfléchis, se répéta Theo, ce qui ne fit que l'irriter, car cela l'empêchait de réfléchir à autre chose qu'au verbe « réfléchir ».

Réfléchis à autre chose que « Réfléchis », bon sang !

Le couteau lui appartenait et ils le savaient – cet interrogatoire ne relevait pas du hasard. Alors, c'était terminé, non ? C'était fini. La fin du monde tel qu'il le connaissait, comme dans la chanson de REM, « It's the End of the World as We Know It (and I Feel

Fine) ». D'ailleurs, étrangement, même la suite du titre lui convenait : il allait très bien. Bon, très bien était peut-être une exagération, mais en tout cas, il ne se sentait pas aussi mal qu'il l'aurait cru. Peut-être que le dicton disait vrai : en fin de compte, c'est l'espoir qui tue. À présent que l'espoir était anéanti, Theo se sentait mieux. Une question de suspense, songea-t-il. Le suspense, voilà le plus angoissant. Hitchcock l'avait bien compris. Theo ne se posait plus de questions sur la suite, désormais. Évidemment, il était encore attristé et sous le choc, mais il éprouvait un certain soulagement.

« C'est le mien, répondit-il doucement, le regard fixé sur le sachet transparent. Ce couteau m'appartient.

— D'accord, acquiesça Barker. Et savez-vous quand vous l'avez vu pour la dernière fois ? »

Theo prit une grande inspiration. L'espace d'un instant, il se revit dans son salon, avec Irene Barnes. Il revit les dessins de Daniel, les images vulgaires de sa sublime Carla, la scène de la mort de son petit Ben ; il se revit déchirer les pages du carnet avant de les jeter au feu. Il expira lentement. C'est parti.

« Eh bien, ce devait être le 10 au matin.

— Le 10 mars ? »

L'inspecteur Barker lança un coup d'œil subreptice à sa collègue et se pencha sur la table.

« Vous voulez dire le matin de la mort de Daniel Sutherland ? »

Theo se frotta le front du bout de l'index.

« C'est exact. Je l'ai jeté. Euh… Je comptais le lancer dans le canal mais j'ai… aperçu quelqu'un. J'ai cru apercevoir quelqu'un sur le chemin de halage et, comme je ne voulais pas attirer l'attention, j'ai changé d'avis et j'ai jeté le couteau dans les buissons. »

Les policiers échangèrent un regard, plus long, cette fois. Barker inclina la tête sur le côté, les lèvres pincées.

« Vous avez jeté le couteau dans les buissons ? Le matin du 10 mars ? Vous êtes donc en train de dire, monsieur Myerson…

— … que je me suis rendu sur la péniche de Daniel tôt ce matin-là, pendant que ma femme dormait. Je… Je l'ai poignardé. Il y a eu beaucoup de sang, bien sûr, vraiment beaucoup. Je me suis nettoyé dans la cabine, puis je suis parti, et j'ai jeté le couteau dans les buissons sur le chemin. Dès que je suis rentré chez moi, je me suis douché. Carla était encore endormie. Je nous ai préparé du café que je lui ai apporté au lit. »

L'inspecteur Barker ouvrit la bouche un instant, la referma.

« D'accord », dit-il enfin.

Il se tourna une nouvelle fois vers sa collègue et Theo crut voir Chalmers secouer imperceptiblement la tête – mais au point où il en était, il s'imaginait peut-être des choses.

« Monsieur Myerson, vous nous avez dit tout à l'heure que vous ne souhaitiez pas vous faire assister d'un avocat pendant cet interrogatoire. Je vous repose la question, au cas où vous auriez changé d'avis : voulez-vous que nous contactions quelqu'un pour vous ? Nous pouvons également appeler l'avocat commis d'office de garde au poste. »

Theo secoua la tête. Il ne voulait surtout pas qu'un avocat vienne essayer d'arranger la situation, de compliquer ce qui était en réalité assez simple.

« Je m'en sortirai très bien tout seul, merci. »

Barker récita alors les formules de rigueur, précisant que Theo était venu de son propre gré et qu'il avait sciemment refusé de consulter un avocat bien qu'il ait été averti que cela n'était pas dans son intérêt.

« Monsieur Myerson…, reprit Barker, qui avait du mal à conserver un ton neutre (Theo songea que ce devait être un moment excitant, pour un enquêteur), si j'ai bien compris, vous venez d'avouer le meurtre de Daniel Sutherland, est-ce bien cela ?

— Oui, c'est exact. »

L'écrivain but une gorgée d'eau et prit une nouvelle inspiration. C'est reparti.

« Ma belle-sœur… », commença-t-il, mais il s'interrompit.

C'était le passage le plus difficile, l'explication qui allait le plus lui coûter, celle qu'il ne voulait pas prononcer à voix haute.

« Votre belle-sœur ? répéta Chalmers, abasourdie – elle ne faisait plus l'effort de camoufler son ressenti. Angela Sutherland ? Qu'a-t-elle à voir là-dedans ?

— Peu avant sa mort, Angela m'a raconté que mon épouse… Euh, mon… Que Carla et Daniel entretenaient une liaison.

— Une liaison, répéta encore Chalmers, et Theo acquiesça, les yeux fermés. Comment cela ?

— S'il vous plaît… », supplia Theo.

Il se mit à pleurer. Il en fut le premier surpris.

« … je ne veux pas vous donner de détails.

— Vous voulez dire qu'il existait une relation de nature sexuelle entre Carla et Daniel, c'est bien cela ? »

Theo hocha la tête. Les larmes gouttaient du bout de son nez pour atterrir sur son jean. Cela faisait des années qu'il n'avait pas pleuré, songea-t-il soudain. Il n'avait pas pleuré en s'asseyant à côté de la tombe de son fils lors de ce qui aurait dû être son dix-huitième anniversaire, et voilà qu'il pleurait dans un poste de police. Et pour ça.

« Et c'est Angela Sutherland qui vous a parlé de cette liaison ?

— Oui. Je suis allé la voir environ une semaine avant son décès.

— Pouvez-vous nous en dire plus, monsieur Myerson ? Sur ce qui s'est passé ce jour-là ? »

« Je pense qu'il vaut mieux que tu le voies toi-même, dit Angela à Theo. Est-ce que… Est-ce que tu veux bien me suivre à l'étage ? »

Theo s'exécuta et lui emboîta le pas jusque dans le couloir, où il la regarda monter l'escalier en se demandant ce qu'elle pouvait bien avoir à lui montrer là-haut. Des affaires de Daniel, probablement. Peut-être d'autres dessins, des écrits ? Cette idée le révulsa. Il commença à gravir les marches derrière elle. Il imagina la tête qu'elle ferait en lui dévoilant ses découvertes, une expression de pitié teintée d'un soupçon de triomphe, de jubilation, même. *Regarde donc ta parfaite épouse ! Regarde ce qu'elle fait avec mon fils !*

À quelques marches du sommet, il s'arrêta. Angela l'attendait en l'observant du palier, l'air craintif. Il se rappela comme elle s'était recroquevillée devant lui, le jour de la mort de Ben ; il se rappela l'envie brutale qu'il avait eue de l'agripper, de l'étrangler, de lui fracasser le crâne contre le mur.

À présent, il ne ressentait rien de tout cela. Il tourna les talons et redescendit au rez-de-chaussée. Il l'entendit se mettre à pleurer tandis qu'il ouvrait la porte d'entrée et la refermait derrière lui pour retrouver l'après-midi ensoleillé. Le temps d'allumer une cigarette, et il reprit le chemin de sa maison. Alors qu'il remontait la rue qui menait vers le jardin de l'église Saint James, il fut submergé par une vague de regrets. À une époque, il ne haïssait pas Angela ; d'ailleurs, il l'aimait énormément. À une époque, son cœur faisait un bond quand il l'apercevait, elle était toujours si drôle, si agréable, elle avait toujours des choses à raconter. Une époque qui lui paraissait si lointaine, désormais.

« Pouvez-vous nous en dire plus, monsieur Myerson ? Sur ce qui s'est passé ce jour-là ? »

Theo essuya ses larmes du dos de la main. Il ne comptait pas parler de ses regrets à la police. À cet instant, il n'avait aucun intérêt à leur dire qu'à une époque, il avait aimé Angela comme une sœur, comme une amie.

« Elle m'a dit qu'il se passait quelque chose entre Daniel et ma femme. Nous nous sommes disputés. Mais pas… Je ne l'ai pas touchée. J'en avais envie, pourtant. J'aurais voulu lui tordre le cou, mais je ne l'ai pas fait. Je ne l'ai pas non plus poussée dans l'escalier. À ma connaissance, la mort d'Angela est un accident. »

À sa connaissance. Et il ne comptait pas non plus raconter à la police que, pour le restant de ses jours, chaque fois qu'il penserait à Angela, ce serait cette image-là qu'il verrait : Angela en larmes sur le palier du premier étage ; il se remémorerait les paroles qu'il avait prononcées juste avant, quand il lui avait reproché sa fainéantise et sa négligence, quand il l'avait traitée de mauvaise mère ; et il se demanderait si c'était les derniers mots qu'elle avait entendus de sa vie. Il se demanderait si, lorsqu'elle avait vacillé en haut des marches, ou qu'elle agonisait au pied de l'escalier, c'était cet éloge funèbre qu'elle avait entendu.

« Donc vous vous êtes disputés, vous êtes parti… Est-ce que vous en avez parlé à votre femme ? Est-ce que vous l'avez interrogée sur ce que vous avait dévoilé Angela ?

— Non. Il y a des questions dont il vaut mieux ne pas avoir les réponses, ajouta-t-il à voix basse. De toute façon, Angela est décédée peu de temps après cette conversation, et je n'allais pas aborder le sujet à ce moment-là. Ma femme était en deuil. Mais j'avais peur que… J'étais sûr que Daniel allait se servir de la mort de sa mère pour essayer de se rapprocher de Carla. Je ne pouvais pas supporter cette idée. Je voulais qu'il disparaisse. »

L'inspectrice Chalmers arrêta l'enregistrement, se leva et annonça qu'ils allaient faire une courte pause. Elle proposa à Theo un café, qu'il refusa, mais il demanda une bouteille d'eau – gazeuse, si possible. Chalmers répondit qu'elle ferait de son mieux.

C'était terminé. Le pire était passé.

Puis il réalisa qu'il avait tort. Les journaux ! Mon Dieu, les journaux ! Qu'est-ce que les gens allaient dire, sur Internet, sur les réseaux sociaux ? Bon sang ! Theo baissa la tête et pleura, les épaules agitées de sanglots. Ses livres ! Plus personne ne les achèterait. La seule bonne chose qu'il ait faite de sa vie – en dehors de Ben et de son amour pour Carla –, c'était son œuvre, et celle-ci allait se retrouver ternie à jamais, tout comme son nom. On allait retirer ses romans des bibliothèques et des librairies, le faire disparaître. D'accord, Norman Mailer avait poignardé sa femme avec un canif et William Burroughs avait abattu la sienne, mais c'était une autre époque, n'est-ce pas ? Les gens étaient devenus tellement intolérants, on ne pouvait plus faire ce qu'on voulait en toute impunité. Avec la cancel culture, désormais, au moindre faux pas, on était mis au pilori.

Le temps que les inspecteurs reviennent avec une bouteille d'Évian (pour l'eau gazeuse, il repasserait), Theo s'était repris. Il avait essuyé ses larmes, il s'était mouché, et se tenait prêt.

Les policiers avaient autre chose à lui montrer : la photographie d'une jeune femme.

« Avez-vous déjà vu cette personne, monsieur Myerson ? demanda l'inspecteur Barker.

— Oui, c'est celle que vous avez inculpée du meurtre. Kilbride, c'est ça ? demanda-t-il en levant les yeux vers eux.

— Et vous ne l'aviez jamais vue avant ? »

Theo réfléchit un instant.

« Eh bien… Je ne pourrais pas l'affirmer sous serment, mais je pense qu'il s'agit de la femme que j'ai vue sur le chemin de halage, le matin de la mort de Daniel. Je vous ai dit que je l'avais aperçue de la fenêtre de ma chambre, mais ce n'était pas vrai. En réalité, je crois que… que je l'ai croisée. Pendant que je me rendais sur le bateau. Elle… avançait en traînant les pieds, ou elle boitait, peut-être. J'ai cru qu'elle était ivre. Il y avait des traces sur elle, de la terre ou du sang. Je me suis dit qu'elle avait dû tomber. Je vous en ai parlé la première fois que nous avons discuté pour vous lancer sur une autre piste.

— Une autre piste que vous ? demanda Barker.

— Eh bien, oui ! Évidemment, une autre piste que moi. »

Les policiers échangèrent un énième regard insondable. Ce fut Barker qui reprit la parole :

« Seriez-vous surpris d'apprendre qu'on a retrouvé ce couteau – celui dont vous venez de dire qu'il vous appartient et qu'il vous a servi à assassiner Daniel Sutherland – dans l'appartement de la jeune femme de la photo ? »

Surpris, c'était le moins qu'on puisse dire.

« Je… Dans son appartement ? »

Une terrible idée traversa alors l'esprit de Theo : venait-il de se sacrifier pour rien ?

« Vous avez retrouvé le couteau dans son appartement ? répéta-t-il bêtement. Elle… Eh bien, elle a dû le ramasser. Elle a dû me voir le jeter… Peut-être que c'est bien elle que j'ai cru voir un peu plus tard, peut-être d'ailleurs que c'est à ce moment-là que je l'ai vue…

— Vous venez de nous dire que vous l'aviez croisée à l'aller, quand vous vous rendiez sur le bateau, fit remarquer Chalmers.

— Ça a pu être à un autre moment. Plus tard, par exemple. Mes souvenirs de cette matinée-là ne sont pas vraiment limpides, vous savez. J'étais extrêmement stressé. Et émotif. Je… À l'évidence, j'étais perturbé.

— Est-ce que vous reconnaissez ceci, monsieur Myerson ? »

Un autre objet, à présent. Une écharpe.

« Oui, c'est à moi, acquiesça-t-il. Une belle écharpe. Burberry. »

Il releva les yeux vers eux.

« Je la portais ce matin-là. Je crois que je l'ai perdue à ce moment-là.

— Où pensez-vous l'avoir perdue ? interrogea Chalmers.

— Je n'en ai pas la moindre idée. Comme je viens de vous le dire, la chronologie des événements n'est pas très claire, dans ma tête. Sur le bateau, peut-être ? Ou quelque part sur le chemin ? Je ne sais plus.

— J'imagine que vous seriez surpris d'apprendre que cette écharpe aussi a été retrouvée dans l'appartement de Laura Kilbride ?

— Ah oui ? Eh bien, si je l'ai laissée tomber au moment où je jetais le couteau… »

Theo soupira. Il était épuisé.

« Quelle importance ? Je vous l'ai dit, je suis coupable, d'accord ? Je ne sais pas comment cette fille a dégotté mon écharpe, je…

— Mlle Kilbride pense que quelqu'un a essayé de l'incriminer dans cette affaire en déposant l'écharpe et le couteau chez elle, le coupa Barker.

— C'est possible, balbutia Theo, mais ce quelqu'un, ce n'est pas moi ! Premièrement, je ne sais même pas où elle habite, et deuxièmement, je viens de vous dire que ces objets m'appartiennent. Pourquoi irais-je les déposer chez cette jeune femme avant de vous avouer qu'ils sont à moi ? Ça n'a aucun sens, vous en conviendrez ! »

Barker secoua la tête. Il avait l'air très mécontent, songea Theo. Pas du tout l'air d'un homme qui venait de résoudre une affaire.

« Vous avez raison, ça n'a aucun sens, monsieur Myerson. Et il y a autre chose, poursuivit l'inspecteur en se redressant, les coudes sur la table et les doigts en pyramide, nous n'avons trouvé qu'une seule empreinte sur le couteau : la vôtre. Un pouce, pour être exact. Mais étant donné qu'il s'agit de votre couteau, cette découverte n'est pas particulièrement étonnante. L'empreinte se situait ici… »

Et il désigna un endroit sur le côté du manche, tout proche de la lame.

« … ce qui n'est pas tout à fait là où on appuie le pouce quand on brandit un couteau pour poignarder quelqu'un. Par contre, c'est là où il se pose naturellement pour d'autres usages. Émincer un oignon, par exemple. »

Theo haussa les épaules, dépité.

« Je ne sais pas ce que vous attendez de moi. Je suis coupable. J'ai tué Daniel Sutherland à cause de sa liaison avec mon ex-femme, Carla. Si vous m'apportez une feuille de papier, j'écrirai ma confession. Je veux bien la signer tout de suite. Maintenant, je souhaite mettre fin à cette discussion, si cela ne vous gêne pas. C'est possible ? »

Chalmers repoussa abruptement sa chaise en se levant – elle semblait agacée. Barker secoua la tête, déçu. Ils ne le croyaient pas, comprit Theo, et cela l'irrita. Pourquoi ne le croyaient-ils pas ? Est-ce qu'ils ne le pensaient pas capable d'un tel crime ? Il n'avait donc pas l'air d'un homme prêt à tuer par amour, prêt à tuer pour protéger sa famille ? Eh bien, peu importe, songea Theo, rayonnant de suffisance. Qu'ils le croient ou non, il avait fait son devoir. Il l'avait sauvée.

35

Tout ce que Carla voulait, c'était qu'il lui dise qu'elle se trompait.

Ce vendredi-là, chez Theo, deux jours après avoir lu le carnet de Daniel, elle s'endormit tôt, ivre morte, pour se réveiller en sursaut quelques heures plus tard, avec la migraine et la bouche pâteuse. Les scènes que Daniel avait dessinées tournaient en boucle sur l'écran décharné de son esprit. À côté d'elle, Theo ronflait doucement. Elle se leva. Inutile de rester là, elle savait qu'elle n'allait pas se rendormir. Elle s'habilla rapidement, ramassa son petit sac de voyage et descendit l'escalier sur la pointe des pieds. Debout devant l'évier, elle but un verre d'eau, puis un second. La veille, elle avait englouti plus d'une bouteille de vin – c'était plus d'alcool qu'elle n'en avait consommé en une fois depuis des années. Elle ressentait une douleur intense derrière les yeux. Dans les toilettes du rez-de-chaussée, elle trouva une boîte de paracétamol et avala trois comprimés.

De retour dans la cuisine, elle se mit à chercher un papier et un stylo pour laisser un mot à Theo, *Impossible de dormir, je suis rentrée*, quelque chose comme ça. Il serait blessé, il ne comprendrait pas mais, pour le moment, elle n'avait pas l'espace mental pour s'occuper de ses sentiments ; elle n'avait plus d'espace mental pour rien. Daniel prenait toute la place.

Elle ne trouva pas de stylo. Peu importait, elle l'appellerait plus tard. Dans quelque temps. Il faudrait bien qu'ils discutent à un moment, elle devrait inventer une excuse pour expliquer la façon dont elle s'était comportée ces dernières semaines, ce qu'elle ressentait.

« Tu as l'air en état de choc, Carla, avait commenté Theo ce soir-là peu après qu'elle était arrivée pour leur dîner hebdomadaire. Est-ce que tu as des problèmes de sommeil ? »

Quand elle avait acquiescé, il avait voulu savoir depuis quand, s'il y avait eu un déclencheur, mais elle ne voulait pas en parler.

« Peut-être après un verre », avait-elle dit.

Elle avait bu deux gin-tonics avant qu'ils s'attaquent au vin. Elle n'avait rien mangé. Pas étonnant qu'elle se sente aussi mal.

Non, pas étonnant.

Par la fenêtre de la cuisine, elle aperçut du givre sur la pelouse. Il allait faire froid, dehors. Dans l'entrée, elle enfila ses gants et emprunta une écharpe de Theo qu'elle enroula autour de son cou. Alors qu'elle repassait par la cuisine, elle remarqua le couteau dont son ex-mari s'était servi pour couper des tranches de citron à mettre dans les gin-tonics, abandonné sur la planche à découper.

Tout ce qu'elle voulait, c'était qu'il lui dise qu'elle se trompait.

Elle sortit par la porte de la cuisine et s'emmitoufla un peu mieux dans l'écharpe. Au fond du jardin, elle déverrouilla le portail, s'engagea sur le chemin de halage, désert, et prit à gauche en direction de sa maison.

Une légère brume argentée s'élevait du canal dans le clair de lune. Les lumières des péniches étaient toutes éteintes ; il devait être 4 h 30, peut-être 5 heures. En tout cas, il faisait encore nuit. Carla marchait lentement, les mains dans les poches et le nez enfoui dans l'écharpe. Elle fit cent mètres, deux cents ; elle passa devant les marches qu'elle montait d'habitude pour rentrer chez elle et continua son chemin.

Dans le froid, son esprit s'éclaircissait peu à peu. Elle devait aller le voir. Il lui dirait qu'elle se trompait, il lui dirait : *Ce n'est pas vrai, ce n'est pas la réalité, c'est juste…*

Juste quoi ? Qu'est-ce que cela pouvait être ? Un fantasme ? Un cauchemar ? Un jour, au cours des années précédentes, il s'était assis pour dessiner ces images. De lui-même, d'elle. De son jeune cousin. Qu'est-ce que cela pouvait bien signifier, qu'il les ait tous dessinés comme ça ?

Tout ce qu'elle voulait, c'était une explication.

Tandis qu'elle arrivait en vue de la péniche, elle eut la surprise d'entendre des éclats de voix. Au lieu de s'arrêter et d'aller toquer au carreau, comme elle l'avait prévu, elle pressa le pas et se dirigea vers les marches du pont. Une fois postée là-haut, elle observa le bateau, son souffle rapide et tiède montant en volutes devant son visage.

Quelques instants plus tard, elle vit Daniel sortir sur le pont arrière, seulement vêtu d'un jean. Il enfila un sweat-shirt sur son torse nu et descendit sur le chemin de halage. On aurait dit qu'il parlait, mais le vent attrapait ses paroles et les envoyait vers l'eau du canal. Carla le regarda incliner la tête à gauche et à droite, les mains appuyées sur le cou, puis avancer vers le pont avant de s'arrêter pour allumer une cigarette. Elle retint son souffle. Elle aurait tant voulu qu'il lève les yeux, mais après avoir tiré quelques bouffées, il jeta sa cigarette d'une pichenette, releva sa capuche sur sa tête et s'éloigna en passant sous le pont sur lequel elle se tenait.

Peu après, une fille émergea à son tour de la cabine. Une jeune fille – probablement trop jeune pour Daniel, d'ailleurs – à l'air échevelé. Elle tournait le dos à Carla et resta plantée là en regardant de tous côtés, comme si elle ne savait pas par où aller. Elle jeta un bref regard en direction du pont. Enfin, elle cracha par terre et partit d'une démarche traînante dans la direction opposée à celle de Daniel. Elle riait.

Le jour commençait à se lever. Les premiers coureurs de la matinée, les plus déterminés, avaient déjà lacé leurs chaussures et arrivaient près du canal ; Carla en avait vu passer un ou deux sous le pont. Bientôt, il y en aurait davantage. Il faisait froid et Carla n'avait aucune envie de patienter, elle voulait rentrer à la maison, pas chez elle, mais chez Theo, retrouver le lit chaud, le café, le réconfort. Cette confrontation pourrait avoir lieu un autre jour.

À l'instant exact où cette idée s'imposait à elle, Carla vit Daniel émerger de sous le pont, la tête juste en dessous d'elle. Il revenait vers la péniche, le pas tranquille, une nouvelle cigarette délicatement coincée entre le majeur et l'annulaire – qu'il ressemblait à sa mère, dans ses mouvements ! Quand il grimpa sur le pont arrière, Carla eut la certitude qu'il allait lever les yeux vers elle et la voir. Au lieu de cela, il se pencha et disparut à l'intérieur de la cabine.

Il n'y avait personne sur le chemin de halage, ni d'un côté, ni de l'autre. Carla redescendit les marches quatre à quatre, courut jusqu'au bateau, monta sur le pont et entra dans la cabine. Ce trajet avait dû lui prendre à peine trente secondes et désormais, elle était seule avec lui. Dos à elle, il avait commencé à retirer son sweat-shirt mais, en l'entendant arriver, il se retourna, inquiet. Il laissa tomber le sweat à ses pieds. L'espace d'un instant, son visage n'exprima rien du tout, puis il sourit.

« Coucou, dit-il. Quelle surprise ! »

Il ouvrit les bras et s'avança pour l'étreindre.

À cet instant, Carla avait la main enfoncée dans son sac, les doigts refermés sur le manche du couteau. En un mouvement, elle le sortit et le brandit vers lui ; elle y mit tout son poids et toute sa force. Elle vit le sourire de Daniel vaciller. Il y avait de la musique à la radio, pas très forte, mais suffisamment pour couvrir le bruit qu'il fit – pas un cri, pas un hurlement, une sorte de sanglot étouffé. Elle retira le couteau et le poignarda encore, puis encore, dans le cou, cette fois. Elle passa la lame en travers de sa gorge pour le faire taire.

Elle lui demanda à plusieurs reprises s'il savait pourquoi elle faisait cela, mais il ne pouvait pas lui répondre. Carla ne put pas l'entendre lui dire qu'elle se trompait.

Après, elle ferma et verrouilla la porte de la cabine, se déshabilla, se doucha, se lava les cheveux et enfila les vêtements qu'elle avait dans son petit sac de voyage. Elle fourra ses habits couverts de sang dans un sac plastique qu'elle trouva sur l'évier, enroula le couteau dans l'écharpe de Theo et rangea le tout dans son sac. Enfin, elle rouvrit la porte et partit sans la refermer. Elle rejoignit le chemin de halage et se mit à marcher d'un pas alerte en direction de la maison de Theo. Une femme blanche entre deux âges qui faisait sa promenade matinale, rien de particulièrement remarquable. Elle franchit le portail du jardin, entra par la cuisine et y laissa son sac. Sans bruit, elle remonta les marches et se glissa dans la chambre où Theo dormait encore. Dans la salle de bains attenante, elle retira ses vêtements propres et reprit une douche. Elle resta un long moment sous le jet d'eau chaude, épuisée, les mains douloureuses, les mâchoires serrées, les muscles des jambes engourdis, comme si elle venait de courir un marathon.

Si tout ce qu'elle voulait, c'était qu'il lui dise qu'elle se trompait, pourquoi ne lui avait-elle pas laissé l'opportunité de le faire ? Pourquoi avait-elle emporté le couteau ? Pourquoi était-elle revenue chez Theo, après coup ? N'était-ce pas pour se donner au moins la possibilité d'un alibi ? Elle pouvait se raconter autant de mensonges qu'elle le voulait mais, nuit après nuit, quand elle se retrouvait comme en ce moment, incapable de dormir, hantée par ce qu'elle avait fait, la vérité était là. Dès l'instant où elle avait vu ce dessin de Daniel assis sur le balcon, le sourire aux lèvres alors qu'il observait son enfant plus bas, elle avait su très exactement ce qu'elle allait lui faire. Le reste n'était que mensonge.

36

Lorsque la gardienne lui annonça qu'il y avait une bonne nouvelle pour elle, Laura songea dans un premier temps que sa mère était venue lui rendre visite, et dans un second temps qu'il fallait vraiment qu'elle arrête de toujours commencer par penser à sa mère. Évidemment, elle se trompait : non seulement sa mère n'était pas venue lui rendre visite, mais elle n'avait même pas demandé à le faire. En revanche, son père devait passer le lendemain – une gentille attention, mais c'était plus fort qu'elle ; malgré toutes les déceptions, chaque fois que Laura touchait le fond, c'était sa mère qu'elle voulait.

La gardienne, qui devait avoir l'âge de sa mère et qui, à bien y réfléchir, avait une attitude beaucoup plus maternelle qu'elle, lui fit un grand sourire et lui dit d'une voix douce :

« Ce n'est pas une visite. Tu vas voir, c'est encore mieux que ça.

— Ah bon ? fit Laura. C'est quoi, alors ? »

La gardienne n'avait pas le droit de le dire, mais elle fit sortir Laura de sa cellule et l'escorta dans le couloir, lui fit franchir une porte, puis deux, puis trois, et tout du long, Laura demandait :

« Alors ? C'est quoi ? Oh, allez, vous pouvez bien me le dire ! »

Jusqu'à ce qu'elle aperçoive Le Nerveux.

« Oh, lâcha Laura, incapable de masquer sa déception. Lui ? »

La gardienne se contenta de rire. Elle invita Laura à s'asseoir et lui adressa un clin d'œil avant de refermer la porte derrière elle.

« Et merde », soupira Laura en s'asseyant à la table.

Le Nerveux lui lança un bonjour joyeux, puis prit place en face d'elle.

« J'ai une bonne nouvelle, Laura !

— Ouais, c'est ce qu'on n'arrête pas de me dire. »

Et là, elle fut totalement prise de court, car c'était vrai.

On abandonnait les poursuites contre elle ! Laura voulait danser. Elle eut envie de prendre Le Nerveux dans ses bras, elle eut envie de l'embrasser sur la bouche, elle eut envie d'arracher tous ses vêtements et de courir en criant dans le centre de détention : *On abandonne les poursuites ! On abandonne les poursuites !*

Elle parvint toutefois à se contrôler, même si elle se leva de sa chaise et se mit à japper comme un chiot :

« Je peux partir ? Je peux vraiment partir ?

— Oui ! répondit Le Nerveux, qui semblait aussi soulagé qu'elle. Enfin, non. Disons, pas tout de suite. Il y a d'abord des formulaires à remplir et à signer… Est-ce que vous voulez que je téléphone à quelqu'un pour venir vous chercher ? »

Sa mère. Non, pas sa mère. Son père. Mais ça voudrait dire encore un face-à-face avec l'autre rabat-joie de Deidre. C'était tellement pathétique, quand on y pensait. Elle n'avait personne à appeler.

« Est-ce que vous pourriez contacter Irene ? s'entendit-elle demander.

— Irene ? répéta Le Nerveux en préparant son stylo. C'est une proche ? Une amie ?

— C'est ma meilleure amie », répondit Laura.

C'était comme voler.

Non, à vrai dire ce n'était pas du tout comme voler, mais plutôt comme si son ventre était noué depuis une éternité, des semaines, des mois, des années, et que d'un coup quelqu'un avait défait le nœud et que tout avait été libéré, la tension s'était relâchée, le feu s'était éteint, les crampes, les douleurs, tout avait disparu, et enfin – enfin ! – elle pouvait se tenir droite et respirer ! Les épaules en arrière, la poitrine en avant, elle pouvait remplir ses poumons. Elle pouvait chanter, si elle le voulait, une des chansons préférées de sa mère.

Et Laura est là, Laura chante, elle chante « Sugar Boy », de Beth Orton :

Well I told you I loved you, now what more can I do ?

La gentille gardienne lui demande de retourner à sa cellule pour préparer ses affaires, puis de passer au réfectoire pour déjeuner, parce qu'il faudra sûrement un moment avant que toute la paperasse soit réglée, qu'elle doit être morte de faim et qu'elle n'a plus rien à manger à la maison, si ? Le nœud à l'estomac se resserre, mais Laura se force à se redresser encore un peu plus, étire les bras au-dessus de sa tête et accélère le pas.

Told you I loved you, you beat my heart black and blue.

Laura est là, elle qui sourit toute seule, sa tête tourne, sa peau la démange, elle marche d'un pas sautillant vers sa cellule, quand dans la direction opposée elle aperçoit une grosse fille avec un piercing à la narine – cette même fille qui, il y a quelques jours au réfectoire, s'est mise à l'insulter sans raison, à la traiter de sale pute boiteuse, et qui lui a promis que la prochaine fois qu'elles se croiseraient, elle lui tailladerait le visage.

Told you I loved you, now what more can I do ?

La grosse fille n'a pas encore vu Laura, elle parle avec sa copine, plus petite mais trapue, costaud, pas non plus le genre qu'on a envie d'embrouiller.

Do you want me to lay down and die for you ?

Laura est là et Laura chante, mais Laura baisse la tête jusqu'à ce que son menton touche sa poitrine. *Ne lève pas les yeux, ne croise pas son regard, quoi qu'il arrive ne croise pas son regard.* La grosse fille approche, elle rit à quelque chose qu'a dit sa copine trapue, et ça fait un bruit comme une canalisation, tout pareil, et maintenant, c'est Laura qui rit, elle aussi, la tête toujours baissée, et elle ne peut pas s'arrêter parce que c'est drôle, c'est tellement drôle, ce bruit de canalisation qui s'échappe de la grosse bouche moche de la fille.

Laura est là, elle n'a plus la tête baissée, elle voit le sourire de la grosse fille se transformer en grimace, entend la copine dire « Il lui arrive quoi, à celle-là ? », et Laura rit comme une possédée, comme une cloche, comme une nuée de mouches.

Laura est là à présent, la tête éclatée sur le linoléum. Laura qui hurle de douleur lorsque la grosse chaussure s'écrase sur sa main. Laura qui n'arrive plus à respirer parce que la grosse fille a planté les genoux sur sa poitrine.

Je suis là je suis là je suis là.

Laura est là.

37

Cela faisait à présent trois jours qu'Irene n'était pas sortie de chez elle. Trois jours, ou quatre ? Elle n'était pas sûre. Tout ce qu'elle savait, c'est qu'elle était épuisée. Le réfrigérateur était vide, mais elle ne se sentait pas la force de sortir et d'affronter le supermarché, le bruit, tous ces gens. Elle n'avait même pas l'énergie de se lever de son fauteuil et de monter jusqu'à sa chambre pour dormir, pourtant elle ne rêvait que de ça. Alors elle restait assise à côté de la fenêtre, ses doigts triturant sans relâche le bord de la couverture posée sur ses genoux.

Elle pensait à William, dont elle avait entendu la voix peu de temps auparavant, lorsqu'elle s'était rendue à la cuisine, frigorifiée, pour voir si elle n'avait pas laissé son gilet en laine sur le dossier d'une chaise, comme cela lui arrivait parfois. Et là, parfaitement distincte, la voix de William avait résonné : *Un petit thé, Rennie ?*

Irene était partie de chez Theo Myerson proprement bouleversée. Plusieurs jours s'étaient écoulés depuis, mais elle ne s'en était toujours pas remise. Il y avait eu un moment, bref mais néanmoins terrifiant, où elle avait vraiment cru qu'il allait lui faire du mal : il s'était avancé vers elle, bras tendus, et elle avait presque pu sentir ses doigts se refermer sur son cou. Elle s'était ratatinée de terreur. Il l'avait remarqué, elle en était sûre. En fin de compte, il l'avait entourée de ses bras avec une douceur presque maternelle, l'avait aidée à se relever et il l'avait l'installée sur le canapé. Il tremblait comme une feuille. Après quoi, sans lui accorder un regard, il s'était accroupi devant le poêle et avait arraché une à une les pages du carnet de Daniel pour les jeter dans les flammes.

Au bout d'un moment, elle était partie dans le taxi qu'il lui avait commandé. Pendant tout le trajet, elle s'était sentie honteuse du mal qu'elle avait fait à ce pauvre homme, et avait songé qu'elle aurait difficilement pu lui en vouloir s'il s'en était pris physiquement à elle.

Mais il y avait eu pire encore que cette fin d'après-midi cauchemardesque. Quelques jours plus tard, Irene avait reçu un appel d'un avocat lui annonçant que Laura Kilbride devait être libérée et lui demandant si elle pouvait venir la chercher dans la journée à la prison de l'est de Londres où elle avait été placée en détention provisoire. Irene avait failli sauter de joie – elle était tellement contente, tellement soulagée –, mais le même avocat avait rappelé peu de temps après, alors qu'Irene venait de réserver le taxi, pour lui annoncer que finalement, Laura ne serait pas libérée, parce qu'elle avait été victime d'une très grave agression et qu'elle devait être transférée d'urgence à l'hôpital. Irene avait été si bouleversée qu'elle n'avait demandé ni le nom de l'avocat ni le nom de l'hôpital, et lorsqu'elle avait rappelé la prison pour obtenir ces informations, la personne qu'elle avait eue au téléphone avait refusé de les lui communiquer, sous prétexte qu'elle n'était pas de la famille de Laura.

Depuis lors, Irene n'avait rien mangé et elle n'avait pas fermé l'œil. Bref, elle était dans tous ses états. À vrai dire, elle avait surtout le sentiment de flotter hors d'elle-même, de vivre des événements qui n'étaient pas réels, comme si elle les lisait dans un journal ou qu'elle les regardait se dérouler sur un écran de télévision, de loin et de haut à la fois. Elle retrouvait une sensation qui lui était familière, celle de se trouver au bord d'un précipice, de commencer à glisser vers un autre état de conscience, où le monde réel s'estompait pour laisser place à un lieu effrayant, perturbant et dangereux, mais un lieu où elle savait qu'existait la possibilité de peut-être revoir William.

Les paupières d'Irene étaient de plus en plus lourdes, son menton se rapprochait dangereusement de sa poitrine, lorsqu'elle perçut soudain une ombre devant sa fenêtre qui la tira de sa torpeur. Dans l'allée, Carla fouillait dans son sac à main. Irene se pencha et tapota le carreau. Carla sursauta, vit Irene et la salua d'un hochement de tête, sans sourire. Irene lui fit signe d'attendre, mais Carla se retourna – elle avait dû trouver ce qu'elle cherchait, la clé de la maison d'Angela, sans doute – et disparut.

Irene se laissa retomber dans son fauteuil. Une partie d'elle aurait voulu abandonner, aurait voulu oublier – après tout, Laura n'était plus soupçonnée du meurtre de Daniel, même si le mal était fait. La police avait désormais un nouveau suspect en la personne de Theo Myerson. C'était dans tous les journaux : il n'y avait pas encore eu de mise en examen, donc la police n'avait pas donné de nom, mais le secret avait fuité : un photographe opportuniste avait pris un cliché de Myerson sortant d'une voiture de police. Et si l'on ajoutait à cela l'information selon laquelle un homme de cinquante-deux ans résidant dans le quartier d'Islington avait été placé sous le statut de témoin assisté et le fait que toutes les poursuites contre Laura Kilbride avaient été abandonnées, il n'y avait plus vraiment de place pour le doute.

Pauvre Theo. Irene ferma les yeux et repensa au choc sur son visage lorsqu'il avait vu les dessins dans le carnet. L'espace d'un instant, elle éprouva de la culpabilité. Puis, les yeux toujours clos, elle se vit, elle. Elle imagina qu'elle se voyait de l'extérieur de la pièce, depuis la rue, comme lorsque Carla Myerson l'avait regardée un peu plus tôt. Qu'aurait vu Carla ? Une petite vieille, seule et effrayée, qui regardait dans le vide en ne pensant à rien, ou alors peut-être au passé.

Et là, dans son imagination, se trouvait la plus grande crainte d'Irene : être réduite à un cliché du troisième âge, une personne fragile, sans espoir, sans avenir, sans projets, assise seule dans un fauteuil confortable avec une couverture sur les genoux, dans la salle d'attente de la mort.

C'est pas bientôt fini, ces conneries ? aurait dit Laura.

Irene se leva et tituba jusqu'à la cuisine, où elle se força à boire un verre d'eau, avant d'avaler deux biscuits au chocolat plutôt rances et la moitié d'un troisième. Après quoi elle se prépara un thé, versa deux grosses cuillerées à café de sucre dans la tasse et but le tout. Elle attendit quelques minutes que le sucre fasse effet puis, requinquée, elle ramassa son sac à main et les clés d'Angela, sortit de chez elle, fit les quelques pas qui la séparaient de la maison voisine et, aussi fermement que le lui permettaient ses petites mains arthritiques, elle frappa à la porte.

Comme elle s'y attendait, il n'y eut aucune réponse. Elle glissa donc la clé dans la serrure.

« Carla ? appela-t-elle en pénétrant dans le vestibule. Carla, c'est Irene. J'ai besoin de vous parler…

— Je suis là. »

La voix claire de Carla, toute proche, semblait venir de nulle part. Irene eut un mouvement de recul et faillit trébucher sur le seuil.

« Là-haut », précisa Carla.

Irene s'avança de quelques centimètres et leva la tête. Assise au sommet de l'escalier, Carla triturait des peluches sur la moquette – on aurait dit un enfant échappé de son lit.

« Quand vous m'aurez dit ce que vous avez à me dire, vous n'aurez qu'à déposer la clé dans la cuisine, déclara-t-elle sans regarder Irene. Vous n'avez pas le droit de pénétrer dans cette maison quand ça vous chante.

— Vous avez raison », approuva Irene.

Puis elle s'approcha de l'escalier et, une main sur la rampe, elle se baissa pour poser la clé sur la troisième marche.

« Et voilà.

— Merci. »

Carla cessa momentanément de triturer la moquette et observa enfin Irene. Elle n'avait vraiment pas l'air bien : brisée, la peau grisâtre, les yeux injectés de sang.

« Il y a des journalistes devant chez moi, lâcha-t-elle d'une petite voix irritée. Et la police est en train de tout retourner chez Theo. C'est pour ça que je suis venue ici. Je n'ai nulle part où aller. »

Irene ouvrit son sac à main et se mit à fourrager à l'intérieur.

« Est-ce que vous avez quelque chose d'autre pour moi, Irene ? demanda Carla d'une voix rauque et fatiguée. Parce que si ce n'est pas le cas, je préférerais que vous… »

Irene sortit de son sac les deux boîtes à bijoux contenant la médaille de saint Christophe et la bague de fiançailles.

« Je me suis dit que vous voudriez les récupérer, murmura Irene en les posant sur la troisième marche, à côté de la clé.

— Oh ! fit Carla, bouche bée. Sa médaille ! »

Elle se leva à toute vitesse, dévala l'escalier et se jeta sur la petite boîte, qu'elle serra contre sa poitrine.

« Vous l'avez retrouvée, chuchota-t-elle avec un grand sourire, tandis que les larmes roulaient sur ses joues. Je n'arrive pas à y croire. »

Elle voulut attraper la main d'Irene, mais cette dernière fit un pas en arrière.

« Je ne l'ai pas retrouvée, déclara Irene d'un ton neutre. On me l'a donnée. Laura me l'a donnée. Laura Kilbride. Est-ce que ce nom vous dit quelque chose ? »

Mais Carla écoutait à peine. Elle s'était rassise, sur la troisième marche à présent, et avait ouvert l'écrin sur ses genoux. Elle prit le médaillon en or, le fit tourner quelques instants entre ses doigts et le pressa contre ses lèvres. Irene l'observait, fascinée par cet étalage de dévotion inattendu. Elle se demanda si Carla était devenue folle.

« Laura, répéta-t-elle. La fille qui a été arrêtée. La médaille et la bague se trouvaient dans le sac que Laura vous a volé. Carla ? Est-ce que ça vous parle, ce que je vous dis ? »

Toujours aucune réaction.

« Vous aviez laissé votre sac ici, dans l'entrée, sans surveillance. La porte était entrouverte. Laura l'a vu et l'a pris. Elle avait des remords, alors elle m'a rendu ces objets, sauf que… Oh, mais mince, à la fin ! Carla ! »

Surprise, Carla releva la tête.

« Quoi ?

— Vous allez vraiment rester assise là comme si de rien n'était ? Vous allez vraiment lui laisser porter le chapeau ? »

Carla secoua la tête et posa à nouveau les yeux sur le médaillon.

« Je ne vois pas ce que vous voulez dire, marmonna-t-elle.

— Ce n'est pas Theo qui a tué ce garçon, c'est vous. C'est vous qui avez assassiné Daniel. »

Carla cligna lentement des yeux. Quand elle releva la tête vers Irene, son regard était vide, son visage impassible.

« Vous avez tué Daniel et vous comptiez laisser accuser Laura, dit Irene. Vous comptiez laisser une innocente payer pour votre crime. Est-ce que vous savez qu'elle a été victime d'une grave agression, au centre de détention ? »

La voix d'Irene avait gagné en intensité.

« Est-ce que vous savez que ses blessures sont si sérieuses qu'on a dû la transférer à l'hôpital ?

— Tout ça n'a rien à voir avec moi, dit Carla, tête basse.

— Bien sûr que si ! tonna Irene, et sa voix résonna dans la maison vide. Vous aviez vu son carnet. Vous pouvez nier, ça ne fait aucune différence. Moi aussi, j'ai vu ce qu'il a dessiné… ce qu'il a imaginé.

— Ce qu'il a imaginé ? » répéta Carla d'une voix sifflante, le visage soudain crispé par la rage.

Irene fit un pas en arrière et se rapprocha de la porte. Alors qu'elle se trouvait au milieu de cette entrée déserte, elle se sentit soudain déracinée ; elle avait besoin de s'asseoir, de se reposer, d'avoir quelque chose à quoi se raccrocher. Mais ce n'était pas le moment de flancher. Elle se redressa, se mordit la lèvre et, tenant son sac contre sa poitrine comme un bouclier, elle s'approcha à nouveau de Carla.

« J'ai vu ce qu'il a dessiné, répéta-t-elle. Comme vous. Et comme votre mari, avant qu'il jette les pages au feu. »

Carla frémit en entendant cela.

« Theo a vu les dessins ? demanda-t-elle, sourcils froncés. Mais le carnet est ici, il est… Oh. »

Elle soupira, avant de lâcher un petit rire sans joie.

« Il n'est plus ici, n'est-ce pas ? Vous le lui avez donné. Vous le lui avez montré. Mais pourquoi ? Qu'est-ce qui vous a pris, enfin ? Pourquoi faut-il toujours que vous cherchiez à vous mêler de ce qui ne vous regarde pas ? Vous êtes vraiment une emmerdeuse de première… Vous vous rendez compte de ce que vous avez fait ?

— Qu'est-ce que j'ai fait, au juste ? s'exclama Irene, piquée au vif. Je vous en prie, Carla, éclairez ma lanterne ! »

Carla ferma les yeux et secoua la tête comme un enfant en colère.

« Non ? Et si je vous disais plutôt ce que, vous, vous avez fait ? cracha Irene. Vous avez vu les dessins de Daniel, vous en avez déduit qu'il avait tué votre fils et vous l'avez assassiné. Le couteau que vous avez utilisé se trouvait dans le sac que Laura a volé ; c'est comme ça qu'il s'est retrouvé chez elle. Et ensuite votre mari – enfin, votre ex-mari qui, allez savoir pourquoi, vous aime plus que tout au monde – a décidé d'intervenir et de porter le chapeau seul. Et vous, vous faites comme si ça ne vous concernait pas. Vous ne ressentez donc rien ? Vous n'avez donc pas honte ? »

Carla fixait le médaillon entre ses doigts. Elle rentra la tête dans les épaules.

« Si je ne ressens rien ? gronda-t-elle. Mais merde, Irene. Vous ne croyez pas que j'ai déjà assez souffert comme ça ? »

Irene savait qu'elle touchait au nœud du problème : après ce que Carla avait enduré, comment pouvait-elle encore être sensible à quoi que ce soit ?

« Je sais bien que vous avez beaucoup souffert, dit Irene, mais Carla n'était pas d'humeur à se laisser amadouer.

— Vous ne savez rien du tout, cracha-t-elle. Vous ne pouvez même pas imaginer…

— Votre peine ? compléta Irene. Effectivement, Carla, peut-être que je ne peux pas l'imaginer, mais vous croyez vraiment que le fait d'avoir perdu votre fils d'une manière aussi tragique vous donne tous les droits ? »

Irene vit Carla se ramasser sur elle-même en tremblant de rage ou de chagrin, comme si elle se préparait à bondir, mais Irene ne comptait pas se laisser intimider. Elle poursuivit :

« Sous prétexte que vous avez traversé un drame épouvantable, vous croyez que vous pouvez tout détruire et faire ce qui vous plaît ?

— Ce qui me plaît ? »

Carla attrapa la rampe et se leva ; debout sur la troisième marche, elle dominait nettement Irene.

« Mon fils est mort. Ma sœur est morte sans que j'aie pu lui pardonner. L'homme que j'aime va aller en prison. Vous croyez vraiment que j'en tire le moindre plaisir ?

— Theo n'ira pas forcément en prison. Vous pouvez empêcher ça.

— À quoi bon ? Qu'est-ce que…, commença Carla, mais elle s'interrompit avec un soupir de mépris. Ça ne sert à rien que j'essaie de vous expliquer, vous ne pouvez pas savoir ce que c'est, d'aimer un enfant. »

Encore et toujours la même conclusion. Vous ne pouvez pas comprendre, vous n'êtes pas une mère. Vous n'avez jamais connu le véritable amour. Vous n'êtes pas capable d'éprouver un amour infini et inconditionnel. Et par ricochet, une haine absolue.

Irene serra et desserra les poings.

« Peut-être que vous avez raison sur ce point. Mais envoyer Theo en prison ? C'est de l'amour, ça ?

— Theo comprend, répondit Carla. S'il a effectivement vu le carnet de Daniel, alors bien sûr qu'il comprend pourquoi j'ai fait ce que j'ai fait. Et vous, qui me regardez avec toute votre indignation et toute votre suffisance, vous aussi vous devriez comprendre, parce que je ne l'ai pas fait seulement pour Ben, mais aussi pour Angela. »

Irene secoua la tête. Elle n'en croyait pas ses oreilles.

« Vous allez vraiment me dire que vous avez tué Daniel pour Angela ? »

Carla tendit la main et, avec une douceur surprenante, la posa sur le poignet d'Irene, avant de refermer les doigts autour et d'attirer Irene vers elle.

« C'était quand, à votre avis ? murmura-t-elle d'un ton plein d'espoir. Quand est-ce qu'elle a compris ?

— Compris quoi ?

— Ce que Daniel avait fait. Ce qu'il était. »

Irene se dégagea vivement. Non, il était impossible qu'Angela ait su. L'idée qu'elle ait vécu avec ça était trop horrible. Non, c'était inenvisageable. Et puis, de toute façon, il n'y avait rien à savoir, si ?

« Ce n'est qu'une histoire, affirma-t-elle. Daniel a écrit une histoire, peut-être pour essayer de surmonter un traumatisme survenu dans son enfance et, pour une raison ou pour une autre, il a décidé de se donner le rôle du méchant. Peut-être qu'il éprouvait de la culpabilité, peut-être qu'il regrettait de ne pas avoir su protéger Ben… ou peut-être que cet accident était en fait une erreur. »

Elle avait en partie conscience qu'elle essayait de se convaincre elle-même.

« Oui, peut-être que c'était une erreur, reprit-elle. C'était un enfant, il ne pouvait pas imaginer les conséquences de son geste.

— J'y ai pensé, rétorqua Carla. J'ai pensé à tout ça, Irene. Je vous assure. Effectivement, à ce moment-là, Daniel était un enfant. Mais que dire de ce qui s'est passé ensuite ? Admettons que vous ayez raison et que c'était un accident, une bêtise, ça n'explique pas la façon dont Daniel s'est comporté après. Il savait que je tenais Angela pour responsable de ce qui s'était passé, et il m'a laissée faire. Il m'a laissée la haïr, il a laissé Theo la rejeter, il l'a regardée se faire écraser lentement par le poids de sa propre culpabilité, et il n'a rien fait. Ou plutôt, si ; il a aggravé les choses. Il a dit à sa psy qu'Angela était responsable de la mort de Ben, et il m'a fait croire qu'elle le maltraitait. Tout ça, c'était… Je ne sais même pas ce que c'était, pour lui. Un jeu, peut-être ? Il a joué à nous manipuler, tous autant que nous étions. Pour s'amuser. Ou pour se donner un sentiment de puissance… »

C'était monstrueux. Impensable. Quel esprit tordu pouvait inventer des choses pareilles ? L'espace d'un instant, Irene se surprit à croire que c'était peut-être Carla qui avait l'esprit monstrueusement tordu ; son interprétation des événements n'était-elle pas aussi perturbante que les dessins dans le carnet de Daniel ? Et pourtant, quand Irene repensait à Angela, à la façon qu'elle avait de pester contre ce fils dont elle regrettait la naissance, elle devait bien reconnaître que la version de Carla sonnait terriblement vrai. Irene repensa au réveillon de Noël annulé, où Angela avait osé se montrer jalouse de la stérilité d'Irene. Et elle repensa au surlendemain, quand elle était venue s'excuser. *On leur souhaite d'être heureux, tout simplement*, avait-elle dit.

Et on serait prêt à mettre le monde à feu et à sang pour ça.

Carla remonta l'escalier d'un pas lent, puis, arrivée sur la dernière marche, elle se retourna une dernière fois vers Irene :

« Donc vous voyez, je l'ai fait en partie pour elle. C'est horrible, non, quand on y pense ? J'ai tué son fils pour elle. Et pourtant, c'est vrai. Je l'ai fait pour moi, pour mon fils et pour Theo, bien sûr, mais je l'ai aussi fait pour Angela. Parce qu'il a détruit sa vie. »

Irene poussa la porte de chez elle en songeant que, même s'il était franchement pénible de se savoir toujours considérée comme une petite vieille distraite, étourdie et un peu bête par des gens comme Carla, cela pouvait aussi avoir ses avantages. Là, par exemple, elle s'estimait heureuse que Carla la voie comme une personne avec déjà un pied dans la tombe, une personne vivant en dehors du monde et de tout ce qui constituait sa complexité : les progrès technologiques, les gadgets, les smartphones, les applications, les mémos vocaux…

38

La météo avait à nouveau fait volte-face : les bourrasques glacées de la semaine passée avaient soudain été balayées par une bouffée d'air chaud bienvenue en provenance de la Méditerranée. Alors que deux jours plus tôt Miriam était emmitouflée dans son manteau et son écharpe devant son petit poêle à bois, voilà qu'il faisait assez bon ce matin-là pour qu'elle s'installe sur le pont de sa péniche avec son café et son journal.

Le contenu de ce dernier semblait tout droit sorti d'une fiction : Theo Myerson avait été remis en liberté, même s'il était toujours accusé d'entrave à l'exercice de la justice et, coup de théâtre, c'était à présent son épouse qui était inculpée pour meurtre, après qu'une source anonyme avait fourni à la police une confession enregistrée.

Alors en fin de compte, la personne que Miriam avait voulu faire accuser du meurtre de Daniel Sutherland était vraiment la meurtrière de Daniel Sutherland. Qui l'eût cru ? Miriam ne devait pas être très douée pour les fausses accusations.

Tout droit sorti d'une fiction ! Miriam ne put s'empêcher de rire. Myerson allait-il essayer de tirer un nouveau livre de ce drame ? Peut-être qu'elle pourrait tenter le coup elle-même, non ? C'en serait un, de coup de théâtre : Miriam qui vole à Myerson l'histoire de ses malheurs pour en faire un roman, pour donner sa propre version des faits, pour dérober à l'écrivain le contrôle de sa vie, de ses mots. Lui dérober sa puissance.

Néanmoins, il y avait peut-être un moyen plus simple de se venger – et surtout plus lucratif. Un petit coup de téléphone au *Daily Mail*, par exemple. Elle se demanda combien le tabloïd la paierait pour son scoop sur Theo Myerson. Probablement une belle somme, Myerson étant exactement le genre de célébrité que le *Daily Mail* abhorrait : un homme de gauche riche, intelligent, cultivé, parfait représentant de l'élite urbaine bien-pensante et corrompue.

Miriam finit son café et rentra dans sa cabine, où elle s'assit à la table de la cuisine et ouvrit son ordinateur portable. Elle venait de taper *comment vendre un article à un journal* sur Google quand on toqua au carreau. En relevant la tête, elle manqua tomber de son tabouret. Theo Myerson ! Il se tenait sur le chemin de halage, penché vers la fenêtre.

Méfiante, Miriam sortit sur le pont arrière. Theo l'attendait près du bateau, les mains dans les poches, l'air maussade. Il avait pris un coup de vieux depuis la dernière fois qu'elle l'avait vu, quand la police était venue le chercher. Ce jour-là, il était encore corpulent et rougeaud mais, à présent, il semblait aminci, épuisé, abattu. Malheureux. Le cœur de Miriam se serra. Elle aurait dû bondir de joie. C'était ce qu'elle désirait, après tout, non ? Voir Theo Myerson mis à terre, le voir souffrir. Pourquoi diable se mettait-elle à éprouver de la pitié pour lui ?

« Écoutez, commença-t-il, maintenant, ça suffit, d'accord ? Je ne… Je suis sûr que vous savez très bien ce que je traverse… »

Il haussa les épaules.

« Je ne peux même pas mettre de mots sur ce que je traverse, d'ailleurs. C'est le comble, hein ? Bref, en tout cas, je ne veux pas mêler la police à tout ça. J'ai vu suffisamment de flics en un mois, j'ai mon compte. Mais si jamais vous continuez de me harceler comme vous le faites, je n'aurai plus le choix.

— De vous harceler ? Mais de quoi vous parlez ? »

Theo poussa un soupir éreinté. De la poche intérieure de sa veste, il sortit une feuille de papier qu'il déplia lentement, d'un geste presque théâtral. Puis il se mit à lire d'une voix neutre :

« *Le problème avec les gens comme vous, c'est que vous vous pensez au-dessus de tout le monde. Vous n'aviez pas le droit de raconter cette histoire, c'était la mienne. Vous n'aviez pas le droit de l'utiliser de cette façon. Vous devriez payer les gens pour leurs histoires. Vous devriez demander la permission. Pour qui vous vous prenez, à utiliser mon histoire*… Etc., etc. Il y en a une demi-douzaine dans ce goût-là. Non, pas tout à fait dans ce goût-là : au début, c'était plutôt des questions polies sur mon travail, de toute évidence un stratagème pour me forcer à dévoiler mes sources d'inspiration, mais ça a vite dégénéré. Vous voyez le genre. Qu'est-ce que je raconte, évidemment que vous voyez le genre, c'est vous qui avez écrit tout ça ! Bon sang, Miriam, le cachet de la poste indique ce quartier, Islington ! On devine que vous avez voulu camoufler votre identité, mais tout de même… »

Miriam en resta bouche bée.

« Ça ne vient pas de moi ! dit-elle enfin, perplexe. Vous avez peut-être volé l'histoire de quelqu'un d'autre ? Après tout, peut-être que c'est une habitude, chez vous.

— Arrêtez de vous payer ma tête !

— Puisque que je vous dis que ce n'est pas moi ! »

Theo fit un pas en arrière et expira longuement.

« Qu'est-ce que vous voulez ? demanda-t-il, tremblant. De l'argent ? Vous avez écrit : *Vous devriez payer les gens*, donc c'est ça ? Combien ? Combien dois-je vous donner pour que vous me laissiez… »

Sa voix se brisa et, avec horreur, Miriam sentit ses propres larmes monter.

« … pour que vous me laissiez tranquille ? » acheva Theo.

Miriam se tamponna promptement les yeux avec sa manche avant de descendre de la péniche, et tendit la main.

« Est-ce que je peux regarder ? »

Theo lui confia les pages sans hésitation.

Le papier était fin, de mauvaise qualité, l'écriture soignée mais enfantine.

Myerson,

Pourquoi vous ne répondez pas à mes lettres ? Le problème avec les gens comme vous c'est que vous vous pensez au-dessus de tout le monde. Vous n'aviez pas le droit de raconter cette histoire, c'était la mienne.

Vous n'aviez pas le droit de l'utilisé de cette façon!!! Vous devriez payer les gens pour leurs histoires. Vous devriez demander la permission. Pour qui vous vous prenez, à utilisé mon histoire sans me demander d'abord. Ce n'était même pas bien fait. Dans votre livre le tueur est un homme faible, mais s'il était faible, comment aurait-il pu faire tout ça ? De toute façon, vous ne pouvez pas comprendre. Mais vous m'avez manquer de respect.

Miriam secoua la tête.

« Je n'ai jamais écrit ça, dit-elle en retournant la feuille entre ses doigts. Comment pouvez-vous le croire ? Cette personne sait à peine écrire ! »

Elle parcourut la missive suivante.

La police vous a arrêter alors vous n'êtes peut-être pas mieux que le reste du monde, au final, hein ? Je devrais peut-être raconter à la police que vous m'avez pris mon histoire. Il devrait au moins y avoir des droits à me payer mais ce qui m'embête vraiment là-dedans c'est que je ne comprends pas comment vous avez su pour Black River.

Miriam sentit son souffle se coincer dans sa poitrine.

Je vais vous laissé tranquille et je ne vous écrirais plus, mais je veux juste que vous me disiez comment vous avez su pour Black River.

Sous ses pieds, le sol lui parut moins solide.

Elle relut la dernière phrase à voix haute :

« Je veux juste que vous me disiez comment vous avez su pour *Black River*.

— Ce n'est pas un endroit, expliqua Theo. Ça fait référence à une chanson, une…

— Je suis au courant », le coupa Miriam.

Le monde s'assombrissait peu à peu, un néant qui s'abattait sur elle trop vite pour qu'elle parvienne à le repousser. Elle ouvrit la bouche mais impossible de faire entrer de l'air dans ses poumons. Ses muscles ne fonctionnaient plus, ni son diaphragme, ni ses bras ni ses jambes, elle tremblait comme une feuille et son champ de vision se réduisait de plus en plus. La dernière chose qu'elle vit avant de s'évanouir fut le visage surpris de Theo Myerson.

« Elle est passée à la radio dans la voiture. La chanson. Je me souviens qu'il a tripoté le bouton pour changer de station, mais Lorraine lui a demandé de la laisser. Elle chantait. Elle fredonnait et elle lui a dit : "J'aime bien cette chanson, *Black River*, pas toi ?" »

Myerson posa un verre d'eau sur sa table de chevet puis resta planté là, à la regarder bêtement. Elle aurait dû être mortifiée : Theo Myerson l'avait aidée à se relever sur le chemin après qu'elle s'était évanouie – tombée en pâmoison comme une petite chose fragile de l'époque victorienne, accablée par la tiédeur printanière. Ridicule. Puis ils étaient montés à bord de la péniche, blottis l'un contre l'autre comme un vieux couple, et il l'avait bordée dans son lit comme une enfant, comme une infirme. Oui, Miriam aurait eu honte de cette situation si elle avait été capable de ressentir de la honte, de ressentir autre chose qu'une terreur déconcertante. Allongée sur le dos, les yeux fixés sur les lattes en bois du plafond, elle s'efforça de se concentrer sur sa respiration – inspire, expire – et sur le lieu et l'instant. Mais elle en était incapable. Pas tant qu'il était là.

« À qui d'autre l'avez-vous montré ? demanda Myerson. Votre, euh… Votre manuscrit. Qui d'autre l'a lu ?

— Je ne l'ai jamais montré à personne. À part à Laura Kilbride, mais c'était très récemment et, si j'en crois les journaux, elle n'est pas vraiment en état d'écrire des lettres. À part elle, personne.

— Ça ne peut pas être vrai. Vous l'avez bien montré à un avocat, non ? insista Theo, qui la surplombait de toute sa hauteur et frottait son front dégarni. Forcément ! Vous l'avez montré à mon avocat, en tout cas, au moment de votre euh… plainte. Vos allégations. »

Il changea de posture, gêné, et Miriam ferma les yeux.

« Je n'ai envoyé à personne le manuscrit complet. J'ai simplement sélectionné des pages pour souligner les similitudes. Je n'ai jamais parlé du passage avec la chanson, alors que c'était la preuve la plus évidente de votre plagiat. »

Theo fit la grimace. Il eut l'air de vouloir répliquer mais se ravisa. Miriam poursuivit :

« Je ne voulais pas mentionner ce moment. Je ne voulais même pas y repenser. C'est la dernière fois que je l'ai entendue comme ça, heureuse, insouciante. Ses derniers instants sans peur.

— Bon sang…, souffla Theo, et il expira lentement. Je peux ? »

Il désignait le lit et, l'espace d'un curieux instant, Miriam ne comprit pas ce qu'il voulait dire. Il s'assit, son large derrière sur le coin du matelas, à quelques centimètres des pieds de Miriam.

« C'est impossible, Miriam. Il est mort. Jeremy est mort. Vous l'avez dit, la police l'a dit…

— Moi, c'est ce que je voulais croire. Quant à la police, elle a tiré ses conclusions. Des gens ont prétendu l'avoir aperçu dans toutes sortes d'endroits, l'Essex, l'Écosse, le Maroc. La police a suivi chaque piste – ou, du moins, c'est ce qu'on m'a assuré. Mais je ne sais pas si ces signalements ont vraiment été pris au sérieux. Mais vous le savez déjà, tout ça, n'est-ce pas ? C'était écrit dans mon livre. »

Theo tressaillit.

« Il y avait aussi une histoire de pied, non ? s'enquit-il, les joues rouges.

— Quelques semaines après la disparition de Jeremy, des enfants qui jouaient sur une plage près de Hastings ont trouvé un pied humain dans le sable. Il était de la bonne taille, de la bonne couleur, et c'était le bon groupe sanguin. C'était avant les tests ADN, donc la police n'était pas en mesure de confirmer l'hypothèse avec certitude, mais elle est partie du principe que c'était lui. Les enquêteurs se sont dit qu'il avait dû être projeté contre des rochers quelque part ou pris dans l'hélice d'un bateau. Bref, ça a suffi à clore l'enquête. Personne ne l'a plus recherché.

— Mais…, balbutia Theo en secouant la tête. Réfléchissez, s'il avait réussi à s'en tirer, à faire croire à sa propre mort, à changer d'identité… Il y aurait eu d'autres victimes, non ? D'autres filles, je veux dire, d'autres femmes. Un homme comme ça, capable de faire ce qu'il vous a fait, à vous et à votre amie, ce n'est pas un homme qui fait ça une seule fois puis qui s'arrête, n'est-ce pas ?

— Et pourquoi pas ? Quelle règle affirme qu'ils doivent tous y prendre goût et recommencer ? Peut-être qu'il a essayé et que ça ne lui a pas plu. Peut-être qu'il s'est fait peur. Peut-être que cela ne l'a pas satisfait autant qu'il le croyait. Ou peut-être… »

La péniche s'anima au passage d'un autre bateau sur le canal et Miriam rouvrit les yeux pour fixer à nouveau le plafond.

« Peut-être qu'il ne l'a pas fait qu'une seule fois. Qu'il a recommencé, encore et encore, et que personne n'a établi de lien entre les crimes. C'était plus facile, avant, non ? Les hommes comme lui pouvaient se déplacer en permanence, déménager, exister en marge de la société, se faire oublier et continuer leurs affaires pendant des années. Il a pu partir à l'étranger, changer de nom, il pourrait être… »

Sa voix faiblit.

« … n'importe où. »

Myerson s'approcha – il n'était désormais plus assis à ses pieds, mais à ses côtés. Il se pencha et, sous l'œil incrédule de Miriam, il lui prit la main.

« J'ai son adresse e-mail, dit-il. On peut le retrouver, avec ça. Je donnerai ses lettres à la police et j'expliquerai… Nous expliquerons tout. Vous et moi. »

Il la regarda en face.

« Tout. »

Miriam retira sa main. Tout ? Alors comme ça, Myerson lui offrait des excuses. Il admettait la vérité.

S'ils allaient ensemble voir la police avec ces lettres, ils devraient bien expliquer aux enquêteurs pourquoi Theo en avait été le destinataire et comment, à eux deux, ils étaient parvenus à déduire qu'un seul homme au monde aurait pu connaître la véritable signification de cette chanson. Ce faisant, Theo devrait se démasquer et reconnaître que c'était Miriam qui avait inspiré son roman. Elle aurait tout ce qu'elle désirait.

Elle cligna les yeux, secoua doucement la tête.

« Non. Non, ce n'est pas ce qui va se passer. »

D'un revers de main, elle essuya ses larmes, puis elle se redressa sur ses coudes.

« Vous n'allez pas contacter la police, vous allez le contacter, lui. Répondre à ses questions. À certaines questions, en tout cas. »

Elle s'interrompit quelques instants pour réfléchir.

« Oui, vous allez lui envoyer un e-mail, vous excuser d'avoir tardé à lui écrire. Et vous allez lui proposer un rendez-vous. »

Theo se frottait le front, la moue approbatrice.

« Je peux faire ça, oui. Je peux lui demander de venir me retrouver afin qu'on discute de ses questions. Et à son arrivée, c'est la police qui le cueillera.

— Non, l'arrêta fermement Miriam. Pas la police. »

Theo soutint son regard un long moment. Enfin, il se détourna.

« Très bien. »

39

Laura se trouvait dans la chambre d'amis d'Irene. Le lit à une place avait été fait avec soin, et on avait posé dessus une serviette jaune poussin pliée en quatre. Le reste du mobilier était constitué d'une armoire, d'une bibliothèque et d'une table de chevet, sur laquelle Laura avait installé la photo mutilée de ses parents et elle. Elle l'observa quelques instants avant de la retourner face au mur.

Au rez-de-chaussée, elle entendait les éclats de rire enfantins d'Irene. Celle-ci écoutait une émission de radio où les gens devaient parler le plus longtemps possible sans s'arrêter et sans se répéter. Laura avait du mal à voir l'intérêt, mais Irene adorait ce programme, et Laura s'amusait beaucoup à l'entendre glousser comme une enfant.

Une fois que Laura eut terminé de défaire ses bagages – elle ne possédait pas grand-chose mais n'avait qu'une main pour déballer ses affaires –, elle s'assit sur le lit et s'adossa au mur. Tout en triturant le bord de son plâtre qui commençait à s'effilocher, elle écouta les gens se mouvoir dans la maison voisine, le bourdonnement de leurs voix. La maison d'Angela était en vente depuis peu et recevait un flot continu de visiteurs, même si personne n'avait encore fait d'offre. Du moins, c'était ce que l'agent immobilier lui avait dit.

« Des badauds ! s'était-il plaint lorsqu'elle l'avait croisé dans l'allée en train de tirer furieusement sur sa cigarette. Tout ce qu'ils veulent, c'est de quoi remplir leurs foutus podcasts d'affaires criminelles. »

Quelques-uns avaient frappé à la porte d'Irene, mais Laura les avait chassés. De vrais journalistes aussi étaient passés, mais Irene ne voulait parler à personne. Elle avait déjà parlé à la police. Mais elle avait aussi écouté, et enregistré – Laura se sentait si fière d'elle, jamais de sa vie elle n'avait éprouvé un tel sentiment, même pour quelqu'un de sa propre famille. Elle avait d'ailleurs commencé à l'appeler Miss Marple, mais avait vite arrêté lorsqu'elle avait constaté que ce surnom avait le don d'agacer profondément Irene.

Irene. Quand elle n'écoutait pas ses émissions à la radio, qu'elle n'était pas plongée dans un livre et qu'elle n'aidait pas Laura dans ses démarches judiciaires (sa demande d'indemnisation pour préjudices corporels, son audience à venir, et tout le reste), elle parlait voyages – elle voulait absolument aller avec elle à Positano, la ville où avait été tourné le film sur Hannibal Lecter. Ou quelque chose dans le genre.

Laura lui avait expliqué qu'elle n'avait pas les moyens de partir en vacances, en tout cas pas tant qu'elle n'avait pas touché ses indemnités, mais Irene avait répondu que ce n'était pas un problème.

« Avec William, on avait des économies », avait-elle déclaré.

Laura avait protesté, évidemment, mais Irene ne voulait rien savoir.

« Je ne vais tout de même pas emporter mon argent dans la tombe ! »

Après cette discussion, Laura s'était sentie prise de vertiges. Un manque de sucre, peut-être. À moins que ce ne fût simplement parce que ses perspectives d'avenir, jusque-là bouchées, s'ouvraient enfin en grand.

Pour l'heure, il n'était pas question d'un départ. Laura se remettait toujours d'un traumatisme crânien et d'une côte brisée, sans parler de la main que la grosse fille au piercing avait écrabouillée sous sa chaussure pointure 42.

« Il y a vingt-sept os dans la main, lui avait expliqué le médecin en lui montrant sur l'écran l'étendue des dégâts, et vous en avez quinze de cassés. Vous avez beaucoup de chance…

— Vous appelez ça de la chance, vous ? » l'avait coupé Laura.

Le médecin l'avait gratifiée d'un sourire indulgent.

« Vous avez de la chance que les fractures soient bien nettes. Quelques séances de rééducation et vous devriez recouvrer toute votre mobilité. »

Des séances de rééducation. Comme au bon vieux temps.

« J'ai l'impression qu'on est de retour à la case départ, avait dit sa mère – elle sanglotait à son chevet depuis à peine quelques minutes, mais Laura avait l'impression que ça faisait des heures. Toi, grièvement blessée, dans une chambre d'hôpital. Je n'arrive pas à le croire.

— Au moins, cette fois, c'est pas parce que ton plan cul m'a renversée avant de prendre la fuite, pas vrai ? »

Sa mère ne s'était pas éternisée. Son père non plus, d'ailleurs, parce qu'il était garé en double file et que Deidre l'attendait dans la voiture.

« Qui sait, peut-être qu'elle va se faire embarquer à la fourrière ! » avait-il plaisanté avant de regarder nerveusement par-dessus son épaule, comme pour vérifier qu'elle ne l'avait pas entendu.

Il avait ensuite pris la main indemne de Laura et l'avait serrée avant de déposer un baiser sur son front en lui promettant de revenir bientôt. Au moment de sortir, il s'était retourné et lui avait dit :

« Peut-être que quand tu iras mieux, on pourrait passer plus de temps tous les deux. On pourrait même emménager ensemble, qu'est-ce que tu en dis, mon poussin ? »

Laura avait secoué la tête.

« Papa, on a déjà essayé, ça n'a pas marché… Deidre et moi, on est incompatibles.

— Oh, je le sais, ça. Je sais bien que tu ne pourrais pas revivre sous le même toit qu'elle. Mais je pensais à plus long terme, tu vois ? Quand je l'aurai quittée. »

Laura lui avait adressé un sourire réconfortant. Elle ne se faisait pas d'illusions.

Crâne d'Œuf aussi était passé la voir. Inspecteur Barker, il s'appelait – elle avait fini par l'imprimer dans son cerveau, même si, dans son cœur, il resterait pour toujours Crâne d'Œuf. Il était sincèrement désolé pour l'agression dont elle avait été victime, et il lui avait aussi appris que Miriam avait retiré sa plainte.

« Elle a reconnu qu'elle avait votre clé. Nous l'avons réinterrogée et avons découvert de nombreuses contradictions dans ses déclarations.

— La surprise du siècle ! » s'était exclamée Laura avec un grand sourire.

Crâne d'Œuf avait haussé les sourcils.

« Apparemment, elle a voulu vous aider alors qu'elle vous pensait coupable, tout en essayant d'incriminer Carla Myerson, qu'elle pensait innocente, mais qui était en fait coupable.

— Un truc pareil, ça s'invente pas ! » s'était esclaffée Laura.

Crâne d'Œuf avait souri.

« Par contre, il va falloir qu'on se revoie, avait-il dit avant de sortir. Il y a toujours cette histoire de sac volé, dans lequel se trouvaient le couteau et les bijoux.

— Et n'oubliez pas l'épisode avec la fourchette.

— Oui. Bien sûr. L'épisode avec la fourchette. »

C'était la nuit. Laura était allongée dans son lit à une place, bien enveloppée dans la couverture, sa main valide appuyée contre le mur mitoyen de l'ancienne chambre de Daniel. Il y avait quelque chose d'étrangement circulaire dans cette histoire – tout avait commencé avec elle dans le lit de Daniel, et tout se terminait avec elle séparée de sa chambre par quelques centimètres de briques victoriennes.

Elle repensait souvent à la nuit qu'elle avait passée sur sa péniche, et au petit matin suivant. Or, ce n'était pas le souvenir de Daniel qui la tracassait – ni son changement d'attitude inexpliqué, son passage soudain de la gentillesse à la cruauté, ni l'expression sur son visage lorsqu'elle avait bondi sur lui.

Non, la chose à laquelle elle n'arrêtait pas de repenser, c'était le moment où elle était descendue de la péniche, le moment où elle avait quitté la passerelle pour poser le pied sur la terre ferme, et où elle avait levé la tête vers la droite. À cet instant, dans la lueur grise de l'aube, elle avait vu une femme sur le pont qui la regardait. Et ce qui perturbait le plus Laura, c'est qu'elle était absolument incapable de se rappeler l'expression sur le visage de cette femme. Elle n'aurait pas su dire si elle avait l'air triste ou en colère, brisée ou déterminée.

ÉPILOGUE

Un homme retrouvé mort à bord d'une péniche, sur le canal.

« Décidément », songea Carla.

Elle avait entendu les rumeurs, les petites blagues des autres femmes à l'heure du déjeuner.

« C'est encore un de tes mecs, Carlita ?

— On ne t'arrête plus, dis donc ! »

Cet après-midi-là, elle se rendit à la bibliothèque. Elle n'avait pas le droit de lire les rubriques criminelles des journaux sur Internet, mais elle avait persuadé un des gardes (*Un des plus grands fans de Myerson !*) de lui imprimer un article chez lui et de le lui apporter.

UN HOMME SOUPÇONNÉ DE MEURTRE RETROUVÉ ASSASSINÉ

Le cadavre en décomposition de Jeremy O'Brien, cinquante-huit ans, qui vivait aussi sous le nom de Henry Carter et James Henry Bryant, a été retrouvé sur une péniche en train de couler dans Regent's Canal. En 1983, O'Brien était recherché par la police suite au meurtre d'une adolescente, Lorraine Reid, mais il avait disparu quelques jours après le drame et la police avait conclu à son suicide.

D'après les enquêteurs, dans les années 1980, O'Brien est parti s'installer avec son beau-frère en Espagne, où il a pris le nom de James Henry Bryant. En 1988, il a été blessé à la colonne vertébrale dans un grave accident de voiture et devait depuis se déplacer en fauteuil roulant. La police estime qu'il est revenu habiter en Angleterre l'an dernier, après la mort de son beau-frère ; il vivait dans une résidence senior dans le nord de Londres sous le pseudonyme de Henry Carter.

En dépit des similitudes entre le meurtre de Jeremy O'Brien et celui de Daniel Sutherland il y a six mois (les deux corps ont été découverts sur une péniche, sur le canal, et les deux hommes sont morts poignardés au cou et à la poitrine), la police déclare ne faire aucun lien entre les deux homicides – en effet, Carla Myerson, la femme condamnée pour le meurtre de Daniel Sutherland, a plaidé coupable et a fait des aveux complets ; par ailleurs, elle est incarcérée dans la prison de HMP Bronzefield depuis le mois de juillet.

Carla arrêta là sa lecture. Elle replia la feuille et la rendit au garde.

« Merci. Theo m'a dit qu'il vous enverrait un exemplaire dédicacé de son dernier livre par la poste. »

Quelques jours plus tard, Carla reçut une lettre d'une criminologue qui proposait de lui rendre visite pour discuter de son cas. Carla n'en avait pas la moindre envie, mais cela faisait si longtemps qu'elle n'avait pas eu une conversation un tant soit peu intellectuelle qu'elle accepta.

La criminologue, une jeune (si jeune !) femme énergique, toute pimpante, était en réalité une étudiante qui souhaitait rédiger sa thèse sur Carla elle-même et, à partir de là, peut-être publier un article – et pourquoi pas un livre ! Dans cette affaire, il y avait déjà eu des faux aveux. Et si l'histoire s'était répétée ? Et si Carla était la victime (consentante) d'une erreur judiciaire ? Y avait-il un tueur en série qui s'attaquait aux hommes qui habitaient aux abords de Regent's Canal ? Ou à d'autres tueurs ?

La pauvre jeune fille semblait convaincue de sa théorie loufoque, aussi Carla eut de la peine de devoir faire éclater sa bulle spéculative. Non, il n'y avait pas d'erreur judiciaire, expliqua-t-elle calmement, ni de tueur en série sévissant le long du canal. Les deux affaires n'avaient rien à voir.

« Mais votre mari, il pense que…

— Ah, vous avez vu Theo…, soupira Carla avec un sourire d'excuse. Vous devez prendre ce qu'il vous dit avec des pincettes, vous savez. C'est un rêveur. Il vit dans son monde à lui.

— Alors le meurtre, c'était… C'était vraiment vous ? demanda encore la visiteuse, son joli minois pétri de déception.

— Oui, c'était moi.

— Mais… pourquoi ? Pouvons-nous parler du pourquoi ?

— Dans mon e-mail, j'ai été très claire : je ne suis pas disposée à discuter des détails. Je suis désolée.

— Quel dommage. Vous êtes tellement… atypique ! Classe moyenne, diplômée, célibataire…

— Quel rapport avec le reste ? l'interrompit Carla. Mon statut marital, je veux dire.

— Eh bien, les femmes qui tuent ont tendance à se conformer aux attentes des stéréotypes de genre. D'habitude, elles sont mariées et mères de famille, par exemple. Vous ne collez pas vraiment au profil type.

— Il y a eu une époque où j'étais mariée et mère de famille, dit tristement Carla.

— Oui, mais… D'accord. »

L'étudiante ne savait plus quoi dire. Dépitée, elle observait la pièce autour d'elle d'un air un peu curieux, comme quelqu'un qui se retrouve coincé en pleine discussion avec un invité rasoir à une soirée, et qui cherche du regard un interlocuteur plus intéressant.

« Dites, reprit-elle enfin, vous pouvez peut-être au moins répondre à une question : est-ce que vous regrettez ce que vous avez fait ? »

Lors de ses aveux à Irene (pas à la police, parce qu'elle avait été beaucoup moins prolixe avec les enquêteurs – eux avaient eu droit à des demi-aveux, elle leur avait donné les grandes lignes et avait refusé de s'étendre sur les détails), Carla avait balayé l'idée que les actes de Daniel avaient pu n'être qu'une bêtise d'enfant. Elle avait parlé de harcèlement, de manipulation, et elle le pensait.

Cependant, à présent, quand elle laissait son esprit vagabonder – et il n'avait guère mieux à faire –, il s'aventurait dans des endroits qu'elle aurait préféré éviter.

Elle se demandait si ce qu'elle avait qualifié dans sa fureur de manipulation n'était peut-être pas autre chose. Et si les manœuvres de séduction de Daniel n'étaient en réalité pas calculées ? Et si c'était simplement sa manière d'aimer, et s'il ne pouvait pas faire autrement ? Peut-être qu'en fin de compte, l'histoire qu'elle s'était racontée n'était pas plus factuelle que le mythe que Daniel s'était forgé au sujet de sa genèse.

C'était un chemin dangereux à emprunter, d'autant plus qu'il était à sens unique : car une fois qu'elle se fut engagée dessus, elle découvrit qu'elle ne pouvait plus faire demi-tour.

Ces jours-ci, quand Carla repensait à ce qu'elle avait fait, elle ne voyait plus ses actions de la même façon. Fini l'anesthésie de la peur et de l'euphorie (car oui, dans ce moment enfiévré, c'était aussi de l'euphorie qu'elle avait ressentie), elle voyait désormais la brutalité de son acte. Le sang, oh, tellement de sang ! Le bruit qu'avait émis Daniel, l'affreux gargouillis dans sa gorge, le blanc halluciné de ses yeux, l'odeur du métal, celle de l'urine, le parfum de l'agonie et de la terreur.

Elle devait avoir perdu l'esprit, ce jour-là. Pouvait-elle se raconter cette histoire-là ? Saurait-elle se convaincre que, folle de douleur et de chagrin, elle avait agi par pulsion, sans réfléchir ?

Assise là, dans le parloir de la plus grande prison pour femmes d'Europe, un espace qu'elle partageait chaque jour avec des détenues paumées, misérables ou démunies, mais aussi bien sûr certaines des pires criminelles que comptait le Royaume-Uni, Carla se demanda si elle était vraiment à sa place.

Aurait-elle pu agir différemment, si elle avait eu toute sa tête ? Aurait-elle pu ne rien faire ? Choisir de continuer son existence, en acceptant de savoir ce que Daniel avait fait et en enfouissant ce secret au fond d'elle-même ? Mais enfin, qu'y avait-il de sensé là-dedans ? Comment aurait-elle pu choisir de vivre dans un monde dans lequel Daniel était encore vivant, un monde dans lequel elle risquait de le croiser, de respirer le même air que lui ? Un monde dans lequel demeurerait l'éventualité qu'elle ressente encore quelque chose pour lui – une forme de tendresse, quelque chose qui ressemble à de l'amour.

C'était cette éventualité qu'elle avait dû éliminer.

« Madame Myerson ? Est-ce que vous avez des remords ? »

NOTE DE L'AUTEURE

Pour ce livre, je me suis inspirée des alentours d'une section du Regent's Canal qui traverse les quartiers londoniens d'Islington et de Clerkenwell. Ni les maisons ni les rues ne sont décrites fidèlement au fil des pages – j'ai pris la liberté de les modifier là où je le jugeais nécessaire pour l'histoire.

REMERCIEMENTS

Merci à Sarah Adams et Sarah McGrath pour leurs révisions avisées et leur patience apparemment sans limites. Merci à Lizzy Kremer et Simon Lipskar, les deux meilleurs agents de part et d'autre de l'Atlantique, pour leurs précieux conseils et leur soutien infaillible. Merci à Caroline MacFarlane, qui a remporté la vente aux enchères de bienfaisance organisée par l'association CLIC Sargent qui vient en aide aux enfants souffrant du cancer, et qui m'a autorisée à utiliser son nom. Merci à mes premiers lecteurs, Petina Gappah, Frankie Gray et Alison Fairbrother. Et merci à Simon Davis, parce que Dieu sait que ces trois dernières années n'ont pas été de tout repos.

Composition et mise en pages
FACOMPO, Lisieux

Imprimé en France par

MAURY IMPRIMEUR
à Malesherbes (Loiret)
en août 2022

Visitez le plus grand musée de l'imprimerie d'Europe

ami atelier-musée de l'imprimerie
Malesherbes-France

POCKET - 92 avenue de France, 75013 PARIS

N° d'impression : 264183
S32380/01